LA MOGLIE
AMERICANA

KATHERINE WILSON

LA MOGLIE AMERICANA

Traduzione di
EDY TASSI

PIEMME *Voci*

Titolo originale: *Only in Naples*

Revisione: *Andreina Lombardi Bom*

Realizzazione editoriale: *Conedit Libri Srl - Cormano (MI)*

ISBN 978-88-566-4444-9

I Edizione 2017

www.edizpiemme.it

Anno 2017-2018-2019 - Edizione 1 2 3 4 5 6 7 8 9 10

Stampato presso ELCOGRAF S.p.A. – Stabilimento di Cles (TN)

Per i miei genitori, Edward e Bonnie Wilson
e per mia sorella, Anna

Introduzione

Nella mitologia greca, le sirene dalle chiome meravigliose popolavano gli scogli davanti a Napoli e ammaliavano i marinai con le loro voci. Adescavano le navi, attirandole verso il pericolo, verso il naufragio e la morte. Nessuno poteva ascoltare il loro canto e sopravvivere.

Ulisse però desiderava disperatamente ascoltarlo. Si diceva che non esistesse un canto più dolce e lui voleva essere l'unico ad averlo udito ed essere riuscito a scampare. Così, spinto da un misto di orgoglio, curiosità e astuzia, concepì un piano. Consegnò dei tappi per le orecchie al suo equipaggio e si fece legare all'albero maestro. Quando la sua nave passò accanto alle sirene, lui urlò ai suoi uomini di slegarlo, di virare e puntare verso la terraferma. Ma loro non lo fecero e Ulisse ne uscì vivo.

Sicuramente Ulisse fu contento, dopo, che il suo equipaggio non avesse sentito quel canto e che i suoi uomini, tappati a dovere, lo avessero tenuto al sicuro. Ma secondo me avrebbe anche voluto tornare indietro. Non solo per vedere e sentire le sirene, ma per mettere piede su quella terra magica adagiata sotto il vulcano, la terra chiamata *Neapolis*, la Città Nuova.

E tutto ciò perfino prima che qualcuno inventasse la pizza.

Io non sono arrivata a Napoli legata a un albero maestro. Sono arrivata a bordo di un affollato volo della Delta, partito da Washington D.C. nell'autunno del 1996. Non c'erano sirene, ma è stata lo stesso un'esperienza che mi ha travolta e cambiata. Avevo la testa piena di studentesca curiosità; e il mio corpo era famelico, ma non sapeva di cosa.

Goethe ha detto: «Vedi Napoli e poi muori». Io ho visto Napoli e ho cominciato a vivere.

'A pizza

Quando Salvatore arrivò al nostro primo incontro, con la sua sputacchiante Fiat rossa, aveva più di venti minuti di ritardo. La macchina era un piccolo catorcio che sembrava sul punto di rendere l'anima. Emise un denso sbuffo di fumo nero dal tubo di scappamento e a me venne da tossire. Salvatore rispose con due brevi colpi di clacson e un gran sorriso.

Era la prima volta che ci incontravamo, e lui era già in ritardo di venti minuti. Cominciavamo bene!

Avevo appena terminato il college ed ero arrivata a Napoli qualche giorno prima per iniziare uno stage di tre mesi al consolato americano. Ero ferma davanti all'ingresso del pensionato, dove avevo preso in affitto una stanza, con indosso una giacca blu dal taglio squadrato e un paio di pantaloni neri.

Quello stage non rappresentava tanto una mossa strategica da un punto di vista professionale, quanto un rito di passaggio: dopo o durante il college, tutti i membri della mia famiglia dovevano fare un po' di "esperienza all'estero". Nella soffitta dei miei, a Washington, c'erano grandi album fotografici rilegati in pelle che mostravano il sorriso americanissimo di mio padre a Bordeaux, nel 1961, e mia madre, scamosciata dalla testa ai piedi, a Bologna, nel 1966. Avevano imparato una lingua e si erano divertiti come pazzi. Ora che era il mio turno, dove sarei finita?

Napoli non era affatto una destinazione scontata. Da bambina, quando eravamo venuti in Italia in vacanza, avevamo evitato di entrare in città, o forse l'avevamo solo attraversata per raggiungere Pompei e il Vesuvio. Napoli era sporca e pericolosa, ci avevano detto. Mio nonno, che era figlio di calabresi, sosteneva che i napoletani erano capaci di rubarti i calzini senza nemmeno sfilarti le scarpe.

«Dovresti andare in Toscana» mi avevano consigliato gli amici di famiglia. «Hai mai visto Siena? O Firenze?»

Il sereno splendore della Toscana sarebbe stato perfetto per una ragazza di buona famiglia come me. Era quello che ci si aspettava da me, e io ero sempre stata brava a non deludere le aspettative altrui. Avevo trascorso l'infanzia sforzandomi di eccellere nelle scuole private, e al college avrei potuto laurearmi in materie tipo *Come superare ogni più rosea aspettativa* o *Come rendere orgogliosi mamma e papà*. Era arrivata l'ora di cambiare.

Il console americano a Napoli aveva frequentato il master in relazioni internazionali insieme ai miei genitori. La primavera precedente, a Washington, mi ero trovata seduta vicino a lui durante una cena di beneficenza, e mi aveva suggerito di prendere in considerazione Napoli per la mia esperienza all'estero. Se la cosa m'interessava, avrebbe potuto offrirmi uno stage non remunerato presso l'ufficio politico.

A Napoli?

Avevo pensato subito a calzini e portafoglio, alla camorra e alla corruzione. Ma anche alla pizza. Ero incuriosita.

Così iniziai a buttare là l'idea a chi mi chiedeva cos'avrei fatto dopo la laurea. «Sto pensando di andare a Napoli» dicevo. E a quel punto loro facevano *la Faccia*. La Faccia era un'espressione di sgomento, accompagnata da avvertimenti tipo: «Ma è sporca!», «Ma è pericolosa!» e perfino: «Le persone per bene e i delinquenti si assomigliano tutti! Impossibile distinguerli!».

Ah però... pensavo io. Interessante.

Ora so che Napoli è come New York: o la odi o la ami. E se la ami, non ha senso cercare di fare proseliti, perché chi la odia non si convertirà mai. Napoli è pervasa da una tale energia caotica, che ti costringe a lasciarti andare e arrenderti. Se cerchi di combatterla, giudicarla o persino evitarla, allora meglio che tu te ne vada, prima che qualcuno ti sfili di tasca il portafoglio.

Meno male che nessuno mi ha rubato il portafoglio mentre aspettavo questo Salvatore, pensai, quando lui aprì la portiera con un cigolio e venne a presentarsi. Insomma, *venti minuti*?

Era stata la madre di Salvatore, Raffaella Avallone, a trovarmi una stanza nel pensionato. Dopo aver definito i dettagli dello stage, avevo chiesto aiuto al console per l'alloggio. E lui aveva girato immediatamente il problema alla moglie, una signora italiana che non frequentava solo diplomatici ma un po' tutta la buona società napoletana. Lei sapeva che la persona che si dava sempre da fare per pranzi, galà di beneficenza e tornei di bridge era Raffaella Avallone. Aveva pure due figli della mia età!

Così Raffaella aveva saputo di questa giovane americana a cui serviva una sistemazione. «Mi sono mossa subito», è la frase che usa sempre. E infatti mi aveva trovato un posto dove abitare e aveva detto a suo figlio Salvatore di telefonare a questa ragazza. «Salva?» gli aveva detto. «Invitala fuori. Quella poverina non conosce nessuno qui. E mi raccomando, non fare tardi.»

Il giorno seguente, Salvatore mi aveva chiamato. Parlare al telefono era un'impresa, perché il mio italiano era molto elementare e sapevo comunicare solo concetti di base, tipo «Ho fame» e «Sono americana». Anche se non avevo capito la maggior parte delle cose che mi aveva detto Salvatore, pensavo che la sua risata fosse simpaticissima. Inoltre, a Napoli non conoscevo anima viva. La sera prima ero uscita a cena con due ragazzi di diciassette anni che avevo conosciuto sull'autobus. Volevo stare in compagnia. Perciò ero contenta che questo Salvatore venisse a prendermi la sera dopo, se avevo capito bene. Nel peggiore dei casi, avevo pensato, mi sarei esercitata a parlare italiano.

«Non sembri americana» mi disse – o almeno così mi parve di capire – dopo essersi presentato. Be', anche lui non sembrava il tipico napoletano. Era alto e slanciato, con un torso magro da cui spuntava un ventre leggermente arrotondato, che si affacciava da sopra il bottone dei jeans. Era abbronzato, con le labbra carnose e il naso importante, romano. Indossava una T-shirt con la scritta MIAMI! in caratteri fumettosi.

Mi aspettavo qualcosa tipo: «Piacere: scusa il ritardo» ma non ci furono né scuse, né convenevoli, nessun «Cosa ti va di fare?». Però ci fu ancora quella risata adorabile. Era una risata che partiva con un'inspirazione e che dalla nota più acuta scendeva verso il basso, per spegnersi sulla tonalità della sua voce normale. Ed era accompagnata da un sorriso che metteva in mostra un sacco di denti bianchi e perfetti.

Aprì la portiera del passeggero e il sedile cigolò quando mi sedetti. Salvatore sembrava troppo alto per quella macchina: i capelli gli rimanevano dritti per via del contatto con il tettuccio. Notai che le unghie, posate sul volante, erano ovali così perfetti da poter essere solo il risultato di una manicure. Era un ragazzo, non ancora un uomo, che mangiava e viveva bene.

Salvatore guidava senza preoccuparsi di tenere gli occhi sulla strada. Mi guardava e sfoggiava il suo terribile inglese senza scusarsi per il modo in cui massacrava le forme verbali. Come faceva un ragazzo di ventitré anni a essere tanto sicuro di sé? Io mi sentivo infantile, passiva, silenziosa. "Cerca di dire qualcosa in italiano!", mi rimproverai. Tipo: dove stiamo andando? Non puoi non avere il *minimo* controllo della situazione!

«Dove andiamo?»

«A casa mia. America! America! Petrol-dollari!» Petrol-dollari americani? Mica pensava che venissi da una famiglia di magnati del petrolio? Molti italiani sono convinti, per via del telefilm *Dallas,* che gli americani ricchi debbano la loro fortuna al petrolio del Texas. Ma io, quella sera in macchina, ancora non sapevo da dove venisse quell'idea; sapevo solo che a Salvatore piaceva moltissimo ripeterla. Lo faceva in continuazione.

E poi c'era quel suo modo di ridere.

"Casa mia", per un ventitreenne napoletano, non significa la stanza di uno studentato o un appartamento condiviso con un coetaneo. Significa la casa dei *suoi genitori.* Avevo pensato che saremmo andati in una pizzeria o che mi avrebbe fatto fare un giro della città. Invece mi stava portando da *mamma* e *papà.*

Gli Avallone vivevano a poca distanza dal mio pensionato, a Posillipo, una delle zone residenziali più belle di

Napoli. Battezzata *Pausilypon* dai greci – cioè "tregua dagli affanni" – la collina è il punto estremo del promontorio che si affaccia sul golfo di Napoli. Per migliaia di anni, prima che la zona entrasse a far parte della città vera e propria, i napoletani più abbienti trascorrevano l'estate lì, nelle ville che punteggiano la costa. Salendo per la panoramica via Posillipo si possono vedere le targhe in pietra che indicano Villa Elena, Villa Emma, Villa Margherita. Da queste ville partono altrettante scalinate strette che le collegano a Marechiaro.

Anche se Napoli è una delle città più popolose d'Europa, Posillipo è ariosa e piena di pace. La casa degli Avallone si trova di fronte all'entrata del Virgiliano, un parco terrazzato che si affaccia sulle acque turchine e dal quale si possono ammirare Capri, Ischia, Procida e tutta la costiera sorrentina. Di giorno si sentono le grida dei gabbiani; la sera, l'occasionale rombo di una moto o le esplosioni di qualche fuoco d'artificio in lontananza.

"Ti pensi di venire da Posillipo?" è un'espressione napoletana che significa: ma chi ti credi di essere? Smettila di darti delle arie.

Il palazzo degli Avallone, che il padre di Salvatore aveva costruito negli anni Sessanta, si trovava in posizione defilata. Era formato da dodici appartamenti, la maggior parte dei quali di proprietà della famiglia. L'edificio aveva resistito al terribile terremoto del 1980 senza riportare un solo graffio (anche se Salvatore, in seguito, mi ha raccontato che aveva smesso di guardare la partita di calcio alla televisione per correre giù dalle scale che dondolavano e si gonfiavano come onde del mare). Era il loro palazzo ed era stato costruito come si deve, in un luogo pieno di pace e bellezza.

Ci infilammo in un labirintico garage sotterraneo. Era

incredibile quante auto si riuscissero a parcheggiare, con le angolazioni più strane, in uno spazio tanto piccolo. Muso contro muso, finestrino contro finestrino, parafango contro parafango. Ero confusa: c'era tanto spazio fuori! («Perché?» mi rispose Salvatore, quando gli chiesi spiegazioni. «Dalle tue parti non le rubano le macchine?».)

Parcheggiò abilmente la piccola Fiat fra altre due auto con una rapida manovra, poi mi guidò verso l'ascensore. Altro che profumo del mare: avevo respirato solo odore di muffa, umidità e gas di scarico.

Il piccolo ascensore ci portò in silenzio fino al terzo piano, l'ultimo. Salvatore aprì la porta dell'appartamento degli Avallone con una grossa chiave argentata e mi fece entrare. «Vieni, vieni» disse, lasciando cadere le chiavi su una chaise longue del diciottesimo secolo davanti all'ingresso del salone. Dall'anticamera, sbirciai nell'elegante salone in penombra, dove si intravedevano statue di cherubini dorati e riflessi ondulati di seta.

A quel punto aspettai per vedere che cosa sarebbe successo.

«Mammmmma!» gridò Salvatore. La sonora voce baritonale che avevo trovato così affascinante in macchina diventava stridula e nasale quando chiamava sua madre. Cominciavo a temere l'incontro con i suoi genitori. Era già abbastanza difficile capire l'italiano parlando con qualcuno della mia età, figuriamoci se avevo voglia di fare conversazione con una imponente, ricca signora napoletana, sicuramente iperprotettiva nei confronti del figlio. A casa sua, per giunta! Inoltre, avevo una fame da lupi.

«Mammmmmma! È pronto?» (Non aveva intenzione di dirle che l'americana era arrivata?) Sentii lo scalpiccio di un paio di pantofole, ed ecco entrare un uomo che doveva essere il padre di Salvatore. Sulla settantina, non era il classico patriarca che incute soggezione, ma un uomo distinto dall'aria gentile, con un maglione scuro e un sacco di dopobarba. Ci stringemmo la mano e lui si presentò come Nino. Parlava un po' d'inglese grazie ai trent'anni trascorsi come direttore dell'albergo di lusso appartenente alla famiglia.

«*Salvató, è pronto a magnà?*» Nino afferrò Salvatore per un braccio e, virando sul dialetto, gli chiese se la cena era pronta. Aveva fame come tutti noi.

Mi accompagnarono in cucina, dove Raffaella contemporaneamente finiva di parlare al telefono, tirava fuori una pizza dal forno e chiudeva il frigorifero con un tacco. Era un concentrato di movimento, azione ed eleganza. Non corrispondeva affatto allo stereotipo della matrona napoletana intenta a mescolare il ragù. Era bellissima.

Sul metro e sessantacinque, in forma smagliante, Raffaella indossava degli stivali con il tacco alto e una camicetta rosa. I jeans bianchi erano attillati e stretti in vita da una cintura di pelle coperta di strass. Era truccata di tutto punto: la matita per le labbra si fondeva con il gloss, l'eyeliner sfumava naturalmente nell'ombretto color carbone. I capelli erano biondi, corti, e illuminati da colpi di sole perfetti. Ma nonostante il trucco e gli strass, non sembrava affatto volgare, solo elegante. Io mi sentii goffa e ingombrante, con quella giacca blu e i pantaloni larghi. In un grande camerino di Washington, mia madre aveva detto che quell'abbinamento mi "sfinava", ma vicino a quella cinquantaseienne in jeans bianchi non mi sentivo affatto fine, solo sciatta: una lumaca vestita all'americana.

«Ciao tesoro! Accomodati. Spero che la pizza napoletana ti piaccia! Nino, sposta la sedia.»

Quando Raffaella si muoveva, ondate di Chanel si mescolavano al profumo dell'impasto lievitato e del basilico. Se il salone era opulento, la cucina era minuscola. A destra, contro la parete piastrellata, c'era un tavolo di formica attorno al quale potevano sedersi massimo quattro persone. A sinistra c'erano i fornelli, il forno, il lavello e un piccolo piano da lavoro. Bastava che ci fossero più di due persone sedute a tavola, e già non si poteva raggiungere il frigorifero. Perché non si costruiscono una cucina più grande, mi domandai, visto che chiaramente i soldi non gli mancano?

In seguito ho scoperto che lo spazio in più era riservato alla sala da pranzo dove gli Avallone ricevevano gli ospiti. La cucina serviva per cucinare e mangiare in famiglia. Dopotutto, quando sei con i tuoi, non importa se vi urtate o siete costretti a stringervi per farvi posto. Appoggiatevi gli uni agli altri, pestatevi i piedi, nutritevi a vicenda e lasciatevi nutrire. Non serve tanto spazio quando sei con le persone che ami.

A tavola non c'era posto per Raffaella, che per fortuna non aveva intenzione di sedersi ma era impegnata a fare otto cose diverse contemporaneamente, una delle quali era far sentire a suo agio la giovane americana. A un certo punto arrivò anche Benedetta, la sorella maggiore di Salvatore, che si fece posto e si presentò. Aveva ventisei anni, tre più di Salvatore, e due penetranti occhi turchesi, incorniciati da un paio di occhiali Armani dalla montatura leggera. I capelli castano chiaro erano lunghi, lisci e ondeggiavano come quelli delle mie compagne di scuola più "in". Stranamente (erano solo le otto di sera), si era già infilata un pigiama con il colletto arricciato e degli orsetti rosa e bianchi che tenevano dei palloncini. «In casa mi piace stare comoda» mi disse poi. Suo fratello stava comodo in maglietta e jeans, lei in pigiama. Solo Raffaella si era data da fare per "sistemarsi".

«Benedetta lavora, capito? Ha iniziato a lavorare in banca» mi stava spiegando Nino. Aveva un gran sorriso. Era evidentemente orgoglioso di sua figlia, e mi ripeté più volte che a ventisei anni stava già lavorando. In una banca, nientemeno! Per una ragazza di Napoli doveva essere prestissimo, intuii. Aveva finito l'università a tempo di record, con il massimo dei voti, e ora era stata assunta alla sede napoletana della Banca di Roma come consulente finanziario. Aveva un contratto a tempo indeterminato, cioè non potevano licenziarla, e dopo trentacinque anni sarebbe potuta andare in pensione. Cosa volere di più: al lavoro aveva fatto centro al primo colpo, e l'estate seguente si sarebbe sposata.

«Matrimonio! Matrimonio! Capito?» Nino era decisamente allegro. Io ogni tanto intervenivo con un «Veramente?» o un «Mamma mia!» per dimostrare la mia ammirazione. Quindi, il brillante e disinvolto Salvatore era il fratello piccolo della ragazza prodigio con gli occhi turchesi. Doveva essere dura per lui.

Mentre condiva con un filo di olio la pizza fumante, Raffaella disse qualcosa a proposito di una multa. Chi aveva preso 50.000 lire di multa e chi sarebbe dovuto andare fino alla posta, il giorno dopo, per pagarla? Salvatore diceva che quel martedì di fine giugno non si era nemmeno *avvicinato* a via Toledo, mentre Benedetta insisteva che suo fratello era l'unico in famiglia a parcheggiare in quadrupla fila. Se avessi capito di cosa stavano parlando, probabilmente avrei smesso di dire *veramente* e *mamma mia* a intervalli regolari.

«Io? Impossibile.» Benedetta aveva appena accusato Raffaella, che iniziò a difendersi tenendo la pizza bollente sospesa sulla testa di Nino. Tutti sembravano essersi dimenticati di me. Salvatore discuteva con sua sorella, Nino si guardava attorno domandandosi dove fosse finita la sua pizza, mentre Raffaella stava ancora elencando i suoi spostamenti di quel fatidico martedì di fine giugno. Normale amministrazione familiare, insomma.

Finalmente, Raffaella mise la prima fetta di pizza su un piatto e me la porse, passando sopra la testa del marito. Per la prima volta da quando eravamo entrati nell'appartamento, gli occhi di Salvatore si puntarono su di me.

Che tipo è questa ragazza? Come mangerà la pizza?

Compresi immediatamente che tutti i presenti tenevano molto alla mia opinione sulla pizza. Era calda, filante e soffice: impossibile mangiarla con le mani. Così afferrai forchetta e coltello e l'assaggiai. In effetti era la pizza migliore che avessi mai mangiato, ma il mio italiano non era ancora in grado di comunicare un'informazione del genere. Perciò dissi qualcosa tipo: «Pizza buona grazie, Salvatore, famiglia, pizza al pomodoro».

Ed ecco di nuovo quella risata.

Risi anch'io; era una pizza allegramente squisita.

Quella fu solo la prima delle molte occasioni, nel corso di quell'anno, in cui mangiare si sarebbe trasformato per me in una specie di performance teatrale. Quando succedeva, la cacofonia di voci si zittiva, calava il silenzio e tutti gli occhi si concentravano su di me. Avvolgere gli spaghetti sulla forchetta o tagliare la pizza mi metteva un'ansia enorme. (Me ne scivolerà via un pezzo? Riuscirò a trovare la bocca? Devo finire di masticare prima di complimentarmi?) Tutti si domandavano: «Che ne pensa di *questo* la ragazza della superpotenza?». E io li accontentavo. Mamma mia! Fantastico! Buonissimo! Mai mangiato niente del genere!

Ma poi feci una brutta figura. Cominciai a mangiare il "cornicione" prima di aver finito il resto della pizza. Salvatore si alzò, venne a mettersi dietro la mia sedia incastrata fra quelle di Nino e Benedetta e, piegandosi sopra di me, tagliò la mia pizza a bocconcini. Stringeva le posate con quelle sue mani curatissime e io sentivo il profumo del suo dopobarba, mentre lui mi guardava fisso. Era così vicino!

«Prima si mangiano questi,» mi disse «non il cornicione. Il cornicione sempre per ultimo!» Mi rovesciò addosso un sacco di altre parole che feci fatica a capire. Capii però che ci teneva molto che imparassi a mangiare la pizza come si deve. Promettevo bene. Lui doveva solo addestrarmi un po'.

Riuscii a finire la pizza senza far cadere niente addosso e senza altri passi falsi. Ma mi erano cadute delle briciole in grembo (tenevo il tovagliolo di carta appallottolato fra le mani sudate). Raffaella si era staccata dal lavandino ed era in piedi vicino a me. Osservava le briciole... silenziosa, immobile. Prima che me ne rendessi conto, allungò una mano – anello di smeraldo, unghie curate – fra le mia gambe. "Cosa diavolo fa?" pensai.

«Briciole, briciole» spiegò lei. Finché vivrò, non dimenticherò più quella parola. *Bri-cio-le.* La sua voce non tradiva alcun fastidio, solo l'intenzione di evitare che le briciole si spargessero per tutto l'appartamento. Perché doveva essere un problema il fatto che si fossero radunate sulle mie parti intime?

Raffaella cominciò a cantare una canzone su una pizza al pomodoro, con un ritmo alla *Funiculì Funiculà*, facendo ondeggiare i fianchi. «La sai questa?» mi chiese. Aveva una voce profonda, ricca, piena. Gli altri continuavano a chiacchierare di questioni pratiche. Erano anche i problemi quotidiani a tenere insieme questa famiglia, genitori e figli ultraventenni: una multa da pagare o quando sarebbe venuto l'idraulico a sistemare lo sciacquone. Sembrava così strano che nella stanza accanto ci fossero oggetti d'arte e divani di seta. Mi sembrava di essere in una cucina italo-americana di Jersey City.

Forse quel Salvatore mi piaceva, ma non ne ero sicura. Non capivo gran parte di quello che veniva detto attorno a me, ma sentivo che senza grandi cerimonie, riti di passaggio o anche solo una comunicazione verbale coerente, ero entrata a far parte di quella famiglia. Non capivo perché, ma mi sentivo a casa.

Dipartimento di stato

Il consolato americano a Napoli si trova all'interno di un grande edificio quadrato sul lungomare di Mergellina, da dove partono i traghetti per Capri e Ischia. È circondato da palme e da veicoli militari, a bordo dei quali i soldati italiani, armati di mitraglietta, stanno di guardia contro i terroristi. Nel 1996, i visitatori in questo pezzetto di territorio americano erano accolti da un'enorme bandiera a stelle e strisce e dalla foto di un rubicondo presidente Clinton.

Il mio lavoro al consolato era decisamente poco stressante. Lavoravo nell'ufficio politico e fortunatamente, a fine anni Novanta, non c'era molta tensione fra gli Stati Uniti e l'Italia meridionale. Non ero una dipendente, e non c'erano altri stagisti nel consolato. I miei colleghi erano in parte italiani assunti con uno di quegli ambiti contratti a tempo indeterminato, e in parte funzionari americani entusiasti di essere capitati in un posto come Napoli, dove potevano rilassarsi e tirare il fiato prima di venire spediti in Darfur. Di solito io arrivavo in ufficio alle 9.30; la prima pausa caffè cominciava alle 10.15 circa.

«Hai intenzione di fare l'esame di ammissione alla carriera diplomatica?» mi chiedevano gli americani. Per la verità non avevo la minima idea di cosa avrei fatto. Entrambi i miei genitori erano laureati in studi internazionali, perciò non mi dispiaceva l'ipotesi di seguire la carriera diplomatica (o magari diventare ambasciatrice in qualche piccola isola tropicale, dove avrei potuto organizzare cene divertentissime con i miei sottoposti). Ma non ero portata né per l'economia né per la politica. A me piaceva recitare. Negli anni, avevo studiato recitazione nei migliori teatri di Washington e avevo seguito lezioni private di canto con musicisti classici di grande talento. Avevo partecipato a tutte le gare di recitazione, poesia e canto della zona. Al college, avevo interpretato la parte della protagonista in quasi trenta spettacoli. Passavo al setaccio le bacheche in cerca di audizioni, mi preparavo degli spuntini da consumare durante gli intervalli delle prove e facevo i compiti durante le prove tecniche.

Era sul palcoscenico che diventavo davvero me stessa.

Ma secondo i miei genitori recitare non era un vero lavoro. Come passatempo era fantastico, ma dovevo trovarmi qualcosa di più solido. All'università mi ero laureata in antropologia culturale, cosa che non mi aveva affatto aiutata a decidere che professione intraprendere: mi aveva solo confermato che ero una persona dalla mentalità aperta e... non era affascinante che i riti Inuit relativi al parto riflettessero il ruolo complesso delle donne nella loro società?

Quello stage a Napoli non mi avrebbe dato delle risposte, ma rappresentava una pausa prima di tornare negli Stati Uniti a decidere cosa avrei fatto della mia vita.

Il mio capo al consolato, un'imponente afroamericana di Chicago, mi aveva presa sotto la sua ala. Era intelligente, divertente, parlava benissimo l'italiano e soprattutto si godeva la vita come nessun altro che conoscessi. Oltre alle pause caffè, le nostre giornate prevedevano due ore di pranzo con uomini d'affari italiani, nei deliziosi ristoranti di pesce vicino al consolato. A parlare era soprattutto Cynthia, che faceva una pausa ogni tanto per infilarsi in bocca un calamaro fritto, mentre gli affascinanti imprenditori italiani che speravano di aggiudicarsi il sostegno americano per qualche loro iniziativa industriale rimanevano seduti in silenzio, senza saper bene come inquadrare quella specie di Tina Turner dalla risata tonante e la ragazzina bianca e paffuta che la accompagnava.

La giornata lavorativa finiva alle 17.30 e a quel punto tornavo a Posillipo, percorrendo a piedi la strada tortuosa che seguiva la costa. Non sentivo i fischi e i commenti degli uomini in motorino – inevitabili quando una ragazza cammina da sola a Napoli – perché ascoltavo musica rock dei primi anni Novanta nelle cuffie del walkman.

Arrivavo al pensionato giusto in tempo per la cena.

L'Istituto Denza era un collegio maschile cattolico, al quale però la scarsità di maschi cattolici non garantiva abbastanza iscritti da far quadrare i conti. Anzi, visto che ero arrivata a Napoli in settembre e la scuola cominciava a metà ottobre, di collegiali cattolici non ce n'era nemmeno uno.

Il giardino era lussureggiante, con pini e ulivi, bougainvillea color magenta e statue illuminate della Madonna a ogni crocicchio. Per mantenere il verde, i campetti da calcio e gli edifici, i padri barnabiti che gestivano il collegio avevano deciso di accogliere anche studenti universitari che venivano da altre parti d'Italia e che potevano permettersi di pagare vitto e alloggio al Denza.

Ma non era bastato. Così erano stati costretti ad accogliere (orrore e raccapriccio!) perfino ospiti femminili.

Questo non me lo aveva spiegato nessuno. Il primo giorno, una decrepita suorina che si muoveva a fatica mi mostrò la stanza, bisbigliando appena «Buongiorno» e «Prego, da questa parte». La stanza aveva un letto singolo, una scrivania e due finestre affacciate sulle palme del giardino. Dal silenzio, si capiva che nell'edificio non c'era nessun altro. Dov'erano finiti tutti gli studenti?, mi chiesi. Non avevano organizzato un party di benvenuto per la nuova ragazza americana? Ah, e non è che per caso si poteva avere qualche gruccia in più?

«Per la cena», si era però ricordata di dirmi la suora prima di andarsene, e poi si era lanciata in un lungo monologo pieno di parole che non capivo. Avevo seguito la mano artritica che indicava prima a sinistra, poi a destra. Un momento, aveva detto che dopo la terza Madonna dovevo girare a destra all'altezza del secondo campetto da calcio?

«Grazie» avevo risposto con un sorriso. «Grazie tante.»

All'ora di cena, mi sarei dovuta affidare al mio naso.

La mensa del collegio distava una buona decina di minuti dal mio edificio. A parte qualche lucertola che attraversava di corsa il vialetto e le zanzare che mi trivellavano le caviglie, non c'era nessun segno di vita. Sentii i rintocchi di una campana e sperai che annunciasse: *a tavola!*

Finalmente trovai la mensa (ma come si faceva a usare un termine banale come mensa per un luogo che emanava un profumino simile?), uno stanzone enorme, con muri e pavimento di marmo, lampadari di cristallo e tantissimi tavoli da sei, vuoti. Non c'era coda, così presi un vassoio e osservai la suora in grembiule che mi serviva un piatto di pasta condita con melanzane e pomodoro. Poi mi porse una minuscola caraffa di vino rosso. Buon appetito, signorina.

Quella prima sera al Denza i tavoli occupati erano solo due: in uno sedevano cinque suore in visita, all'altro tre giovani studenti universitari. Rimasi lì col mio vassoio senza riuscire a decidere dove sedermi mentre tutti mi guardavano. Era chiaro che il mio posto era in uno dei due gruppi. Solo che non sapevo quale.

Alla fine scelsi i ragazzi. (Abbasso le divisioni sessuali!) Ma non appena seduta, mi accorsi che era stata la scelta sbagliata. Nessuno fiatava.

Un minuto dopo, sentii delle voci femminili riecheggiare nella sala. Mi voltai e vidi entrare tre ragazze. Erano sorelle, tutte con lunghi capelli neri e occhi a mandorla. Non alloggiavano al Denza, ma venivano lì a mangiare. I loro genitori vivevano in un paesino della Calabria, proprio sulla punta dello Stivale, e le ragazze si erano trasferite a Napoli per studiare. Quando passarono davanti al mio tavolo e mi salutarono con un ciao, mi apparvero come tre salvatrici.

Maria Rosa e Francesca (con la sorella minore, Isabella, che era la più silenziosa delle tre fatine e si limitava ad annuire e sorridere) non avevano mai incontrato uno straniero. Non erano mai andate più a nord di Napoli, né assaggiato il ketchup. Ed erano piene di domande: cosa facevo al consolato? In America le case erano tutte come quelle di *Dynasty?* Era vero che le americane cambiavano marito in continuazione come i personaggi di *Beautiful?*

Io tenni banco con il mio italiano stentato. Meno male che mi ero laureata in antropologia culturale, perché riuscii a dire cose tipo: "In America, divorzio, facile!"; "Ospedali, costa molto!"; e "Troppe armi". Le mie amiche trovarono i miei discorsi illuminanti, e io non mi sentii più sola.

Oreo

Io sono alta un metro e sessantatré e nel settembre del 1996 pesavo settanta chili. Le mie amiche calabresi pensavano: “Ecco come ti riduce il cibo americano”. Salvatore pensava: “Ecco una ragazza a cui piace mangiare”. Ma quello che a Napoli nessuno avrebbe mai pensato era che soffrissi del disturbo da alimentazione incontrollata, o BED. Amavo troppo il cibo per diventare anoressica, vomitare mi disgustava, perciò che alternative avevo? Il BED: mi abbuffavo e poi digiunavo, evitando di mangiare per qualche giorno, o limitandomi a sgranocchiare qualche gambo di sedano. Sii razionale, tieni sotto controllo l’appetito, mi ordinava la mia educazione borghese dell’East Coast. Io ci provavo. E poi, ogni tanto, mangiavo tre scatole di Oreo una dietro l’altra.

Durante le mie prime sei settimane a Napoli, smisi di abbuffarmi e persi nove chili. Non mi misi a dieta; anzi, mangiare non mi era mai piaciuto tanto come in quel periodo. Quello che accadde fu in parte una conseguenza del fatto che vivevo in Italia e, allo stesso tempo, qualcosa di più profondo.

A Napoli non puoi abbuffarti quando capita. Nella

cultura napoletana i pasti sono sacri: il cibo viene preparato al momento e mangiato in compagnia. Non ci si affanna, e se a tavola uno ha fretta o è ansioso, gli dicono: «*Statte cuieto*». Si mangia con calma, seduti e preferibilmente con un bicchiere di vino in mano. Si mangia a colazione, a pranzo e a cena. Punto e basta.

Quando mi fermavo in un bar dopo il lavoro, prendevo un espresso, ma non avrei potuto ordinare niente di sostanzioso da mangiare nemmeno supplicando in ginocchio. Perché avrei dovuto mangiare alle cinque e mezzo? Cornetti e brioches venivano sfornate la mattina e i dessert facevano la loro comparsa la sera, dopo cena. Se il cibo è fresco e senza conservanti, mangiarlo quando non è il momento significa mettersi in bocca roba stantia. Lo fanno solo i fessi, o i turisti.

Poiché tutto quello che mangiavo a Napoli era fresco e saporito, alla fine dei pasti mi sentivo sempre soddisfatta. Il cibo non conteneva additivi per farmi venire ancora voglia di mangiare nel giro di poco. Per la prima volta in vita mia, potevo alzarmi da tavola e non ricordarmi del mio stomaco fino al pasto successivo, come facevano i napoletani.

Una sera, nella sala da pranzo del Denza stavo raccontando delle abitudini alimentari americane quando Maria Rosa prese un'aria triste. «Il problema,» disse «è che nel tuo paese mangiate in modo *scombinato*.» Le avevo detto che gli studenti americani ordinavano la pizza alle tre di mattina, e la sua faccia – quell'espressione compassionevole accentuata dai suoi occhi alla Sophia Loren – mi fece sentire come se le avessi confessato che facevo uso di eroina.

Gli italiani parlano di *disordini alimentari*, cioè abitudini alimentari *scombinate*, disorganizzate. E lei aveva riconosciuto il problema: ero una ragazza che veniva da un paese di gente scombinata, che mangiava in modo scombinato, e che aveva sviluppato una grave forma di Disturbo dell'Alimentazione Scombinata.

«Non è vero?» continuò, mentre io assimilavo la diagnosi. «Per esempio, in America, la gente mangia camminando. Si sporca le mani con quei panini pieni di salse e poi si lecca le dita. E gli uomini a cena mangiano spaghetti cinesi in quelle piccole scatole di cartone. Pranzano seduti alla scrivania, giusto? Che tristezza! Non sono molto bravi a organizzarsi col mangiare, vero?»

Fermi tutti: un'italiana diceva che noi americani non siamo bravi a organizzarci? Il mio spirito patriottico si risvegliò.

«Non è che non sono capaci» risposi, cercando di mantenere la calma. «Semplicemente, a volte gli americani mangiano bene, tipo al ristorante, e a volte mettono sotto i denti quello che capita perché hanno cose più importanti da fare.»

Per la verità, anziché "mettono sotto i denti" credo di aver detto qualcosa tipo "acchiappano un boccone", ma il senso fu comunque compreso. Invece l'ipotesi che ci potesse essere *qualcosa di più importante da fare* venne accolta con un silenzio sbigottito. A quel punto Francesca ebbe pietà e cambiò argomento.

Il problema, però, non era solo organizzare i pasti. Le ragazze italiane sembravano *vivere* nei loro corpi in un modo che a me non riusciva. Le vedevo sul lungomare davanti al consolato, stravaccate sui motorini. Se ne stavano con i pollici infilati nei passanti dei jeans delle amiche, si accarezzavano i capelli l'una con l'altra, si godevano la propria fisicità e quella altrui. Quando arrivava il momento di andare, montavano in sella al motorino – tre o quattro insieme – e zigzagavano via nel traffico. Erano *carnali*. Ma carnale, in inglese, ha un significato sessuale, mentre in napoletano ha un senso più profondo, quasi sacro.

Quando è nata mia figlia, dieci anni dopo il mio arrivo a Napoli, mio suocero non ha detto che era bellissima, splendida o adorabile. Le ha rivolto il complimento più grande: *carnale*. Fatta di carne, carne morbida e meravigliosa. Dopotutto, viviamo in un paese cattolico e il dono più grande è quello della carne. *Il verbo si fece carne*. Invece io, con il mio background protestante, mi ero concentrata sulle parole. Un sacco di parole. La carne era passata in secondo piano rispetto alla mente. E ogni tanto la mia carne si ribellava, e voleva tre scatole di Oreo.

Al termine della mia prima cena a casa di Salvatore, ci furono un sacco di baci sulle guance e di saluti. Io continuavo a mirare alla guancia sbagliata (prima si va a destra! A destra! Me lo sono ripetuta per settimane, prima di farlo senza pensarci) e finii con lo sbattere il naso contro quello di Benedetta. (Per anni la sua aura di "sorella maggiore" mi ha resa impacciata: facevo cadere le cose, inciampavo nei mobili, mi impappinavo con le parole. Ogni volta che mi ritrovavo davanti i suoi capelli setosi e i suoi occhi turchesi, la cosa migliore da fare era trovarmi un posticino sul divano e starmene zitta.) Salvatore mi riportò al pensionato e disse: «Ci sentiamo».

Ma io all'epoca pensavo che *ci sentiamo* significasse *chiamami*. Perciò chiesi: «Quando?» e Salvatore rispose: «Presto». Per me *presto* significava *domani*. Così, mentre lui mi stava semplicemente salutando senza impegno, io lo interpretai come un ordine: «Chiamami domani».

Non mi diede fastidio: mi piaceva l'idea di sentire di nuovo la sua risata. Non avevo mai incontrato nessuno così *felice*. E non avevo mai incontrato nessuno che odorasse di buono come lui, quando si era chinato su di me per tagliarmi la pizza.

Così, il giorno dopo lo chiamai. Chiacchierammo (cioè, io ascoltai e ridacchiai) per cinque minuti. Lui mi chiamò Pagnottella, come un tipo di pane napoletano morbido e rotondo (cosa che allora non compresi), e mi prese in giro: «Ti piace mangiare, eh?» (cosa che invece *compresi*). *Ti piace mangiare.* Ci eravamo incontrati solo una volta e già mi stava dicendo che ero grassa. "Dovrei offendermi" pensai. Ma stranamente non lo feci. Sembrava considerare il mio appetito simpatico, perfino attraente. Non c'era niente di male nell'amare il cibo e dimostrarlo.

Poi rise ancora e disse: «Ci sentiamo». E io pensai: ora mi tocca comprare un'altra scheda telefonica per richiamarlo domani.

Quando gli telefonai il giorno seguente (ero una brava ragazza, obbedivo sempre), fece rispondere a sua sorella e le chiese di dirmi che non c'era. Anni dopo, mi ha raccontato che non pensava di aver mai conosciuto una ragazza tanto ansiosa di arrivare al dunque.

Un equivoco può determinare il destino di un rapporto, di una vita? Mi sarei mai trasferita in un altro continente, sarei mai diventata una moglie e madre italiana, se avessi capito cosa voleva dire "Ci sentiamo, Pagnottella?".

'O sartù

Il sartù di riso è una specialità napoletana inventata dagli chef di Ferdinando I, il re borbonico che regnava su Napoli a cavallo tra il Sette e l'Ottocento.

Dopo i greci e i romani, Napoli è stata governata da normanni, francesi, austriaci... qualunque casato o impero vi venga in mente, state sicuri che prima o poi è passato da lì. Nel 1735, l'Italia era ancora formata da città-stato, e il re borbone Carlo Qualcosa di Spagna (era contemporaneamente Primo, Terzo, Quinto e Settimo a seconda del regno di cui si parlava) conquistò il Regno di Sicilia e il Regno di Napoli, unendoli sotto la sua corona.

Napoli divenne la città del momento. A Parigi, Jean-Jacques Rousseau scriveva: «Vuoi tu sapere se qualche scintilla brucia in te? Allora corri, vola a Napoli...» per ascoltare i capolavori dei compositori napoletani al Teatro San Carlo. Il padre di Mozart portò lì il figlio nel 1770, in una tappa del suo *Wolfgang World Tour* (e durante il viaggio si fecero fare dai sarti napoletani degli elegantissimi abiti di seta).

Un Frank Sinatra dell'epoca avrebbe probabilmente detto: "Se ce la fai qui, puoi farcela ovunque".

Re Ferdinando I era il figlio di Carlo. Il suo nome completo era Ferdinando Antonio Pasquale Giovanni Nepomuceno Serafino Gennaro Benedetto. A Ferdy piaceva l'arte, piaceva la musica e, ovviamente, piaceva mangiare.

Gli chef arrivavano nel suo palazzo, nel cuore di Napoli, direttamente dalla Francia, la sede della dinastia borbonica. A quanto pare, erano i migliori chef del mondo. Pasta, pesce, verdure al forno, dolci elaborati: si assicuravano che Ferdinando I andasse a dormire sazio e soddisfatto. Un giorno il re chiese al capo degli chef, che chiamava *'o monsù* (dal francese *monsieur*), cosa ci fosse per pranzo. E questi gli rispose che ci sarebbe stato riso.

«*Riso?*» Re Ferdinando era furioso. Il riso andava bene per i malati! Perfino oggi a Napoli si dice «*'O rriso d'o mese int'a 'o lietto stesa*»: si mangia riso solo quando si è a letto per un mese, malati. Il riso è considerato un cibo insipido, insignificante, da ospedale. Viene chiamato addirittura *sciaquapanza*.

«La prego» insistette il *monsù*. «Basta pasta! Renderemo il riso appetitoso! Ci metteremo burro, formaggio...»

«Bene, allora vediamo se riuscite a cucinare un riso che piaccia a *me.*»

E così nacque il sartù di riso napoletano. Si prepara mescolando il riso con ragù, uova, formaggio, salsiccia, piselli e polpettine fritte. Poi viene messo in forno in una teglia unta di burro.

Il re ne fu entusiasta. Chi l'avrebbe mai detto? Il riso poteva davvero essere buono e costituire un pasto come si deve.

Era sabato pomeriggio e io mi trovavo nella cucina degli Avallone mentre Raffaella cucinava il sartù di riso, uno dei piatti preferiti di Nino. Salvatore era passato a prendermi al pensionato – sempre in ritardo, sempre sorridente – e mi aveva depositata in cucina da sua madre, mentre lui finiva di studiare in camera. Frequentava il terzo anno di legge all'università di Napoli. Il corso di laurea in legge italiano equivale agli studi universitari e post-universitari americani; perciò, dopo cinque o sei anni (per qualcuno anche di più) trascorsi sui libri, avrebbe potuto fare l'esame di abilitazione e diventare avvocato.

Studiava nella sua stanza tutto il giorno, tutti i giorni, e dopo qualche mese andava a dare un esame. Nessuna frequenza obbligatoria, nessuna interazione con i docenti o scambi di appunti con i compagni. Imparava a memoria testi di legge nella stanzetta di quando era bambino, piena di orsi di peluche e trofei di calcio. (In seguito ho raccontato a Salvatore che a Princeton abbiamo i *precepts*, piccoli gruppi di studenti che vengono incoraggiati a esprimere le loro opinioni sulla materia spiegata da un certo docente. La reazione di Salvatore: perché a un docente dovrebbe interessare cosa *pensa* un ragazzo di vent'anni?)

Quando Salvatore era venuto a prendermi, ero convinta che avremmo fatto qualcosa insieme. C'era stata una certa alchimia fra di noi, quando mi aveva tagliato la pizza. Al telefono, la sera prima, non mi aveva detto solo «Ci sentiamo», ma «Ci vediamo».

Invece eccomi in cucina con Raffaella. Cosa rappresentavo per loro? Di certo non ero la ragazza di Salvatore, ma non ero nemmeno un'ospite. Non c'era stato nessun: "Accomodati in salone, preferisci latte o zucchero nel tè?", né: "Salvatore, tesoro, perché non vieni a fare compagnia a questa ragazza?". Forse era così che si sentivano le donne, nei matrimoni combinati. Tuo marito è impegnato da qualche parte, perciò nel frattempo ti insegno a cucinare il riso come piace a lui. Ma sarebbe stato poi così brutto, un matrimonio combinato, se il mio fidanzato fosse riuscito a farmi sentire viva e felice come Salvatore? In fondo, non avrei dovuto *davvero* cucinare per lui. O sì?

Quello di cui non mi rendevo conto era che nessuno mi stava giudicando né voleva insegnarmi niente. Raffaella era concentrata sul sartù e lo stava preparando per sfamare tanto me quanto tutti gli altri.

I suoi movimenti erano una coreografia perfetta: mescolava il ragù, friggeva le polpettine e contemporaneamente saltava i piselli in padella. Era stata in palestra e indossava una tuta verde aderente con un paio di scarpe New Balance. Come faceva il suo trucco a essere ancora così perfetto dopo una lezione di aerobica? «Non sudo» mi spiegò. Ah, beata lei. La finestra della cucina era aperta e lasciava entrare l'aria di mare. «Guarda il vulcano!» mi indicò Raffaella. Quando la giornata è ventosa come oggi, si riescono a vedere i paesi attorno alla base del Vesuvio. Perfino i profili delle case. Il vento spazza via tutta la nebbia e la foschia.

«Vieni, assaggia.» All'improvviso rivolse il cucchiaio di legno colmo di ragù verso di me, tenendo la mano a coppa sotto per raccogliere le eventuali gocce. Mi infilò il cucchiaio in bocca e per poco non mi fece mancare l'aria. «Com'è?» Risposi che era buonissimo. Lei immerse di nuovo il cucchiaio nella pentola e assaggiò a sua volta il ragù.

«Mmm.»

Mi disse di tagliare a spicchi le uova sode, poi mise le polpettine, ancora sfrigolanti, su degli strofinacci bianchi appena stirati. Il mio italiano era così migliorato che riuscii a chiedere: «Quanto uova? Quanto formaggio? Quanto piselli?». Okay, gli aggettivi quantificativi non erano ancora perfetti, ma mi feci capire. In risposta, lei mi circondò la vita con un braccio e bisbigliò con fare cospiratorio: «Più ci metti, più ci trovi». In altre parole: niente pesi e misure nella mia cucina, bella mia.

(Molti anni dopo, nella cucina di mia madre a Bethesda, nel Maryland, ho sorpreso Raffaella a osservare un set di cucchiai misuratori come fosse un reperto archeologico. «Servono a misurare le dosi» le ho spiegato. «Degli ingredienti?» mi ha chiesto, meravigliata. Poi ha scosso la testa ed è scoppiata a ridere. «Ah, gli americani!» Sì, siamo gente un po' matta.)

«Lella!» Nino era in piedi sulla porta della cucina e chiamava la moglie con il suo diminutivo. Era scocciato. Cos'è successo? mi chiesi. «C'è una puzza terrificante!» Nino ha un olfatto sviluppatissimo. Ogni volta che sua moglie cucina, vuole che accenda la cappa, in modo che l'odore del cibo non invada tutto l'appartamento. «Scusa, scusa!» rispose lei tutta allegra e accese la cappa, che faceva il rumore di un phon. Nino scomparve, ancora risentito.

Nino aveva quattordici anni più di Raffaella e aveva trascorso gran parte della loro vita coniugale gestendo un albergo che possedeva insieme ai suoi fratelli. Usciva presto la mattina e tornava tardi la sera; quando era in casa, come mi disse Raffaella, il minimo che sua moglie potesse fare era prendersi cura di lui con un sorriso. Era stato costretto ad andare in pensione prima del tempo e adesso era sempre a casa. Così Raffaella accendeva la cappa quando cucinava, gli serviva il pranzo a tavola e accettava le sue critiche sulla pasta con un sorriso ammiccante e un: «Hai ragione, Nino».

La cosa mi mandò su tutte le furie: sta cucinando il tuo piatto preferito, santo cielo! Ma nel giro di poco mi resi conto che nella cucina di Raffaella non c'era posto nemmeno per la mia irritazione. «Ketrin!» mi urlò coprendo il rumore della ventola (la *a* e la *th* di Katherine erano troppo difficili da pronunciare per la maggior parte degli italiani) «ricordati di mettere un po' di ragù in fondo alla pentola, così il riso non si attacca.» E mi costrinse a passare oltre e a concentrarmi sulla preparazione di quel piatto.

Un lavoro che si trasformò in ginnastica. I bicipiti di Raffaella si gonfiavano mentre rimescolava il ragù denso al riso. A me chiese di stendere sul tavolo altri strofinacci (bianchissimi) e di recuperare le polpettine (che avevano riposato abbastanza). Io le tenni in mano fino a quando Raffaella non mi porse la pentola con il riso e il ragù. Le lasciai cadere dentro e lei unse la teglia con il burro.

Salvatore uscì sorridendo dalla sua stanza proprio mentre stavo aiutando sua madre a rovesciare il pesante composto nella teglia. Si avvicinò e mi pizzicò una guancia. «Pagnottella! Hai imparato a fare il sartù? Dopo ti facciamo l'esame. Come a Princeton!» Lui trovava la battuta bellissima. Ma io non risi. Mi sentivo accaldata e affamata. E avevo una voglia matta di assaggiare quel sartù.

Mia madre mi aveva messa a dieta per la prima volta quando frequentavo la scuola materna. Nessuno mi definiva grassa: le parole che venivano pronunciate per descrivere il mio peso, in casa, erano *rotondetta, in carne, cicciottella*. Da bambina, probabilmente non sono mai stata più di quattro chili sovrappeso. Ma alla mamma bastava questo per prendere provvedimenti drastici.

Bonnie Salango Wilson era nata a Princeton, nel West Virginia, durante la Seconda guerra mondiale. Suo padre era un pastore presbiteriano figlio di emigranti italiani, arrivati dalla Calabria all'inizio del secolo. Sebbene i miei bisnonni fossero cattolici devoti, quando mio nonno era piccolo permettevano a una scuola domenicale presbiteriana di usare il loro seminterrato. Così lui si era convinto che la scuola domenicale fosse divertente: i protestanti erano così amichevoli con i bambini! Dopo il college mio nonno era entrato in un seminario presbiteriano. E la cosa non aveva mai preoccupato i suoi genitori. L'importante era che uno dei loro otto figli prendesse l'abito talare.

Perciò, quando era nata, mia madre era la figlia di un predicatore italo-americano del Sud. Una condizione non facile negli anni Cinquanta: ci si aspettava che Bonnie fosse una ragazza educata, compita e, soprattutto, bella. E per mia madre, una donna dall'aspetto mediterraneo e che di natura tendeva al formoso, *bella* significava una cosa sola: magra.

Bonnie Salango smise di mangiare a colazione e a pranzo nei primi anni Sessanta e da allora quei pasti non hanno più fatto parte della sua vita. Non ha mai pesato più di cinquantaquattro chili e ancora oggi assomiglia a Elizabeth Taylor al massimo della forma. Un giorno aveva mostrato a me e a mia sorella le foto di quando si era laureata con il massimo dei voti all'accademia diplomatica di Georgetown, pubblicate da un giornale locale del West Virginia. E vedendola mi ero sentita orgogliosa non tanto del suo risultato quanto della sua magrezza sotto la toga accademica.

Una figlia *rotondetta* era assolutamente esclusa.

Perciò non mi ha sorpreso venire a sapere che, quando a tre anni mia madre mi aveva sgridato perché mangiavo le caccole del naso, le avevo risposto: «Perché, mamma, hanno troppe calorie?». Alle elementari, il mio "dolcetto" alla fine del pranzo era una singola compressa di vitamine dei Flintstones. Alle insegnanti della Saint Patrick era stato chiesto, quando veniva distribuito il latte, di dare a Katherine quello scremato, invece che intero. «*Tesoooooro*,» mi diceva mia madre con il suo accento strascicato «ricordati sempre di bere quello *azzurro*!»

«Mamma, perché io sono l'unica che beve quello azzurro, mentre gli altri bevono tutti quello rosso?»

Lei mi aveva dato una risposta razionale e io l'avevo accettata razionalmente. Tutte quelle calorie in più, e per cosa? E io mi fidai. Non era un problema vedere quel cartone di latte azzurro in mezzo a un mare di cartoni rossi. E poi, un giorno, la mia migliore amica Robin, magra, bionda e bevitrice di latte intero fino al liceo, aveva insistito perché bevessi un sorso dal suo cartone rosso. In quel momento il mio mondo era andato in pezzi e mi si erano spalancati davanti orizzonti nuovi.

La prima croccante, bollente forchettata di sartù ebbe sul mio corpo di ventunenne lo stesso effetto di quel primo sorso di latte intero, freddo, alla scuola episcopale Saint Patrick, nell'autunno del 1981. La mia trasformazione *carnale* era cominciata, e non si poteva più tornare indietro.

Bucato

Era una mattina di fine settembre, quando arrivai al consolato con un enorme sacco di bucato in spalla, neanche fossi Babbo Natale. Salutai con la mano i soldati armati di mitraglietta, feci un cenno con la testa al ritratto di Clinton e mi misi a cercare freneticamente Cynthia.

Il bucato era diventato per me motivo di grande ansia. Non avevo la lavatrice, a Napoli non c'erano lavanderie a gettoni e ogni volta che portavo le mie cose sporche in una lavanderia normale le donne prendevano il sacco e ci guardavano dentro. Scioccate, scandalizzate, mi fissavano e dicevano: «Ma qui c'è *roba intima*!».

Che roba intima? Dove?

«Hai portato reggiseni e mutande alla lavasecco?» mi chiese Cynthia, orripilata. «No, tesoro, no.» Mi spiegò che a Napoli la *roba intima* – i reggiseni, le mutande e perfino le canottiere – non la tocca nessuno tranne il proprietario. Sono capi estremamente, estremamente personali. E io me ne andavo in giro per tutta la città con un sacco pieno di mutandine sporche, a metterle sotto il naso della gente! Che umiliazione!

«Ma cosa dovrei fare, Cynthia? Non posso mica portare questa roba a casa di Salvatore e chiedere a Raffaella di metterla in lavatrice!»

Non mi era venuto in mente di fare quello che avrebbe fatto qualsiasi donna napoletana: comprare del detersivo e lavare la biancheria nel lavandino. Ero stata cresciuta da una donna che non si sarebbe mai *sognata* di toccare la propria biancheria sporca. Lei faceva quello che avrebbe fatto qualsiasi figlia di un predicatore del Sud: buttava le sue cose in lavatrice e le lavava alla temperatura più alta possibile.

Così, *l'egregia Direttrice dell'Ufficio Politico del Consolato degli Stati Uniti d'America* mi permise di andare da lei con il mio ingombrante sacco di biancheria sporca, per usare la sua enorme lavatrice General Electric (il sacco era così ingombrante perché la prima soluzione che avevo trovato al problema era stata, ovviamente, comprare una *montagna* di biancheria intima). Non vedevo l'ora che la giornata finisse per poter andare nell'appartamento di Cynthia, affacciato sul Golfo. Avevo bisogno dei suoi consigli, oltre che della sua lavatrice.

«Ti spiego» cominciò, dopo aver infilato la mia biancheria nel cestello (sperduta e anonima in tutto quello spazio tipicamente americano. Adoro il dipartimento di stato!). Aprì un gigantesco pacchetto di Doritos comprato alla base militare e lo posò sul tavolino. «Ci sono cose di cui a Napoli *non* si deve parlare, riguardo l'igiene personale e le questioni intime. Prima di tutto, *devono* credere che tu ti faccia il bidet. A casa, quando un ospite ti chiede di usare il bagno, offrigli un asciugamano per le mani e uno per il bidet. Quando sei ospite da qualcuno, e te ne offrono uno, non dire: "No, grazie, non mi serve". È un modo indiretto per ammettere che, dato che sei americana, non ti fai il bidet.»

«Infatti non lo faccio!»

«Ma loro *non devono saperlo*. Devono pensare che usi uno specifico detergente intimo o *sciacquapatata*, come lo chiamo io. E che dopo ti asciughi con l'asciugamano per il bidet.»

Il suo consiglio era arrivato troppo tardi. Con orrore ripensai a qualche giorno prima, quando Raffaella mi aveva offerto due asciugamani e io le avevo risposto, tutta allegra: «Ne basta uno! Uso lo stesso per asciugare tutte e due le mani!».

«Ma non sanno che può bastare la carta igienica, se usata come si deve?» E, in caso contrario, non potevo essere io la prima a spiegare le potenzialità di quella che gli inglesi chiamano *sua maestà il grande rotolo*?

«No.» Cynthia era un tipo paziente. Oh, quanto era paziente. «Pensano che sia disgustoso non lavarsi con un sapone specifico dopo che sei andata in bagno; ti pone automaticamente allo stesso livello degli animali.»

Mentre sgranocchiavamo Doritos, le raccontai qualcosa in più su Salvatore e sugli Avallone. Le spiegai che, dopo aver cenato al Denza, scendevo gli scalini di marmo fino al telefono pubblico stringendo nella mano sudata una scheda telefonica. E che il nervosismo mi passava non appena sentivo il suo allegro: «Ehi, Pagnottella!». La voce di Salvatore, i suoi colpi di clacson quando veniva a prendermi con la piccola Fiat rossa per portarmi a mangiare da sua madre, dicevano: *sei una donna, sei bella, e sei piena di appetiti sani e normali.* Avevo imparato tante cose in America, ma non queste. Il mio corpo cominciava ad avere fame di tutte le sensazioni che mi faceva provare quel ragazzo.

Mentre cominciavo a innamorarmi di Salvatore, però, ero preoccupata per i pregiudizi che nutrivo nei confronti degli uomini italiani. Non erano tutti dei latin lover che tradivano le loro ragazze? Cynthia era single, ma l'avevo vista arrivare con molti uomini diversi agli eventi ufficiali organizzati al consolato.

«È un secchione?» mi chiese.

Non lo sapevo. Era italiano, come facevo a capire se era un secchione o no? Gli indizi per capirlo non erano molti. Come si vestiva? Come un italiano. Come parlava? Come un italiano. Non potevo utilizzare nessun parametro linguistico o culturale per giudicarlo.

«Perché se vuoi costruire qualcosa con un italiano, *devi* cercarti qualcuno un po' secchione. Gli altri sono tutti dei donnaioli, e comunque anche gli sfigati possono essere carini e affascinanti. Fidati.»

«Vive con i suoi genitori e studia un sacco» le confidai.

«Buon segno.»

La lavatrice emise un segnale e io ringraziai Cynthia.

Stavo per andarmene, quando lei mi posò una mano sulla spalla e mi chiese: «Ti piace davvero tanto, tesoro?».

Non ero sicura di cosa mi piacesse esattamente. Ero infatuata di lui, della sua famiglia o di entrambi? Ma cominciavo a capire che forse non era importante dare un nome alla cosa per poterla archiviare in un piccolo scomparto del mio cervello. Mi sentivo amata e nutrita. Il resto sarebbe venuto da solo. Luciano De Crescenzo una volta ha detto che, se Dio volesse portare tutti i napoletani in Paradiso, non dovrebbe fare altro che tirare un filo del bucato e tutta la città gli andrebbe dietro, perché tutti gli edifici di Napoli sono uniti dai fili per il bucato.

La mia biancheria era finita in un'enorme lavatrice americana, ma i fili del bucato di De Crescenzo rappresentavano un'immagine più precisa dei legami che si stavano formando nel mio cuore.

'O ragù

Il ragù è un elemento così importante della cultura e di tante ricette napoletane (tra cui le lasagne e il sartù) che Eduardo De Filippo gli ha dedicato perfino una poesia in dialetto. Un marito cerca di convincere la moglie che il suo ragù non è buono come quello della mamma. E la poesia è una bellissima ode al ragù:

'O 'rraù

'O 'rraù ca me piace a me
m' 'o ffaceva sulo mammà.
A che m'aggio spusato a te,
ne parlammo pè ne parlà.
Io nun sogno difficultuso;
ma luvàmmel' 'a miezo st'uso

Sì, va buono: cumme vuò tu.
Mò ce avèssem' appiccecà?
Tu che dice? Chest'è rraù?
E io m'a 'o mmagno pè m' 'o mangià...

M' 'a faje dicere na parola?
Chesta è carne c' 'a pummarola.

Ed ecco la traduzione (speriamo che De Filippo non si rivolti nella tomba):

Il ragù che piace a me
lo faceva solo mamma.
Da quando ti ho sposata,
ne parliamo come se fosse ragù, ma non lo è.
Io non sono di gusti difficili,
ma togliamoci questa abitudine.

Sì, va bene: come vuoi tu.
Mica vogliamo metterci a litigare...
Secondo te questo è un ragù?
E io me lo mangio tanto per mangiare...
Ma posso dirti una cosa?
Questa è semplicemente carne col pomodoro.

Il segreto per cucinare il vero ragù napoletano è lasciarlo *pippiare*. Questo verbo onomatopeico dialettale si riferisce al rumore che fa il sugo quando sobbolle per ore. (Non dovrei fare qualcosa? «Lascia stare!» diceva Raffaella. «Perché ci vuoi fare per forza qualcosa?») Nonna Clara, la mamma di Raffaella, che aveva allevato otto figli dopo la guerra, lasciava cuocere il ragù per almeno dodici ore, altrimenti la salsa veniva troppo rossa. «Non deve essere troppo rossa. A Napoli deve essere quasi nera e così densa che fai fatica a mescolarla» mi spiegò Raffaella. Per riuscire a mescolare un pentolone di ragù per dieci persone cotto in una pentola di terraglia per dodici ore, nonna Clara doveva avere dei bicipiti da fare invidia a Rocky.

Ero stata parecchie volte a cena dagli Avallone. Grazie all'equivoco del *ci sentiamo*, io e Salvatore parlavamo al telefono quasi tutti i giorni. I cellulari non esistevano e lui viveva in casa, perciò, quando chiamavo, era inevitabile che parlassi prima con sua madre: bella giornata, vero? Com'è andata al consolato oggi? Cos'hai mangiato a pranzo? (A quanto pareva, due giovani napoletani non potevano uscire insieme senza conoscere i rispettivi genitori. Una madre americana è capace di passare la cornetta in maniera sbrigativa, ma a Napoli sarebbe maleducazione. Mesi dopo, quando Salvatore chiamava casa mia a Washington, mia madre gli diceva: «Ciao! Un attimo che te la passo» e lui mi chiedeva: «Cosa le ho fatto, che mi odia tanto?».)

La sera del mio primo *ragù*, anzi, dei miei primi rigatoni al *ragù*, Salvatore finì di studiare tardi ed entrò in cucina con addosso una felpa di Topolino. Ancora prima che si sedesse, sua madre gli porse un cucchiaio di legno traboccante di sugo denso e lui aprì la bocca. Lei gli mise una mano sotto il mento e lo imboccò.

Ero sbalordita dalla totale mancanza di indipendenza di Salvatore. E di orgoglio, per l'amor del cielo! Aveva ventitré anni! Quando Raffaella vide che li guardavo turbata, fece quello che doveva fare. Usò lo stesso cucchiaio per imboccare me.

Io e Salvatore ci eravamo scambiati la saliva, ma dovevamo ancora baciarci.

Il nostro piatto quella sera era così pieno di ragù che non si vedeva più il colore della pasta. Raffaella aveva rovesciato i rigatoni nel sugo; ce li mise davanti e poi aggiunse su ogni piatto un'altra mestolata di ragù. «Deve rimanerne abbastanza per fare la scarpetta» spiegò.

Quando Salvatore mi lasciò davanti al cancello del pensionato avevo già dimenticato l'imbarazzo di essere stata imboccata. «*Te piace 'o ragù, eh, Pagnottella?*» rise.

«Sì, certo, infatti, mi è piaciuto il ragù» gli dissi. Mi piaceva anche il suo sorriso e il modo in cui mi toccava la guancia quando diceva *Pagnottella.*

Ma al momento del solito *Ci sentiamo* o *Ci vediamo*, invece di schizzare via con la sua Fiat rossa, Salvatore scese dalla macchina e rimase lì in piedi. L'aria umida odorava di magnolia e di un dolciastro acre proveniente dai ristoranti lì vicino. Un motorino ci passò di fianco. Io ridacchiai per riempire il silenzio.

Salvatore si guardava intorno a disagio, guardava ovunque tranne che nei miei occhi. Un istante di esitazione, di tensione, e poi la sua bocca fu sulla mia. Una cosa così improvvisa e sfacciata che il mio unico pensiero fu: "Quand'è che si è ubriacato?". Sono stata con lui tutta la sera! Nessuno avrebbe mai fatto una cosa del genere senza avere bevuto o fumato qualcosa! «Vieni, Pagnottella, sali in macchina» disse. Ubbidii. Questo era Salvatore? Il ragazzo che si era fatto imboccare solo un'ora prima? Quello che mi aveva tagliato premurosamente la pizza? Dove stavamo andando?

Ero attratta da Salvatore e volevo baciarlo, ma il suo comportamento mi sconcertava. Non avevo fatto molta esperienza con i ragazzi americani, ma quelli che mi venivano dietro al college erano stati sempre gentili e circospetti nelle loro avances... se non avevano bevuto. Nel 1996, a Princeton, ai maschi si insegnava a chiedere «Posso baciarti?» e a evitare di darsi da fare fino a quando non avevano ricevuto un'autorizzazione verbale. Questo ragazzo era arrivato da zero a cento senza nessun preavviso, ed era sobrio! Nessun passo indietro per verificare le mie reazioni o per controllare se a me era piaciuto o no. Cos'avrebbe fatto adesso?

Salvatore parcheggiò fra una fila di macchine simili, in

cima alla collina di Posillipo, da dove, di giorno, avremmo potuto ammirare il mare e le isole di Nisida, Procida e Ischia. La macchina vicino a noi aveva i finestrini e il parabrezza foderati di giornali e oscillava avanti e indietro.

Capii in seguito che andare lì a fare sesso in macchina era una necessità per i ragazzi napoletani che vivono in piccoli appartamenti con la famiglia e non hanno nessuna privacy. (La parola *privacy* non esiste nemmeno nel vocabolario italiano, perciò si usa quella inglese, pronunciata con una *r* arrotondata e una lunga, languida *ai*.) C'era perfino un tizio, seduto a un tavolino, che vendeva preservativi, vecchi giornali, Kleenex e nastro adesivo. (Ci ho impiegato un po', ma alla fine ho capito a cosa serviva tutto quell'armamentario.) Quello che non ho mai capito, però, è perché tutti quei ragazzi scegliessero un posto con una vista così spettacolare. Forse l'ambientazione romantica aiutava a creare l'atmosfera giusta, anche se poi l'unica cosa che le ragazze finivano con il guardare era magari la pagina sportiva di un quotidiano del sabato.

Mentre mi rendevo conto che, in pratica, mi trovavo nell'equivalente napoletano di un drive-in americano degli anni Cinquanta, Salvatore continuava a baciarmi. La pressione delle sue labbra e il profumo del suo dopobarba mi tenevano ancorata al presente, ma il sapore di ragù del suo respiro mi riportava nella cucina di sua madre. Le macchine ondeggiavano di fianco a noi e la sua mano si mosse veloce su di me, palpando un po' qui e un po' là. Stava succedendo troppo, troppo in fretta. Gli spostai la mano. E dissi anche «No», con una certa energia.

Salvatore non insistette, smise di baciarmi e disse: «Va bene!», come se avessimo appena finito una partita a carte e fosse ora di tornare a casa. Accese il motore e mi riportò al Denza. Quando scesi barcollando dalla macchina, con una leggera nausea e le gambe molli, gridò dal finestrino: «Ciao, bella Pagnottella!» e sgommò via.

Non disse: «Ci sentiamo domani» e ne fui contenta. Non sapevo come comportarmi con lui, ora. Come potevo conciliare nella mia mente il dolce *mammone* con il silenzioso palpeggiatore? Dovevo parlare con qualche italiana che non fosse imparentata con lui. Dovevo scoprire se il suo era un comportamento normale.

La sera successiva, in mensa, aspettai con ansia l'arrivo delle mie tre fate madrine calabresi. Sarebbero rimaste scioccate dall'intraprendenza di Salvatore! Se con il mio italiano fossi riuscita a spiegare loro quello che era successo, si sarebbero *di sicuro* scandalizzate insieme a me. Ma alla fine, fui io ad avere una sorpresa.

Raccontai l'accaduto meglio che potevo, con tanto di pause per aumentare la suspense e calcando la mano sul mio ruolo di vittima inconsapevole. Loro mangiarono con calma e educazione le scaloppine di vitello, annuendo nei momenti giusti. Quando terminai, ci fu un lungo silenzio. Poi Maria Rosa chiese: «Quindi?».

«Giusto» aggiunse Francesca. «Cos'ha fatto di tanto terribile?»

«Non me l'ha nemmeno chiesto, non ha minimamente dubitato che volessi essere baciata! O toccata! L'ha fatto e basta!» risposi. «Mi ha messo le mani dappertutto! Pensate che fosse ubriaco?» Credevo davvero che quella fosse l'unica spiegazione possibile per un comportamento tanto aggressivo.

«Certo che no. È un ragazzo! Cosa ti aspettavi che facesse?»

Ora quella scioccata ero io. Secondo loro quello era

un comportamento normale per un maschio! «Insomma è così che fanno i ragazzi da queste parti? Partono in quarta e basta?»

«No! *Anzi*!» Francesca mi regalò un'altra parola italiana che ricorderò a vita. *Anzi* significa "al contrario", e viene pronunciato con decisione, sollevando le sopracciglia e con una lunga *a* iniziale. «I ragazzi fanno molto di peggio! Fammi capire: vi siete visti sei o sette volte e lui non ti ha mai toccata prima e non ha cercato di fare sesso con te?»

«Esatto.»

«Sei *sicura* che non sia gay?»

E così, in un certo senso, queste due ragazze meridionali salvarono la mia storia con Salvatore. Qui, mi spiegarono, un ragazzo va avanti fino a quando la ragazza non lo ferma. Sempre, senza eccezioni. E di solito i ragazzi sono molto più insistenti di lui. «Mollagli uno schiaffo, se occorre» mi disse Maria Rosa. «Offendersi? Perché dovrebbe offendersi per uno schiaffo? Non dimenticare che gli uomini diventano bisognosi e patetici quando si tratta di sesso. Tu hai il potere. Usalo.»

Pane e vino

«Vediamo se riusciamo ad acchiappare una messa» mi disse Raffaella, una domenica di ottobre. Io ero confusa, visto che *acchiappare* era lo stesso verbo che usava per dire "pescare un pesce" o "raccogliere le briciole in prossimità delle parti intime di qualcuno". Sapevo che era una cattolica praticante, ma non avevo mai sentito che qualcuno potesse afferrare una messa prima che scappasse via.

Il sabato e la domenica, a Napoli, c'è una messa ogni ora, e ovunque ci si trovi c'è almeno una chiesa nelle vicinanze. Raffaella era in perenne ritardo e non si ricordava mai quale messa cominciasse dove. Perciò, acchiappare una messa significava salire su una Punto azzurra (Nino guidava una Lancia, più grande) e sfrecciare per la città in cerca di una chiesa dove il prete stesse iniziando a farsi il segno della croce quando arrivavamo. Raffaella parcheggiava in tripla fila e correva dentro e fuori da quelle chiese barocche (segnandosi sempre due volte, quando entrava e quando usciva) finché non trovava la messa che cominciava al momento giusto.

La funzione domenicale della Christ Memorial Presbyterian Church di Columbia, nel Maryland, cominciava alle undici e noi non eravamo mai in ritardo.

«*Ragaaaaaaazzeeeeee!!!* È l'ora della messa!» gridava mia madre, almeno un'ora prima dell'inizio. Con i capelli a boccoli e i vestiti con le sottogonne inamidate (mia madre riusciva a trovare delle sottogonne anche nella Washington degli anni Ottanta), io e Anna prendevamo gli spartiti ed eseguivamo gli ultimi esercizi di riscaldamento per la voce. Un veloce *mee mee mee mee mee* su e giù per la scala musicale, per liberarci della raucedine notturna.

Nostro nonno (che chiamavamo Mimi) era il pastore, e quando ci chiamava sul pulpito la gente pensava che fosse una cosa improvvisata. «Katherine, tesoro, perché non vieni qui a cantarci qualcosa?» chiedeva, come se l'idea gli fosse appena venuta in mente. Mimi era un ottimo attore. E quel *qualcosa* di solito era una canzone che avevamo provato centinaia di volte o una poesia che avevamo imparato per una gara di recitazione in quarta elementare e che si abbinava benissimo con il suo formidabile sermone. Ci impegnavamo molto insieme a lui per fare in modo che la performance durante la funzione venisse *per-fet-ta*. L'altare era un palcoscenico e la congregazione un pubblico di amici affettuosi.

Io e Anna frequentavamo una scuola episcopale e mio nonno diceva sempre che per lui erano come cattolici. Detto da lui, non era un complimento. La rigorosa liturgia cattolica, i dogmi, le *regole* erano qualcosa a cui mio nonno aveva rinunciato quando aveva cominciato a frequentare quella scuola domenicale presbiteriana in West Virginia, nel 1920. Voleva essere libero di emozionarsi, appassionarsi – *di applaudire, cavolo* – quando sua nipote suonava una splendida *Per Elisa* al pianoforte, prima del sermone.

I presbiteriani non sono poi così disinvolti, e come diceva mia nonna: «Il vostro Mimi ha scelto il culto sbagliato. Avrebbe dovuto diventare battista». Quelli sì che ci sapevano fare in scena.

Per me, la funzione era uno spettacolo perfettamente rodato. La grande croce di legno, la bandiera americana e le vetrate rappresentavano il set; gli inni, con le loro armonie a quattro voci, erano la colonna sonora, e mio nonno era la star. I sermoni del reverendo Salango erano così commoventi che nella congregazione non restava un solo occhio asciutto e perfino lui, alla fine del servizio, aveva il fazzoletto zuppo di lacrime («Cavolo, anche stavolta mi sono lasciato trascinare!» ci diceva). Io e mia sorella eravamo le guest star e aspettavamo con ansia il colpetto composto che la mamma ci dava sulla spalla quando tornavamo a sederci per dirci che eravamo state brave.

Tutto sommato ero grata alla Riforma. Ero fermamente convinta che Lutero e Calvino avrebbero apprezzato le mie performance canore di *Les Misérables* in chiesa.

La prima volta che accompagnai Raffaella, entrammo nella chiesa di Santo Strato diversi minuti prima dell'inizio della messa. La chiesa risaliva al XVI secolo ed era stata recentemente ridipinta a colori vivaci, un po' stile Palm Beach. Mentre seguivo Raffaella verso le prime panche, mi domandai perché non avessero scelto tinte più sobrie o discrete. (In seguito, vedendo i colorati affreschi delle chiese in centro, appresi che già cinque secoli fa i napoletani sceglievano tonalità del genere). Sull'altare svettava una statua di Maria con una veste blu elettrico e le braccia aperte, come a dire: "Basta con tutto quel grigio e quell'azzurrino slavato". Ci trovavamo vicino alla spiaggia, e il blu elettrico era perfetto per lei. Con qualche strass e un paio di grandi occhiali di Armani sarebbe sembrata un'autentica signora napoletana.

La chiesa odorava di lacca per capelli e incenso. Era piena di donne di tutte le età vestite e truccate come se fossero uscite a divertirsi. Jeans attillati. Fondotinta applicato alla perfezione, senza stacco di colore fra viso e collo. E gli occhi! Perfino le settantenni sapevano sfumare l'ombretto. Le ragazze giovani esibivano la loro linea perfetta e i nuovi colpi di sole, quelle meno giovani i ritocchi estetici. Come Raffaella, tutte luccicavano e scintillavano e facevano un sacco di confusione. Le loro voci erano diventate profonde e roche, per i continui richiami rivolti ai figli e nipoti che giocavano a pallone. «A tavolaaaaa!» gridavano quando era ora di mangiare e le loro voci risuonavano non solo per tutta la casa ma anche nei cortili e nelle piazze circostanti.

A Napoli ti sentono solo se hai una voce forte e insistente. Quando vengo interrotta, la mia vocetta americana si affievolisce; quella dei napoletani si alza e diventa più aggressiva. Una napoletana, se viene interrotta nel bel mezzo di una storia o è chiaro che nessuno la sta più ascoltando, spesso afferra il suo interlocutore per un braccio, lo guarda dritto negli occhi e comincia a dire: «E senti, senti!» fino a quando non è sicura di avere di nuovo la sua attenzione.

Molte delle donne nella chiesa di Santo Strato conoscevano Raffaella e ci fu un grande scambio di abbracci e saluti: «Raffa!», «Mirella bella!» e via dicendo. Le amiche di Raffaella mi scrutarono sfacciatamente da capo a piedi (occhi, tette, vita, scarpe) e le dissero: «È americana, vero? Che bella!». «Grazie, grazie» rispondeva Raffaella. E dopo quell'esame venni completamente esclusa dalla conversazione. Colsi dei brandelli di frasi, *occhi da cerbiatta* e *non sembra americana*. Una delle donne che mi aveva vista alcune settimane prima a casa degli Avallone disse: «È dimagrita un sacco!».

Raffaella non mi perse di vista un solo istante e mi tenne per tutto il tempo a braccetto o per la vita come in una quadriglia, mentre parlava di me con le sue amiche. Mi stava proteggendo? Stava marcando il territorio? Era strano sentire queste signore eleganti parlare di *me*, sopravvissuta a un disordine alimentare e con addosso un maglioncino un po' logoro comprato in un outlet nel 1989.

Maria vigilava su tutto questo, felice nella sua veste blu elettrico.

Non c'era pericolo di scorgere un esemplare di sesso maschile nella congregazione, in parte perché il Napoli giocava contro l'Inter. Ma non se ne sentiva la mancanza. Anzi notai che in chiesa, a Napoli, ci andavano soprattutto le donne. Era il loro regno, proprio come lo stadio San Paolo era il regno degli uomini. I confini erano molto chiari ed erano poche le donne che cercavano di convincere i loro mariti a fare qualcosa insieme. Perché mai le donne avrebbero dovuto volere gli uomini in chiesa? E perché mai gli uomini avrebbero dovuto volere le donne allo stadio?

«Nel nome del Padre, del Figlio e dello Spirito Santo»: una voce baritonale interruppe il baccano attraverso gli altoparlanti e io mi voltai verso il prete, padre Giampietro, allontanandomi da un'amica di Raffaella che mi stava accarezzando ed esaminando i capelli. I colori sgargianti dietro l'altare costituivano uno sfondo perfetto per Giampietro. Era un affascinante trentacinquenne che sotto la veste talare portava stivali da cowboy (con tanto di speroni) e aveva i capelli perfettamente ondulati e pettinati. Un giorno, mentre attraversavamo il centro di Napoli, io e Salva lo abbiamo visto sfrecciare nel traffico in moto.

«Giampietro!» gli ha urlato dal finestrino Salvatore. «Sei un prete! Ti dovresti mettere il casco!»

«I capelli!» ha risposto il prete scherzando. «Mi rovina i capelli!» ed è corso via, per fare visita a qualche nonna in punto di morte.

Quel giorno, il microfono di Giampietro fischiava e scoppiettava. E io sperai, no, pregai, che la dj Maria mandasse un abile tecnico del suono in tutte le piccole chiese del Sud. Quanti problemi di udito avrebbe risolto un buon soundcheck! Gli amplificatori esistevano da parecchi anni, ma nella maggior parte delle chiese non sono necessari perché si tratta di spazi ampi e cavernosi, con l'acustica perfetta anche per il predicatore meno enfatico ed esuberante. Giampietro non era un prete troppo esuberante, intendiamoci, ma era italiano e la sua voce si faceva sentire.

Quando ci sono gli amplificatori accesi, nessuno controlla il volume del microfono e della musica registrata. Così, quando Giampietro attaccò con «Nel nome del Padre...», il microfono cominciò a scoppiettare e dagli altoparlanti uscì un fischio acutissimo. Molte delle donne stavano ancora parlando. «Ho provato la ricetta di quel risotto, ma non sono sicura che la provola...»

Poi arrivò il momento della preghiera dei fedeli. Una ragazza in jeans salì sul pulpito al posto di Giampietro e con voce monotona ci esortò a ripetere «Vieni, Salvatore» dopo ogni intenzione. Per la chiesa... Vieni, Salvatore; per le famiglie... Vieni, Salvatore; per i malati... Continuai a ripetere «Vieni, Salvatore» con Raffaella e tutta la congregazione.

Lo confesso: mentre dicevo «Vieni, Salvatore» non pensavo al figlio di Maria ma a quello di Raffaella. Blasfemo, lo so! Ma nonostante la sua sfacciataggine, nonostante i problemi di comunicazione, nonostante vedessi molto di più sua madre, mi stavo innamorando di lui. Mi stavo innamorando del suo fisico abbronzato ed elegante, del candore con cui si dimostrava attratto da me e di quel sorriso che mi sfidava a non prendere troppo seriamente me stessa e i miei problemi.

Chissà? Magari starmene lì seduta con sua madre, dicendo insieme «Vieni, Salvatore», poteva trasformarsi in una specie di incantesimo che avrebbe avuto effetti positivi sul nostro rapporto.

All'avvicinarsi della Comunione, dagli altoparlanti iniziò a uscire della musica registrata che sembrava una specie di karaoke di pessima qualità. La Comunione non sarebbe dovuta avvenire in un clima di mistero e serenità? Dopotutto, si trattava del corpo e del sangue di Cristo. Ormai avrei dovuto capire che in Italia, e soprattutto a Napoli, tutto è possibile. La magia esiste. Il caos, il rumore e i colori cedono inaspettatamente il posto alla solennità. Come? La risposta è sempre nel cibo.

Giampietro nutriva le sue donne.

«Il Corpo di Cristo» diceva, e le donne si mettevano in fila in attesa che desse loro l'ostia. Quasi tutte non porgevano il palmo per ricevere il Corpo di Cristo, ma aprivano la bocca come bambine che si fanno imboccare dalla mamma con una cucchiaiata di ragù. E si era fatto silenzio: era un momento sacro. Taci e mangia. Non c'era bisogno di nessuna colonna sonora sofisticata.

Dopo la Comunione, quando Giampietro ripeté il segno della croce, mi resi conto che aveva qualcos'altro da aggiungere. Prima di salutare le donne, e prima che la cacofonia di voci che discutevano di ricette si riaccendesse, rivolse un pensiero agli uomini assenti. Dopotutto era un uomo anche lui, e un tifoso. «Ricordatevi... Forza Napoli!»

Se mio nonno Mimi fosse stato lì, mi avrebbe chiamata sul pulpito per stendere tutti con *O Sole Mio* per il gran finale.

Insalata di polpo

Quando eravamo insieme nella sua Fiat, o nella sua stanza, sotto a un grande orologio di Humpty Dumpty, Salvatore non faceva che toccarmi. «Basta!» gli ripetevo, dandogli uno scappellotto. («Non si offendono» mi aveva detto Maria Rosa. «Mollagli uno schiaffo se serve.») Io ero una brava ragazza: cercavo di resistere e fingere che non mi piacesse. Non mi ero mai resa conto che l'amore potesse assomigliare tanto a un gioco.

Iniziai a chiamarlo *polipetto.*

I polpi, appresi di lì a poco, sono creature solitarie. Per questo è così difficile catturarli. Non vivono in branco, preferiscono abitare negli anfratti o mimetizzarsi sotto uno scoglio. Zio Toto, il fratello maggiore di Raffaella, me lo spiegò il giorno della festa di sant'Antonio, mentre Raffaella e sua sorella Pia preparavano un vero e proprio banchetto. Il piatto forte sarebbe stato un polpo di quasi tre chili che Toto aveva pescato il giorno prima.

Nessuno in famiglia poteva definirsi una timida violetta, ma zio Toto si aggiudicava l'Oscar di gran *casinaro.* A Napoli questa parola indica uno che fa sempre casino, rumore, confusione. La parola *casino* è diversa da *casinò*, ma pensare al rumore che fanno le slot machine in un casinò di Las Vegas aiuta a capire come ci si sente vicino a un casinaro. E zio Toto, che è un casinaro enorme, riesce a fare un sacco di baccano.

Inoltre, non si vergogna di niente. È una vera *faccia tosta*, cioè non gli importa un accidente di quello che gli altri pensano di lui. Quando è venuto a Washington per il nostro matrimonio, per venti minuti ha cercato di convincere il bigliettaio della metropolitana a fargli uno sconto. Faccio presente che non spiccica una sola parola di inglese, perciò si esprimeva solo a gesti. E io non mi sono offerta di tradurre.

A zio Toto manca una mano. L'ha persa nel 1972, quando stava preparando i botti per Capodanno. A Napoli, come si sa, il Capodanno si festeggia con i fuochi d'artificio. Sui balconi, sulle terrazze e in strada, la gente fa scoppiare razzi e petardi fino a notte fonda. E ogni anno, il 2 gennaio, i quotidiani pubblicano un elenco dei feriti e, a volte, dei morti. Spesso si tratta di bambini. I loro genitori sono gli stessi che non li farebbero mai uscire di casa senza guanti e cappello in ottobre, per paura che si ammalino. Ma a Capodanno, danno al loro Pasqualino un bel tric trac e gli dicono di divertirsi.

Si penserebbe che avere una mano in meno possa interferire con la caccia al polpo di zio Toto, soprattutto perché non usa reti o fucili subacquei. (All'inizio usava la fiocina, ma poi l'ha abbandonata per provare il brivido di un combattimento mano-tentacolo.) Invece, aver perso una mano non lo penalizza affatto. «Che problema c'è?» dice. Non usa le bombole e quindi, quando intravede un polpo, deve fare un bel respiro prima di tuffarsi. I suoi lunghi capelli grigi fluttuano dietro di lui come quelli di un tritone a caccia della sua preda.

A volte, Toto si apposta dietro uno scoglio e usa una specie di arpione per stanare la preda, nascosta in una tana. Quando l'animale scappa fuori, Toto attacca. Tiene il braccio sinistro vicino al corpo e nuota con le pinne verso il polpo. Usando solo la mano destra, afferra il polpo, gli stringe la testa e gliela gira, gli infila due dita nel cervello e poi lo trascina verso la riva. Il polpo cerca di avviluppare con i tentacoli il moncherino di Toto, per riportarlo nell'acqua alta. Quando Toto riesce a portare in superficie un polpo, lo tiene per i tentacoli e gli sbatte la testa contro uno scoglio (con una mano sola, riuscendo chissà come a non farlo scappare via, in acqua).

Otto braccia contro uno, e Toto vince sempre.

Sono seduta nel soggiorno degli Avallone e ascolto Toto che racconta della scivolosa battaglia di ieri con il polpo. Siamo sul divano e da almeno venti minuti lui non smette di ridere e parlare. Dovrei aiutare con il pranzo: dopotutto, sono una donna. L'odore di mare del polpo supera il profumo della pizza di scarola nel forno. Sento Raffaella e Pia che si danno da fare con efficienza in cucina e so che ogni tentativo di "aiutare" significherebbe intralciarle mentre cucinano il preziosissimo esemplare. Concedere a zio Toto la mia totale attenzione, ho deciso, è il contributo migliore che posso dare alla causa.

«Non è pericoloso? Voglio dire, un polpo potrebbe afferrarla e trascinarla giù» gli chiedo.

«*Eeeeh*» sospira, emettendo un suono che in napoletano significa: "Cosa vuoi farci? Così è la vita". Lo sento fare spesso negli uffici postali o in banca, quando protesto perché all'ora di pranzo non dovrebbero chiudere all'una e un quarto, se sulla porta c'è scritto che chiudono all'una e mezzo, e io devo pagare una bolletta! «*Eeeeh*» sospirano. Così è la vita.

Toto si arrotola orgoglioso la manica della camicia. Si svita la mano finta in modo che io possa vedere meglio le sue ferite di guerra. Lungo tutto il moncherino ci sono delle piaghe rossastre. «Quelli s'aggrappano, t'abbracciano.» Una volta, mi dice, è stato morso da un polpo particolarmente aggressivo (non bisogna stare attenti solo alle ventose, ma anche al piccolo becco nascosto!).

Ecco il rituale per cucinare un polpo: dopo la battaglia, dopo aver vittoriosamente sbattuto la testa del polpo su una roccia, zio Toto, con i lunghi capelli e il costume sgocciolanti, consegna il polpo alle sorelle, che lo infilano in una borsa di plastica. A casa, in cucina, Raffaella batte ancora il polpo con un pestacarne, questa volta su un tagliere. Poi, dopo averlo pulito e dopo aver rimosso il becco, lo tiene per la testa e immerge tre volte i tentacoli in una pentola di acqua bollente. I tentacoli si arricciano a contatto con l'acqua, trasformandosi all'istante in un'acconciatura anni Sessanta. Nell'acqua galleggia un turacciolo di sughero, così i tentacoli rimangono più morbidi. (Sbattere contro una roccia, immergere tre volte in acqua bollente, un turacciolo: non sembra una specie di incantesimo?)

Il pranzo è pronto e io mi sposto a tavola con gli uomini. (Benedetta è a casa del fidanzato, per aiutare la futura suocera a servire il pranzo di sant'Antonio: in tutta Napoli probabilmente non c'è una sola famiglia che non abbia un Antonio da festeggiare.) Raffaella e sua sorella parlottano, assaggiano, aggiustano i piatti con un'ultima spolverata di sale, prezzemolo o parmigiano. Poi cominciano a servire. Giovane, sana e donna, aspetto, fra i sensi di colpa, che mi servano.

Raffaella ha sette tra fratelli e sorelle. La loro mamma, nonna Clara, cucinava pranzi e cene di tre portate tutti i giorni, lavava le lenzuola a mano, preparava le conserve e lavava i pavimenti. I suoi figli, diceva, «non hanno voglia di fare niente. Sono nati stanchi e vivono per riposare». La definiva una "generazione marcia". Vedendo come cucinavano e servivano a tavola Pia e Raffaella e ascoltando il resoconto della battaglia di Toto con il polpo, chissà cos'avrebbe pensato nonna Clara della mia generazione. Altro che marci, siamo proprio in stato di putrefazione avanzata.

Toto sta ancora descrivendo le sue mosse strategiche di ieri, quando Pia (come fanno delle dita a essere così muscolose?) mi mette davanti un piatto di insalata di polpo. Lancio un'occhiata all'antagonista di Toto, condito con aglio, olio d'oliva, prezzemolo, e mi sembra di conoscerlo. Povero polpo, si stava facendo i fatti suoi nella sua tana, quando è piombato dentro l'arpione di Toto! Metto da parte i miei sentimenti e mi preparo ad assaggiare e a esclamare davanti a tutti che è il polpo migliore che io abbia mai mangiato.

Quando tutti si sono serviti, Pia e Raffaella si fermano. Non si siedono, rimangono sull'attenti alle spalle di due sedie dorate del diciottesimo secolo. (In dialetto napoletano si dice: «*A mamma stà assettata, 'o pate stà allerto e 'o figlio fuie*». Se la madre si siede, il padre sta in piedi pronto ad andarsene e i figli scappano. In altre parole, l'armonia naturale della famiglia ne risente.) Silenzio. Toto ha smesso di parlare e i piatti di tintinnare.

Assaggiamo tutti il polpo.

«È duro 'sto polpo.»

È Nino a rompere il silenzio. Parla con la bocca piena, esagerando gli sforzi per masticare il polpo gommoso e facendo fare gli straordinari ai molari. Ho sentito bene? Ha appena detto che il polpo è duro? Che non è buono?

«È buonissimo! È buonissimo!» Entro subito in scena, facendo finta che Nino non abbia detto niente.

Vengo completamente ignorata.

Salvatore asseconda suo padre. «Ha ragione papà.»

I nostri molari continuano il loro superlavoro e io mi ostino con i complimenti. «Mai assaggiato un'insalata di polpo così buona» insisto, nel mio tono più solenne e autorevole. Inghiotto un pezzo intero. I miei canini non hanno nemmeno scalfito la polpa dell'animale. Ma non ho mentito: la verità è che non ho proprio mai mangiato un'insalata di polpo.

Nessuno contraddice Nino e Salvatore: a quanto pare hanno ragione. Non è morbido. Non è saporito. La domanda ora è: di chi è la colpa?

Dopo un silenzio straziante, Pia dichiara: «Toto, è proprio duro il polpo che hai pescato». Non il polpo che abbiamo cucinato. Quello che *tu hai pescato*. Parole bellicose.

«Lella, non è che per caso ti sei dimenticata di batterlo?» chiede Toto con nonchalance. Forte della certezza che il suo polpo non fosse duro, non gli resta che chiedere a sua sorella dove può aver sbagliato *lei*. Raffaella avrebbe dovuto batterlo con un pestacarne prima di torturarlo nell'acqua bollente, spiega Toto autorevole, anche se sospetto che non abbia mai cucinato un polpo. Ma i passaggi li conosce tutti e vuole essere certo che gli altri se lo ricordino.

«Dimenticata?! È chiaro che non mi sono dimenticata!» gli urla lei. «È il polpo! Non era per niente tenero.» Le donne, come sempre, hanno fatto del loro meglio con quello che avevano.

Sono contenta di essere seduta a tavola perché così non vedo le sorelle che buttano il polpo in pattumiera aiutandosi con della carta assorbente. In cucina, si continua a parlare di quanto fosse duro il polpo; a tavola gli uomini si lamentano che a una certa età alle donne non interessa più cucinare. Si dimenticano di battere il polpo, o si impigriscono e pensano che nessuno lo noti.

«Avresti dovuto assaggiare l'insalata di polpo di nonna Clara» mi dice Toto. Chiude gli occhi e se la immagina. Tenera, succulenta.

«Era molto migliore di questa?» gli chiedo per compiacerlo, anche se conosco già la risposta.

«*Eeeeeh*» sospira lui. Ma cosa vuoi farci? Ecco cosa succede quando lasci che a preparare qualcosa di così importante siano le donne di una generazione marcia.

Presenza

«Qual è il ruolo di quella donna? Cosa fa?» chiesi a Salvatore. Stavamo guardando un programma di calcio accoccolati sul divano a digerire il *gattò di patate* che Raffaella aveva preparato con pangrattato, prosciutto, parmigiano e mozzarella. Ero contenta di poter appoggiare la testa sul suo petto.

«Presenza. È lì per fare presenza» mi spiegò.

Presenza significa esserci fisicamente oppure, se accompagnato da *bella*, avere un aspetto gradevole. Una bella presenza. Quella donna era sicuramente bella e non c'era dubbio che fosse fisicamente presente.

Attorno a lei c'era un gruppetto di uomini di mezza età che parlavano (tutti insieme) del Napoli. Mentre gli uomini sedevano su delle comode poltroncine, la donna di *bella presenza* era appollaiata su uno sgabello. Uno sgabello molto alto. Il che era pratico, visto che la telecamera non le inquadrava solo il viso, come faceva con gli uomini, ma saliva lentamente dai tacchi a spillo lungo le gambe chilometriche strategicamente accavallate. L'inquadratura esitava speranzosa all'altezza della minigonna e cambiava angolazione, nel tentativo di catturare un altro po' di pelle nuda. Poi continuava a salire, piano (che fretta c'era?), superando la scollatura generosa per fermarsi, finalmente, sul viso. Gli uomini, che continuavano a litigare in sottofondo, non sapevano di non essere inquadrati. Il cameraman, a quanto pareva, aveva occhi solo per Roberta.

Peccato che nessuno l'avesse avvisata di quei primi piani. Si vedeva che si stava annoiando e che non seguiva la conversazione. Infatti si stava esaminando le doppie punte.

Il cameraman, invece di cambiare inquadratura davanti a quel totale disinteresse, continuò a indugiare su di lei. I telespettatori potevano sentire gli uomini che discutevano di questo o quel portiere in sottofondo, ma vedevano solo Roberta e le attenzioni che dedicava ai suoi capelli. Ancora qualche secondo, e poi udii chiaramente il fischio di qualcuno che cercava di richiamare l'attenzione di Roberta. In diretta! Lei alzò lo sguardo, in cerca della camera, e cominciò a sorridere. Un sorriso assente, plastificato. Può sembrare incredibile, ma era molto più interessante quando si esaminava le doppie punte.

C'è una donna sexy e annoiata come Roberta in quasi ogni programma sportivo trasmesso in Italia. I quiz e i varietà ospitano le più vivaci *vallette*, vestite in modo succinto ballando e pavoneggiandosi. Sono molto più che una *presenza*; in un quiz, una valletta sexy entra ed esce a intervalli regolari e si esibisce in una lap dance con un concorrente. Tutti gli altri guardano, come se fosse la cosa più normale di questo mondo, senza risate o sopracciglia inarcate.

In un altro gioco a quiz, una valletta con un bikini di due taglie più piccolo se ne sta in piedi al centro dello studio e agita le sue grazie. La sfida, il conflitto e ciò che alimenta il suo percorso artistico, è riuscire a non far cadere il reggiseno del bikini senza tenerlo su con le mani. Stranamente, quando non ci riesce e le tette saltano fuori, la telecamera non cambia inquadratura. A quanto pare, il regista pensa che se non riesce a tenersi addosso i vestiti è solo un problema suo.

In un programma c'è un uomo, vestito con un voluminoso costume da cartone animato (ricordiamoci che non è un programma per bambini) e con una voce buffa, che passa il tempo cercando di mettere le mani addosso alla valletta. È rotondo, rosso, e corre per lo studio urlando parole incomprensibili (come al solito parlano tutti insieme, tranne la valletta). Il conduttore sembra trovare la cosa molto divertente. Un matrimonio fra la Disney e i film porno: insomma, cosa si può desiderare di più da un programma televisivo?

L'ex primo ministro Silvio Berlusconi, come tutti sanno, era molto orgoglioso delle vallette del suo paese. La notizia dei suoi festini con il bunga bunga ha scioccato il mondo. Ma non ha scioccato parecchi napoletani. Il fatto che il premier invitasse delle vallette (alcune delle quali non ancora maggiorenni) nella sua villa in Sardegna, il fatto che prima di invitarle volesse vederle in foto, era solo il modo con cui gli uomini potenti come lui si assicurano di avere commensali... interessanti.

No, quello che ha scioccato i napoletani sono stati certi balletti. Il segno è stato superato quando hanno scoperto che Berlusconi se ne sarebbe stato seduto in poltrona mentre queste vallette gli agitavano le tette davanti alla faccia. I responsabili del suo staff avrebbero badato che ad agitarsi nel *bunga bunga* fosse una ragazza per ogni gruppo razziale.

Non si trattava di un programma televisivo, era una notizia nazionale. E lui era un capo di stato. Perfino per i napoletani, di solito comprensivi, era troppo.

Nel 1998 gli italiani rimasero affascinati dallo scandalo di Monica Lewinsky. Mi chiedevano che cosa pensassi della brutta figura che aveva fatto il mio paese. In particolare, mi chiedevano: «*Per chi sei?*», e io pensavo che intendessero se stessi dalla parte dei Democratici che sostenevano Clinton o dalla parte dei Repubblicani che insistevano per un *impeachment*. Io rispondevo che per quanto il presidente avesse umiliato se stesso e il paese, un *impeachment* rappresentava una misura troppo drastica... No, mi interrompevano loro. Quello che vogliamo dire è: stai dalla parte di Monica o di Bill?

Un momento. Lui contro lei? Non aveva senso. Monica non era la protagonista ma un personaggio secondario. Al centro c'era il presidente degli Stati Uniti, che aveva abusato del proprio potere, umiliando...

«Sì» dicevano. «È un'umiliazione. Avrebbe potuto sceglierseně una più bella.»

A scandalizzarli non era quello che Clinton aveva fatto, ma che avesse scelto di farlo con una donna *chiatta* e poco attraente. Perciò, quella che rispettavano era Monica. Se una come lei, non particolarmente bella, poteva sedurre il presidente degli Stati Uniti, si meritava di diventare la star di quella vistosa sceneggiata. Il presidente della più grande potenza del mondo con una sola ragazza, per di più nemmeno bella? Doveva trattarsi di una ragazza speciale. Se fosse successo in Italia, probabilmente avrebbero eletto *lei* presidente.

So che una delle preoccupazioni maggiori del governo italiano, al momento, è la continua "fuga dei cervelli": gli studiosi, soprattutto nel campo delle scienze, che dall'Italia si trasferiscono nel Nord Europa e negli Stati Uniti. Il parlamento sta vagliando la possibilità di sovvenzioni e altri incentivi che invoglino i giovani ricercatori di talento a non lasciare il paese. Non posso evitare di pensare, tuttavia, a cosa succederebbe se invece si verificasse una *fuga dei culetti*, nella quale soubrette e vallette abbandonassero la penisola per lavorare altrove. Questo sì che scatenerebbe una crisi nazionale.

Dato il contesto, credo che le "belle presenze" nei programmi sportivi siano uno degli aspetti meno offensivi della televisione italiana. Per cominciare, non hanno una telecamera piazzata *sotto* la gonna. E soprattutto le vallette che compaiono in questi programmi sono, magari senza rendersene conto, oneste e trasparenti. Roberta è trattata come un oggetto, d'accordo. Ma dietro c'è qualcosa di molto umano: una donna italiana, come tante altre, che si annoia quando gli uomini parlano di calcio.

Un solo piatto di pasta

A metà ottobre mi chiesero di lasciare il Denza e di trovarmi una nuova sistemazione. Gli studenti erano arrivati e a quanto pareva io rappresentavo una minaccia. Avevo inconsapevolmente infranto una gran quantità di regole di quell'istituto cattolico (e no, i bidet non c'entravano, ma non posso fare a meno di chiedermi *se avessero capito...*). Un giorno mi avevano visto passeggiare con un ragazzo della scuola. Il giorno dopo con un altro. E mentre camminavo con questi rappresentanti del sesso opposto, non sempre indossavo la giacca e il foulard. Cercai di spiegare al sacerdote-preside che per raggiungere la mensa dalla mia stanza dovevo attraversare il cortile a piedi e che fuori c'erano ventisei gradi! La maggior parte degli studenti erano ragazzi, come potevo evitare di camminare per qualche metro vicino a uno di loro?

«Da noi non si fa così» fu la sua risposta.

Così cominciai a cercare una stanza nelle vicinanze. Visto che questa "esperienza all'estero" era finanziata con i soldi dei miei genitori (e nel 1996 il dollaro valeva parecchio), non feci fatica a trovare qualcosa di carino in un condominio di Posillipo. Vidi un grosso cartello fosforescente con la scritta AFFITTASI STANZA su un edificio vicino all'appartamento delle ragazze calabresi, un giorno che andai a trovarle per un caffè. Era perfetto. Sarei stata vicino a loro e agli Avallone.

«Dovrai cucinare da sola?» mi chiese Maria Rosa, preoccupata, quando le dissi che me ne andavo dal Denza. Lei e le sue sorelle sapevano che il cibo poteva diventare un problema per me. «Me la caverò» risposi.

Anche Salvatore e i suoi genitori erano preoccupati. Le mie nuove coinquiline erano due ragazze pugliesi che tornavano a casa per settimane di fila e che quando erano a Napoli preferivano starsene per conto loro. Niente più mensa del Denza, con le sue scaloppine, le sue piccole caraffe di vino e un allegro: «Buon appetito, signorina». All'ora dei pasti avrei dovuto cavarmela da sola.

La maggior parte delle volte finivo dagli Avallone. «Cos'hai in programma per cena?» mi chiedevano Raffaella o Salvatore, a fine pranzo, quando facevo capire che era ora di tornare a casa. Se non rispondevo con un convinto «Pasta e fagioli!» o «Zuppa di ceci!», se tradivo la minima esitazione, loro si guardavano con aria d'intesa e sei ore dopo mi ritrovavo seduta vicino a Benedetta, con addosso il suo pigiama con gli orsetti, a divorare le lasagne di Raffaella.

Una ragazza napoletana di ventitré anni non avrebbe mai dormito nella stanza del suo ragazzo, a casa dei suoi genitori. Ma le regole sembravano diverse per un'americana. Le donne americane che gli italiani vedevano in televisione potevano anche non mettere in mostra la loro merce durante i quiz in prima serata, ma di certo vivevano in modo promiscuo. Inoltre, io venivo da una cultura nella quale i genitori mandavano le figlie a vivere e a lavorare da sole in un altro continente appena finita l'università! Gli Avallone non si sarebbero mai permessi di dirmi cosa potevo o non potevo fare.

Durante le vacanze e nei weekend trovavo una brandina pronta nella stanza di Salvatore. E io accettavo il programma: se gli Avallone non ritenevano fosse il caso di salvare il decoro, perché avrei dovuto farlo io? («Non si fa così» borbottava la donna delle pulizie, una napoletana di mezza età, mentre mi rifaceva il letto. Nunzia Gatti ripeteva quello che aveva già detto il prete del collegio: non si fa così. A quanto pareva, il fatto che dormissi nella stanza di Salvatore non turbava gli Avallone, ma la loro donna delle pulizie sì.)

«Mi trasferisco» avevo detto a Cynthia e ai miei colleghi del consolato. Volevo che sapessero che ero adulta e indipendente. Lo stage sarebbe durato ancora due mesi e non volevo rendere di pubblico dominio il fatto che, in pratica, avevo traslocato a casa dei genitori del mio ragazzo. O che, quando restavo da sola, non sapevo come mangiare.

"Ce la posso fare" mi ripetevo nelle rare occasioni in cui cucinavo qualcosa da sola, nel mio nuovo appartamento. La cucina era piccola e piena di moscerini. Affamata, aprivo il frigorifero e lo trovavo vuoto. Allora mettevo su l'acqua per cuocere degli spaghetti, aprivo una lattina di pelati e poi guardavo di nuovo nel frigorifero, ma dentro continuava a non esserci niente. È così che ho imparato che non è una buona idea cominciare a cucinare quando muori di fame, perché a quel punto la mente inizia a fare strani calcoli matematici, tipo: se il ragù di Raffaella sobbolle a fuoco lento per otto ore, io posso preparare un semplice sugo facendo bollire i pomodori a fiamma *molto alta* per venti minuti.

Avendo avuto per anni un disordine alimentare, avevo

un altro problema: dopo tanto tempo passato ad abbuffarmi e lasciarmi morire di fame a fasi alterne, era molto difficile per me stabilire da sola quale fosse una porzione *normale*. Fissavo gli spaghetti e mi domandavo se dovevo cuocerne due o tutto il pacchetto. Avevo bisogno di una donna napoletana che mi facesse mettere seduta, mi dicesse di stare *cuieta*, mi stesse accanto e mi insegnasse cosa e quanto mangiare.

Pensavo fosse importante dire ogni tanto *no, grazie* agli gnocchi al forno o alla pizza fritta che Raffaella cucinava in casa Avallone. Dopotutto, dovevo affermare la mia indipendenza. Ma poi assaggiavo i miei spaghetti, così annacquati e insipidi, e mi domandavo: “Chi vuoi prendere in giro?”.

Stracchino, direttamente dal frigo

Una sera ero sul divano degli Avallone, in vestaglia, e stavo guardando una puntata orrendamente doppiata di *Il mio amico Arnold*, quando sentii: «Egoista! Sei un egoista!».

Benedetta urlava. Nino tuonava. Salvatore e sua madre cercavano di fare da pacieri. Tutti e quattro erano chiusi nella camera di Nino e Raffaella. *Egoista*, diceva Benedetta a suo padre, e anche se non conoscevo il significato esatto di quella parola, capii che doveva essere piuttosto negativo.

Il suffisso *-ista* in italiano indica un mestiere. Perciò *autista* è chi guida un'auto, *dentista* è il medico che si occupa dei denti. La mia parola italiana preferita è quella che indica chi fa lo shampoo dal parrucchiere: *sciampista*. Perciò immaginai che un *egoista* dovesse essere qualcuno così concentrato sul proprio ego da farlo diventare una professione (adesso invece so che indica solo qualcuno concentrato su se stesso).

Benedetta stava litigando con Nino per via di Mauro, il suo fidanzato. Si erano incontrati otto mesi prima e lui le aveva chiesto quasi subito di sposarlo. Benedetta aveva avuto altre relazioni, prima, e tutte erano durate diversi anni. Raffaella mi aveva raccontato che tre di questi ragazzi erano diventati parte della famiglia, e quando Benedetta li aveva lasciati (a lasciarli era sempre lei, la ragazza dagli occhi turchesi) a Raffaella si era spezzato il cuore. «Erano come dei figli per me! E non ho potuto nemmeno salutarli!» Quando Benedetta aveva lasciato l'ultimo, Raffaella le aveva fatto promettere che il prossimo ragazzo a entrare in casa loro sarebbe stato quello che avrebbe sposato. Non era giusto farla soffrire ancora così.

Mauro era un cardiologo basso di statura che, a differenza di quasi tutti i precedenti ragazzi di Benedetta, non piaceva a nessuno in famiglia. Perciò, una volta tanto, la situazione era rovesciata: nella camera da letto, Nino attaccava Mauro e Benedetta lo difendeva. La prima volta che Mauro era venuto a casa Avallone, aveva aperto il frigorifero, aveva tirato fuori una vaschetta di stracchino, aveva recuperato una forchetta e si era messo a mangiare. Dal frigorifero dei suoi futuri suoceri! Senza nemmeno chiedere! Da dove veniva quel tizio?

Dava del *tu*, invece che del *lei*, sia a Nino sia a Raffaella. (In inglese c'è solo *you,* ma in italiano ci sono due forme: il *lei*, formale, si usa quando non conosci qualcuno o vuoi mostrarti rispettoso, mentre il *tu* esprime confidenza. O amicizia. O *mancanza* di rispetto. Non lo so! Ancora non ho capito. Quello che so è che bisogna coniugare tutti i verbi alla seconda persona in base al tipo di rapporto che pensi di avere con chi stai parlando. E spesso, passare dal *lei* al *tu* è più imbarazzante che invitare qualcuno al ballo di fine anno.)

Gli Avallone non erano una famiglia formale. Non facevano troppe cerimonie e non giudicavano. Ma questo ragazzo, davvero, li metteva a dura prova. Salvatore mi aveva spiegato che parte del problema era che Mauro era un comunista. Wow, pensai io, i comunisti italiani aprono il frigorifero senza chiedere il permesso. Hanno la faccia tosta di dare a tutti del *tu*. Era piuttosto piacevole vedere che a qualcuno non importava di rispettare le regole della borghesia napoletana (che io stessa avevo appena iniziato a capire). Insomma, a me Mauro piaceva. In confronto a lui, facevo bella figura.

Cioè, mi era piaciuto fino a quando, una sera a cena, non si era imbarcato in una tirata antiamericana, in cui, sputacchiando sul tavolo tutto infervorato, ci aveva accusati di "imperialismo capitalista" e di essere "peggio dei fascisti". Perciò adesso ero d'accordo con Nino. *Non* si apre il frigorifero di qualcun altro senza chiedere il permesso.

Se però Raffaella teneva per sé le proprie riserve su Mauro, Nino invece no. Quella sera, tutto il palazzo seppe che Mauro si toglieva le scarpe e impestava l'appartamento degli Avallone con la puzza dei suoi piedi (a Nino, ciò che dava più fastidio era sempre *la puzza*). Benedetta continuava a ripetere: «Egoista! Egoista!». Non mi era mai capitato di assistere a un litigio del genere a casa di qualcun altro. Da un lato ero imbarazzata e avrei voluto sgattaiolare via senza fare rumore, dall'altro mi sentivo sollevata da quella rivelazione: anche nelle altre famiglie, perfino in quelle più normali e felici, si litigava, non solo nella mia. E non discutevano in modo rispettoso, senza alzare la voce. Davano proprio fuori di *matto*.

Mi sentivo perfettamente a casa.

«*Eeeeyyyed*! C'è l'ambasciatore!» L'accento del West Virginia di mia madre trasformava le due lettere del nome di mio padre in una sfilza sterminata di vocali dittongate. Era una serata di inizio estate degli anni Ottanta e mio padre stava facendo le vasche in piscina. Nuotava nudo. «Il costume mi rallenta» diceva sempre.

A Ed Wilson non piaceva farsi rallentare da niente e da nessuno.

Mio padre era cresciuto in una famiglia ricca di Chicago. Suo nonno, Thomas Wilson, era un capitano d'industria emigrato negli Stati Uniti da Londra, Ontario, all'inizio del secolo. Da umile spalatore di concime nelle fattorie di Chicago, era diventato il presidente di un'importante azienda di lavorazione della carne, alla quale aveva cambiato nome trasformandolo in Wilson & Co.

Molta della carne in scatola scaricata dai soldati americani nel porto di Napoli durante la Seconda guerra mondiale veniva dalla Wilson. I prosciutti al forno che la mia nonna materna cucinava in una piccola cittadina del West Virginia negli anni Cinquanta venivano dalla Wilson.

Il mio bisnonno, invece di gettare la pelle delle mucche e le interiora degli animali, cominciò a produrre palloni da football americano, palle da baseball e racchette da tennis: *Del maiale sfruttiamo tutto, tranne i grugniti!* era lo slogan dell'azienda. E così è nata la Wilson Sporting Goods. Thomas Wilson produceva i palloni con cui giocavano i bambini americani e gli hot dog che i loro genitori cuocevano alla griglia.

Il piccolo Ed era il primo nipote e a nove anni aveva già tutto quello che si potesse desiderare: un cavallo, un autista, biglietti di prima classe per l'Europa. Dopo aver frequentato Princeton e Oxford, aveva conseguito il dottorato alla Johns Hopkins University's School of Advanced International Studies a Washington, dove aveva conosciuto mia madre, durante l'incontro con i nuovi studenti, nel 1967.

«Sembrava uno dei Kennedy, però grasso» ci raccontò lei.

Quando era diventata la signora Wilson, Bonnie Salango aveva lasciato il suo posto presso una commissione di esperti a Washington per diventare moglie e madre a tempo pieno. Mio padre lavorava nel dipartimento del Commercio e collaborava con l'Ufficio per gli Scambi Est-Ovest, dove si studiavano le opportunità di mercato nell'Europa dell'Est. Mia madre lo accompagnava in luoghi come Bucarest e Sofia, e a casa cucinava piatti italo-americani per tarchiati ospiti comunisti.

"Commissione di esperti?" mi domando ora. "Un incarico governativo?" Quei due avrebbero potuto tranquillamente farsi uno show tutto loro; avrebbero potuto prendersi per il collo in un dramma di Edward Albee, o metter su un teatro di marionette per i bambini meno abbienti. Saremmo stati tutti meglio. Ma entrambi avevano una laurea e un dottorato, e su di loro incombevano le aspettative delle rispettive famiglie. Era il 1970, e così avevano fatto scelte di vita "accettabili".

Mio padre mi aveva sempre messo in imbarazzo. Non riusciva a salire su un taxi senza rivolgersi all'autista in qualche lingua esotica; non si faceva mai servire al ristorante senza assicurarsi che il cameriere ceco vedesse la sua imitazione di Václav Havel. Mentre i papà dei nostri amici, al circolo sportivo, indossavano bermuda con sopra ranocchiette o paperelle, mio padre indossava la cravatta che gli aveva regalato Ceausescu («Dammi retta, Bonnie, a quel tizio piaccio» diceva a mia madre, che lo ignorava), sopra un paio di pantaloni bianchi e leggeri a zampa d'elefante. Ed Wilson aveva bisogno di essere sempre al centro dell'attenzione: doveva farsi *notare*. Con i suoi abiti e i suoi accessori (una curiosa medaglia d'onore dell'Asia centrale del secolo scorso, un antico bastone da passeggio di cui non aveva bisogno) praticamente supplicava affinché gli chiedessero: "Da dove viene, Ed? Racconta".

Mia madre odiava il suo modo di vestire. Definiva i suoi pantaloni *diafani*.

Quella sera, in particolare, gli aveva detto che non c'era tempo per fare il bagno, men che meno nudo. Mio padre non le aveva dato retta e si era tuffato, gridando: «Certo che c'è tempo. E guarda che sott'acqua non riesco a sentirti, anche se gridi!».

Splash.

Nonostante la rabbia e l'imbarazzo, credo che mia madre abbia provato una vendicativa soddisfazione quando l'ambasciatore polacco aveva suonato il campanello e lei lo aveva accompagnato da mio padre, che stava ancora nuotando a stile libero in costume adamitico. Ricordo che mia madre si era accovacciata sul bordo della piscina in modo da beccarlo mentre alzava la testa dall'acqua per prendere fiato. «Il tuo ambasciatore è arrivato. Non vieni a salutarlo?»

Chissà, magari questa via di mezzo fra commedia brillante e thriller grottesco era proprio quello di cui avevano bisogno i rapporti fra Polonia e Stati Uniti, durante la Guerra Fredda. Per me e mia sorella Anna si trattava solo del primo atto dello spettacolo *Cena a casa Wilson*. Il nostro ruolo, come figlie, era di intrattenere gli ospiti ed essere carine. A fine cena potevamo esibirci in un duetto di Andrew Lloyd Webber o in una coreografia tratta da un musical del momento. Mia sorella, di un anno maggiore, era bionda e magra. Era più bella di me, suonava il piano meglio di me, ballava meglio di me ed era più in gamba di me. Io non ero solo sovrappeso, ma anche molto miope. Portavo gli occhiali (azzurri sopra e rosa sotto, li trovavo fighissimi) e, secondo mia sorella, puzzavo di burro d'arachidi.

Non potevo competere con una sorella che assomigliava a Claudia Schiffer (per quanto limone usassi in spiaggia, i miei capelli non erano mai così biondi; e nessuna dieta riusciva a regalarmi cosce così magre), perciò compensavo andando bene a scuola e facendo il pagliaccio a casa. Toccava a me l'imitazione dell'ambasciatore Wisniewski che cercava di sgusciare i gamberi a cena con le sue tozze dita alla Stalin.

Eravamo così diversi dalle famiglie della Washington bene che frequentavamo. I nostri amici vivevano in pace con se stessi e con il mondo. Le ragazze vestivano Laura Ashley, i ragazzi J. Crew. Nella sala da pranzo del nostro circolo sportivo, tutti parlavano con voce pacata e rispettosa. In mezzo a tutti quei «Potresti passarmi cortesemente il sale, Chet?» e «Come sono andati gli allenamenti di hockey su prato, Ashley?», noi eravamo diversi: teatrali, polemici e, ora me ne rendo conto, anche molto napoletani.

«Che cavolo stai dicendo, Willis?» chiedeva Gary Coleman storcendo la bocca, quando Salvatore entrò in salotto. Si vedeva che aveva pianto e le ciglia erano ancora umide. Si inginocchiò e mi posò la testa in grembo. Sentii che tirava profondi respiri, tra un singulto e l'altro.

Salvatore cercava conforto sulle mie grandi cosce americane.

Una porta sbatté. Si udì un acciottolio di piatti, mentre Raffaella rassettava in cucina. Nino e Benedetta si leccavano in silenzio le ferite.

Il corpo di Salvatore tradiva il profondo amore che

nutriva per la sua famiglia. E mentre mi stringeva, ebbi la sensazione che quell'amore non riguardasse solo loro, ma si estendesse anche a me. Forse non era solo attratto o infatuato. Forse c'era qualcosa di più.

Quando mi guardò, vidi che aveva il viso bagnato. «A mio padre non piace Mauro» spiegò, con la voce che tremava. Si passò la mano sotto il mento con una mossa rapida, nel tipico gesto napoletano che significa niente, zero. Mauro, diceva quel gesto, non aveva speranze.

Lezioni di inglese

A fine ottobre il mio stage al consolato divenne part time. Non c'era granché da fare, perciò chiesi a Cynthia se potevo cominciare a insegnare inglese nel pomeriggio, per guadagnare qualcosa. Non ci volle molto per convincere i miei datori di lavoro, visto che non mi pagavano.

Le scuole a cui mi rivolsi avevano nomi tipo London Institute, Wall Street Academy e Cambridge Centre e si trovavano all'interno di affollati condomini nel centro di Napoli. Erano formate da due aule al massimo, con bandiere inglesi e americane sulle pareti. Io venni assunta subito, perché ero madrelingua. La prima scuola che scelsi mi pagava diecimila lire all'ora (circa cinque dollari) e il direttore, che non spiccicava una sola parola di inglese, mi pagava in contanti alla fine di ogni lezione.

A sua insaputa, le mie lezioni di conversazione si concentravano su due argomenti: cosa pensate degli Stati Uniti? E: secondo voi la storia fra me e Salvatore ha un futuro?

Come la maggior parte degli americani, mi affascinava quello che i miei studenti pensavano degli Stati Uniti, anche se la maggior parte di loro non ci era mai stata.

Forse era nostalgia di casa? In parte. Ma era molto più una sorta di narcisistica curiosità comune a molti miei compatrioti: il desiderio smodato di sapere cosa pensa la gente di noi. Facevo scrivere piccoli temi ai miei studenti. Ecco alcuni estratti.

«*The Americans are a beautiful people because they are simple. They are always saying what they think. Not like Italian people.*» Gli americani sono una bella gente perché sono semplici. Dicono sempre quello che pensano. Non come la gente italiana.

«*I think that United States is a big country full of people who lives in many different ways, trust in different gods, but they lives in a same place because they are like brothers and respect each other. Like blacks, chineses, European people.*» Penso che gli Stati Uniti è una nazione molto grande, piena di gente che vive in molti modi diversi, confida in dèi diversi ma abitano nello stesso posto perché sono come fratelli e si rispettano. Neri, cinesi, europei.

«*In America, all the streets are crowded by people of different races and colors (whites, blacks, yellows, reds) and this is beautiful.*» In America le strade sono affollate di gente di tutte le razze e colori (bianchi, neri, gialli, rossi) e questo è bellissimo.

«*I'd like to go to the U.S. to learn how to be myself and, in spite of that, to be happy too. Not to make blood in my veins get water, to get alive.*» Mi piacerebbe andare in America, per imparare a essere me stesso e, nonostante ciò, essere pure felice. Non per far diventare acqua il sangue nelle mie vene, ma per vivere.

«*U.S. is the place where all things leave before spreading all over.*» Gli Stati Uniti è il posto dove ci stanno le cose che poi arrivano dappertutto.

«*If I will have time in America I'd like to ski in Colorado, in Aspen, of course, running like hell on my skis with big black sunglasses and a crazy long hat. After this will I get a little tired? Yes, maybe. And then? Iowa!!!! I would go there for two months, getting fuel for myself, relaxing on the green, kidding with the dolls. I'd like to rent a big factory and sleep alone a very long time.*» Se andassi in America mi piacerebbe sciare in Colorado, ad Aspen, ovviamente, scendere a manetta sugli sci con un paio di grossi occhiali da sole neri e un cappellino di lana lunghissimo. Dopo, sarei stanco? Sì, forse. E poi? In Iowa!!! Andrei lì per due mesi, a procurarmi cibo, rilassarmi nel verde, scherzare con le pupe. Vorrei prendere in affitto una grande fattoria [anche se lui aveva confuso *factory*, che vuol dire "fabbrica", con *farm*] e dormire tantissimo.

Dopo esserci confrontati sulle loro opinioni e le loro illusioni sul mio paese, passavamo alla grammatica.

L'argomento del giorno poteva essere: *Do you-all* (plurale di *you*, ogni studente può esprimere la sua opinione) *really think Salva loves me?* Oppure: esercitiamoci con la terza persona interrogativa del verbo *to love: Does he love me enough to move away from Naples and his parents?* O anche: *Am I simply in love with his mother and what she cooks?*

Poiché mi piaceva insegnare e condividere la bellezza della mia lingua madre, trovavo estremamente frustrante che a Salvatore non interessasse affatto migliorare il suo inglese. Trascorrevamo molto tempo insieme e io ero un'insegnante, perciò non sarebbe dovuto essere naturale, per lui, approfittare di questa opportunità per esercitarsi? Dovevo davvero sopportare che la canzone *Take Me Home, Country Roads* di John Denver diventasse:

«*Hoven road, in the sun. To the place I rerun! West Virginia!* [pronunciato con enfasi, perché questa parte la conosceva bene!] *Sunshine Momma, run to road in the song...*»?

Capisco che quando cresci ascoltando canzoni in una lingua che non è la tua ti concentri sulla melodia e sul ritmo. Se poi le parole non sono proprio quelle, va bene lo stesso. Possibile però che non si rendesse conto che c'era una madrelingua inglese che lo ascoltava? Neanche un po'.

Quando correggevo la grammatica, facendogli per esempio notare: «Salvatore, la prima persona del verbo *to come* è *come*. Niente *s*, capito?», lui rispondeva con la sua versione di Boy George: «*Camma camma camma camilion, iu ghiva go, iu ghiva go...*». Era senza speranza. Anni dopo, avrei ceduto l'ingrato ruolo di insegnanti, e l'imbarazzo da cui derivava, ai miei figli bilingue.

Mentre Salvatore si rifiutava di imparare l'inglese, io miglioravo sempre di più sia in italiano sia nel linguaggio dei gesti, indispensabile per sopravvivere a Napoli. Anche gli americani gesticolano, ma lo fanno in modo completamente diverso. Salvo qualche eccezione molto precisa ("Tsk tsk" con il movimento di un indice che pela l'altro come una carota; o piegare verso di sé un indice per dire *vieni qui*), i gesti degli americani sono ampi e generici. Variano da persona a persona. A Napoli sono così specifici che esiste un vero e proprio dizionario, completo di immagini che descrivono esattamente il movimento. Se sei straniero, devi imparare questo linguaggio proprio come devi imparare i verbi e gli aggettivi della lingua parlata.

Appena arrivata a Napoli, chiedevo al portiere del pensionato se c'era posta per me e lui mi rispondeva senza un suono, guardandomi dritto negli occhi. Alzava una mano, formando una pistola con il pollice e l'indice, e ruotava il polso da un lato all'altro. Io lo guardavo e gli ripetevo la domanda: «C'è posta per me?». Di nuovo, lui agitava il polso, sporgendo il labbro inferiore, giusto per essere più chiaro. «Grazie!» gli dicevo, facendogli l'occhiolino, convinta che si trattasse di un qualche importante scambio in codice, ma senza avere la più pallida idea se fosse arrivata posta o no. Poi ho imparato che quel gesto significa *niente* e che la stessa cosa si può dire facendo schioccare la lingua e passandosi la mano sotto il mento.

Attenta, quello sta cercando di fregarti si dice abbassando la palpebra inferiore di un occhio con l'indice. *Mangiamo* si dice raggruppando tutte le dita di una mano vicino alla bocca e muovendole come se fossero un uccello che becca, mentre *pasta* si dice unendo indice e medio e fingendo di avvolgere degli spaghetti sulla forchetta. Questi sono solo alcuni, ma il mio preferito è quello che si usa per dire che qualcuno è morto. Con l'indice e il medio della mano destra uniti e ben dritti, che rappresentano l'anima del defunto, si deve fare un movimento rotatorio verso l'alto. Le altre dita sono strette a pugno. Insieme al gesto si emette un rapido fischio (stranamente piuttosto allegro). Questo, a quanto pare, è il suono dell'anima che va in paradiso. Facile, no? La gente a Napoli (dove dire che qualcuno è morto è una cosa di cattivo gusto), racconta come la zia Maria (non appena si pronuncia il nome ecco l'anima che vola in paradiso con un fischio per ricordare a tutti che è morta!) preparava la frittata migliore del mondo...

Quanto alla lingua parlata, quella che stavo imparando era soprattutto il dialetto napoletano. Non il dialetto stretto, ma un italiano con un pesante accento napoletano e (ora lo so) molte espressioni tipiche di Napoli. Il pensiero di acquisire un autentico accento meridionale non mi infastidiva, perché penso che in un certo qual modo mi riportava all'accento appalachiano di mia madre. Okay, la lingua è diversa, ma la sensazione casalinga da siediti-la-cena-è-pronta è la stessa. Nel West Virginia è stinco di maiale coi fagioli, a Napoli è pizza fritta con pomodoro e mozzarella. Magliette da calcio attillate e gel nei capelli, magliette da basket e Walmart. Sono culture per molti versi agli opposti. Ma quando la mamma ti chiama a tavola in quel modo, un modo che ti tocca fin dentro le viscere... non importa se sei a Bluefield, West Virginia, o a Secondigliano, periferia di Napoli.

Un po' come se una ragazza italiana, timida e con una bellezza all'antica, andasse negli Stati Uniti per imparare l'inglese. «Oh, sei italiana? Di dove?» E lei rispondesse, con un sorriso: «*I's from Rome but learned myself English in Memphis*». Questa era l'impressione che davo, linguisticamente. A Napoli avevo imparato che tutti i verbi possono essere riflessivi. Mi mangio un piatto di pasta, mi guardo un film. Le mie vocali erano lunghe e pigre, specialmente la *a* (a Napoli dura così tanto che non sai mai quando finirà la parola). La *s* sembrava più una *sh*. *To have* si traduceva con *tenere* invece che con *avere*. «*Tengo na famma 'e pazze*» dicevo, quando ero molto affamata. «Ho una fame da lupi.»

Era la sera prima che partissi per l'Università di Princeton. Mio padre, mio zio e mio nonno erano *ex alunni* molto legati alla loro *alma mater*. Partecipavano tutti gli anni ai raduni, sfoggiando il loro cappello arancione, cantavano l'inno *Old Nassau* alle cene di famiglia, e quando scoprivano che qualcuno aveva frequentato un'altra università, commentavano: «Peccato, sembrava un tipo così a posto». Per tutta l'infanzia ero stata convinta che il nome completo di mio padre fosse Edward Wilson '63 (l'anno in cui mio padre si era laureato).

Perciò tutti erano entusiasti quando ero stata accettata a Princeton e avevo deciso di iscrivermi. Anch'io avrei dovuto esserne entusiasta. Avrei dovuto essere *gasata.* Mia madre avrebbe dovuto sentirsi sollevata e orgogliosa, pronta a godersi la compagnia del marito in una casa finalmente senza figlie. Entrambe fingevamo di non vedere l'ora. Io sarei stata Katherine Wilson '96! Proprio quell'autunno, la compagnia teatrale dell'università, la Princeton University Players, avrebbe organizzato le audizioni per *Kiss me, Kate!*. In fila alla cassa dei negozi dove compravamo il necessario per la partenza, mentre tiravamo fuori dalla soffitta le valigie più grandi o sistemavamo i bagagli sul tetto della nostra station wagon, continuavamo a parlare di che *figata* sarebbe stata l'esperienza all'università.

Poi, la sera prima di partire, andai di sopra a lavarmi i denti e a puntare la sveglia. Mia madre entrò in camera mia con una scusa, "hai messo in valigia lo spazzolino" o qualcosa di simile, e io azzardai un timido, sobrio: «Mamma, non voglio partire».

«*Ammmmooore!*» belò lei. «È la cosa più brrrrutta che mi sia mai capitata. La mia picciiiina!!!»

A Napoli si dice *'E figlie so' piezze 'e core.* Ma per capire esattamente cosa significa questa espressione, bisogna immaginarsela detta, anzi, cantata dalla grande star del country americano Dolly Parton. Perché il dialetto napoletano, come quello del Sud degli Stati Uniti, trasmette così tanta sofferenza e così tanto amore che va dritto dalle orecchie alla pancia.

Melanzane a funghetto

L'appartamento degli Avallone puzzava come un reparto geriatrico. L'odore di pomata Bengay mi pizzicò le narici non appena misi piede nella stanza di Salvatore, dove Nunzia Gatti gli stava massaggiando le spalle e il collo. Salvatore era seduto alla scrivania; Nunzia era in piedi dietro di lui. Io mi bloccai, senza parole.

La scrivania dove Salvatore studiava si trovava davanti a due portefinestre dalle quali si potevano ammirare il Golfo di Napoli e il Vesuvio. «Dunque,» stava dicendo «la legge canonica del Settecento prevedeva...» Non potevo credere ai miei occhi, alle mie orecchie, e alle mie narici. Davvero Salvatore aveva chiesto alla donna che da vent'anni si occupava delle pulizie in casa Avallone di fargli un massaggio con il Bengay? E intanto stava davvero studiando?

Non aprii bocca. Nessuno mi aveva notata.

«Grazie, Nunzia» disse Salvatore alla fine del massaggio. Lei si lavò le mani e tornò a tagliare a dadini le melanzane, per friggerle. Stava preparando le *melanzane a funghetto*, seguendo le rigorose indicazioni di Raffaella. (Nunzia, che era nata e cresciuta nel centro di Napoli, di sicuro sapeva come si preparavano le *melanzane a funghetto* quando aveva cominciato a lavorare per gli Avallone. Ma Raffaella voleva essere sicura che fossero proprio come le sue e perciò, vent'anni prima, Nunzia l'aveva seguita come un anatroccolo, mentre lei le mostrava per filo e per segno come cucinarle.)

«Oh, ciao *Ketrin!*» mi disse tutta allegra, passandomi di fianco.

Nunzia veniva la mattina per cucinare piatti semplici e fare le pulizie grosse. «Cosa sono le *pulizie grosse*?» avevo chiesto a Salvatore, quando mi aveva elencato le mansioni di Nunzia. Vedevo che Raffaella faceva già un sacco di cose: spazzava, spolverava, saliva addirittura sulla scala per pulire le finestre con le vecchie copie del «Mattino». Perciò a cosa serviva una donna delle pulizie? Fare le pulizie grosse, a quanto pare, significa fare quello che serve per avere una casa pulita come la intendono i napoletani. E per questo c'era bisogno di Nunzia Gatti.

In Italia, la casa deve essere sempre pulitissima. Fuori, per molti italiani non è un problema buttare le sigarette o altra spazzatura a terra, dove tutti possono vederla. Il contrasto fra le strade sporche di Napoli e la profumata, disinfettata, brillante pulizia delle case dei napoletani è sbalorditivo. Una casa non può solo *sembrare* pulita o essere *pulita per la suocera* (questa espressione viene usata in senso negativo e significa fare qualcosa solo per salvare le apparenze. Come pulire la casa per superare l'esame di una visita di cinque minuti da parte della suocera. Niente polvere sui mobili, vestiti appesi, lavello vuoto). No, la casa deve essere pulita *all'italiana*. La sporcizia tra le piastrelle va tolta con lo stuzzicadenti. Niente polvere fra le canne dei caloriferi. Ma fuori... *chi se ne frega!*, non è casa mia.

Molti americani, invece, non butterebbero mai un fazzoletto o una carta per strada, ma non si preoccupano di vivere in certe case che indurrebbero una mamma italiana a mettere in allarme i servizi sociali. Una nonna italiana mi ha raccontato di una mamma americana che conosceva negli anni Sessanta. Era così simpatica! Così gentile! *Ma la casa.* Nessuno capiva come potesse vivere, figurarsi crescere una famiglia, in quel porcile. *Mio Dio.* Letti sfatti e vestiti sulle sedie. Poveri bambini!

Nunzia Gatti aveva circa sessant'anni e una corporatura tozza. Parlava quasi esclusivamente dialetto e dava del *voi* – la forma di massima cortesia che esiste a Napoli – a tutti, in famiglia, tranne che a me. Quando ci eravamo incontrate la prima volta, mi ero sentita in imbarazzo a usare la forma colloquiale, perciò avevo fatto quello che faccio spesso: usavo il *lei* e buttavo là ogni tanto qualche *tu* per non sembrare troppo sussiegosa. Così, nel giro di poco avevamo cominciato a darci del *tu* entrambe, senza dire niente. Nessuno, me inclusa, avrebbe mai proposto: "D'ora in poi diamoci del tu, d'accordo?".

Si era così creata una certa complicità tra me, che venivo da un'altra nazione, e Nunzia, che invece veniva da un ceto sociale diverso. Era stata lei a mettermi in guardia, sottovoce, contro il pericolo di farmi coinvolgere sentimentalmente da un ragazzo dell'alta borghesia napoletana, un *signorino.* «Vieni qua» mi aveva detto, facendomi cenno con il dito di seguirla sul balcone, dove stava sbattendo i tappeti con un lungo battipanni di legno. «Sai come si dice a Napoli? Mogli e buoi dei paesi tuoi!» Non mi stava consigliando, come avevo capito all'inizio, di stare attenta a non comprare una mucca o una moglie che non fosse di Washington. Quello che intendeva era che io e Salvatore non saremmo mai stati bene insieme: un rapporto fila liscio solo se il marito e la moglie vengono dallo stesso luogo e dallo stesso ambiente. «Ah, sì,» avevo risposto con un sorriso «capisco.»

Non condividevo la mentalità secondo cui Salvatore poteva chiedere a Nunzia di massaggiargli il collo col Bengay. Era così servile, così impudico! Quando sbottai con Salvatore, chiedendogli una spiegazione, lui rimase confuso. «Non c'è niente di male! Lavora qui e mi faceva male il collo. Anche i tuoi hanno una donna delle pulizie!»

Doris Belen Hernandez si era trasferita a Washington dall'Honduras nel 1984. I miei genitori l'avevano assunta per pulire casa tre volte a settimana ed era lei che si occupava di passare l'aspirapolvere, stirare e rifare i letti. Chiamava i miei genitori, Bonnie e Ed, *Mrs Bony and Mr Head*. La mattina, prima che Doris arrivasse, mia madre correva a mettere a posto di qua e di là, preoccupata perché «ha già così tanto da fare, povera Doris!». Mia madre, la padrona di casa, impartiva "ordini" che cominciavano con «Doris, se non ti è di troppo disturbo, potresti forse...» e finivano con «sempre se hai tempo!» Quando voleva essere sicura che Doris venisse un certo giorno, le chiedeva: «Non è che per caso potresti venire martedì?».

Poiché era cresciuta in un ambiente povero, mia madre non si sentiva a suo agio all'idea di avere una donna di servizio. Preferiva quasi pensare che Doris venisse perché ne aveva voglia, o perché le capitava di essere nei paraggi.

Doris non era una stakanovista. Guardava le soap opera nel nostro salotto. Chiacchierava con le amiche al telefono. La nostra casa era così grande che quando lei veniva a pulire, nessuno la vedeva o la sentiva. Vedevamo i letti rifatti, notavamo che erano finite le patatine e gli avanzi e pensavamo: "Ah, deve essere venuta Doris".

Quando ci incrociavamo, Doris era un tipo divertente. Il suo inglese lasciava molto a desiderare, ma questo non le impediva di fare delle bellissime imitazioni di tutti noi. Gli sbuffi di mio padre quando cercava di allacciarsi le stringhe delle scarpe da tennis prima di una partita ripetendo: «Porcomondo!» (con accento spagnolo). «Kaaaaatherine, ma come ti sei combinaaaata?!» con le sopracciglia teatralmente aggrottate, e questa era l'imitazione di mia madre (Bluefield, West Virginia, passando per Tegucigalpa).

Doris era irriverente e divertente, e per la famiglia Wilson questo bastava.

«Una donna delle pulizie, sì, ma di certo io non le chiederei mai di massaggiarmi...»

«Però va bene chiederle di pulire il gabinetto?» Salvatore proprio non aveva la minima idea della differenza.

«Da dove vengo io, si paga una massaggiatrice per massaggiare e una donna delle pulizie per pulire.»

Sbattei con arroganza la porta e andai a cercare Nunzia, per chiederle di ripetermi perché non avrei dovuto cadere nella trappola di sposare un *signorino* come Salvatore.

Una mia amica italiana mi aveva raccontato di un recente viaggio che aveva fatto negli Stati Uniti. «Voi americani,» aveva sospirato «a volte avete case grandi come piazze d'armi ma nessuno che vi prepari il caffè la mattina.»

«Non è vero» avevo obiettato. «Se sei famoso ce l'hai.»

Ho impiegato un po' per capire il rapporto fra Raffaella

e Nunzia. Raffaella impartiva ordini usando il *tu* ed è così che ho imparato l'uso dell'imperativo confidenziale. «Porta le lenzuola sopra il terrazzo ad asciugare!», «Non usare quella scopa in casa!» Il tono di Raffaella assomigliava a quello usato dalle sorellastre di Cenerentola e per me era piuttosto sconcertante. Quando Nunzia sbagliava qualcosa in cucina, Raffaella non urlava da una stanza all'altra; la guardava dritto negli occhi e le chiedeva: «Ma perché?».

Raffaella parlava di Nunzia come di una *brava donna*, un complimento vago che in napoletano fondamentalmente significava che non era una ladra. «Peccato che Nunzia non sappia cucinare e pulire molto bene» mi aveva detto un giorno.

Per metterla alla prova, Raffaella le tendeva piccoli trabocchetti. Un giorno aveva preso un bel pezzo di pizza di scarola (una torta rustica ripiena di verdura, olive e pinoli) e l'aveva messo nel frigorifero sapendo che era uno dei cibi preferiti di Nunzia. Non appena Nunzia se n'era andata, Raffaella aveva controllato se la pizza era stata mangiata. Il giorno dopo, quando eravamo tutte e tre in cucina, mi bisbigliò, maliziosa: «Sta' a vedere!».

«Nunzia, dov'è la pizza di scarola che era nel frigo ieri?» chiese Raffaella disinvolta, ma sotto sotto divertendosi un sacco.

«È ancora lì, signora, nel frigo.»

«Intendo l'altra metà. Qualcuno l'ha mangiata.»

Silenzio.

«Chi è stato?»

«A dire la verità, io, signora.»

«Ahhh, ho capito, ho capito.» Raffaella mi guardò facendomi l'occhiolino, soddisfatta della sua vittoria.

Io avevo l'impressione che a Nunzia la sua esigente

padrona stesse antipatica. Quando Raffaella uscì dalla stanza, lei alzò gli occhi al cielo e con la mano fece un gesto che in napoletano indica che qualcuno è *pesante*, difficile da sopportare.

Dopo aver assistito ad alcuni episodi come questo, rimasi sorpresa quando scoprii che Nunzia veniva da Raffaella a farsi fare le iniezioni. Aveva un problema alla tiroide per cui doveva farsi una puntura tutti i mesi. Visto che Raffaella era conosciuta anche per questa sua abilità nel fare le iniezioni, Nunzia si presentava nel bagno di marmo della sua datrice di lavoro e si abbassava i pesanti collant. Raffaella tornava da uno dei suoi ricevimenti per infilare l'ago nel rotondo didietro della donna delle pulizie. Con indosso un abito di Chanel e in equilibrio su otto centimetri di tacco, premeva per alcuni minuti una borsa di ghiaccio sul sedere di Nunzia – «Non ti muovere!» Di nuovo quell'imperativo confidenziale! – prima di farla salire sulla sua Punto e accompagnarla a casa.

Pasta e fagioli

Molti degli studenti della scuola dove insegnavo inglese erano ragazzi sui vent'anni che frequentavano l'università. «*Teeeacher, we go out later, you come?*» proponevano in classe. Non era una richiesta di appuntamento, ma un invito a un'uscita di gruppo. A volte ci andavo. Mi divertivo soprattutto con Gianmarco, un ragazzo intelligente, ma non certo attraente, a cui piaceva parlare di me e dell'America.

Un pomeriggio, a fine lezione, Gianmarco mi disse che lui e alcuni suoi amici (ragazzi e ragazze) sarebbero andati a sciare in Abruzzo nel fine settimana e chiese se volevo andare anch'io.

Non ero mai stata in Abruzzo! E sciare era divertente!

A metà settimana chiesi a Salvatore quali fossero i suoi progetti per il weekend. «Hai qualche progetto per il fine settimana?» Spesso a Napoli le cose si progettano con sì e no un paio di giorni di preavviso, roba da far impazzire un americano. («Manco sappiamo se saremo vivi per allora» mi dice ancora oggi Salvatore, quando voglio prenotare dei biglietti aerei con qualche mese di anticipo.)

«No, nessun progetto» mi disse.

«Sto pensando di andare in Abruzzo» tastai il terreno. «È un problema?»

La sua voce era tesa, quando rispose. «Fai quello che vuoi. Sei adulta e vaccinata.»

Lui stava preparando un esame, e con tutta probabilità avrebbe trascorso il weekend ripassando il libro di Diritto romano. A me non interessava nessuno dei ragazzi con cui sarei partita, perciò avevo la coscienza pulita. Comprai qualche maglione pesante con dei fiocchi di neve sopra e preparai la valigia.

L'Abruzzo è una regione in cui ci sono molti paesini con nomi che hanno a che fare con le rocce: Roccaraso, Rocca di Mezzo, Rocca Pia. Noi eravamo diretti verso Roccaraso, dove i genitori di Gianmarco, come gli Avallone e molte altre famiglie napoletane, avevano un piccolo appartamento. Zio Toto va a sciare lì ogni inverno. (Ma... e la protesi alla mano? avevo chiesto a Salvatore. «Oh, la attacca con il nastro adesivo alla racchetta. Farai meglio a stargli lontana sullo skilift, perché quando lo scotch si inumidisce e comincia a staccarsi, lui chiede alla persona seduta vicina in seggiovia di riattaccarglielo.»)

Roccaraso è a un'ora e mezzo di strada da Napoli. In macchina con Gianmarco e i suoi amici, vidi scorrere via castelli e fortezze del Medioevo. Gianmarco era un secchione, ma guidava come un pazzo. Io ero seduta di fianco a lui. Dietro si erano stretti due ragazzi e due ragazze, e man mano che il viaggio proseguiva mi divenne chiaro che erano due coppie di fidanzati. Non eravamo dunque un *gruppetto di amici* che uscivano insieme, ma tre coppie esatte, e le due sedute sul sedile posteriore non fecero che pomiciare per tutto il tempo. Sarebbe stato un weekend lunghissimo.

Roccaraso era stata quasi completamente distrutta durante la Seconda guerra mondiale («dagli americani!» esclamò uno degli amici di Gianmarco dal sedile posteriore, e io decisi di stare zitta), perciò non sono rimaste tracce del suo passato medioevale. Gli edifici, che risalgono agli anni Sessanta, sono costruzioni squadrate e marroni, con balconi di legno come le case svizzere. Noi parcheggiammo sulla via principale e scendemmo dalla macchina.

Io ammirai il silenzio, la tranquillità e lo splendore delle montagne. «Aspetta» mi disse Gianmarco. «Aspetta che arrivino tutti gli altri napoletani.»

I primi weekend invernali dell'anno, Capodanno e la settimana di carnevale a febbraio sono i periodi della *Valanga Napoletana*, mi spiegò, quando Roccaraso viene invasa dai napoletani in trasferta (un termine sportivo che si riferisce a quando una squadra gioca fuori casa, ma che viene usato anche per descrivere un gruppo che va da qualche parte a fare qualcosa in massa). Allora, addio tranquilla atmosfera abruzzese: sembra più di essere a una gita di terza media. I napoletani in trasferta significano caos, rumore, risate. Spintoni e gomitate. Donne con pellicce lunghe fino ai piedi (che di solito indossano solo a Roccaraso, perché a Napoli fa troppo caldo) che fanno *le vasche* sulla via principale del paese per mettersi in mostra.

Non mi risultava che i napoletani fossero grandi sciatori. Visto come guidavano, cominciavo a guardare con scetticismo alla possibilità di scendere da una montagna con loro. E i miei timori erano giustificati.

Il mattino seguente, dopo una colazione a base di croissant e cappuccino nel piccolo appartamento, Gianmarco e i suoi amici abbronzati si infilarono le tute super tecnologiche della Spyder. In testa, le ragazze indossavano fascette intonate ai ganci degli scarponi. Sembravano tutti sciatori esperti saltati fuori dalle pagine di una rivista sportiva.

Io non ero una sciatrice esperta. Avevo preso da mia madre.

Prima del matrimonio, Bonnie Salango aveva fatto credere a Ed Wilson di amare le attività all'aria aperta. Per mio padre lo sport era importante e le aveva detto che non avrebbe mai sposato una donna a cui non piacesse giocare a tennis, sciare e nuotare tanto quanto piaceva a lui. «Oh, io scio» gli aveva risposto lei, sbattendo le ciglia. «Possiamo andare a sciare insieme, *dopo* che ci saremo sposati.»

La loro prima e ultima gita in montagna dopo sposati era stata ad Aspen, in Colorado. Mio padre non aveva ritenuto necessario verificare che sua moglie sapesse sciare. L'aveva portata sulla cima più alta, ma mentre iniziava la sua discesa a slalom (con un enorme colbacco di pelliccia che avrebbe rappresentato una fonte di imbarazzo per tutta la mia carriera sciistica) aveva notato che lei non era riuscita a scendere dalla seggiovia. Alzando lo sguardo, aveva visto che Bonnie stava tornando giù dall'altra parte, ancora sul seggiolino.

«Bonnie? Cosa diavolo stai facendo?» aveva urlato.

«*Eyyyed, non mi hai mica detto di scendere!*»

Mia madre era tornata su e questa volta era riuscita a scendere. Mio padre l'aveva accompagnata in cima a una pista ripidissima. Quando lei aveva visto la pendenza, si era sfilata con calma gli sci e li aveva fatti scivolare giù, poi si era seduta sul suo didietro impermeabilizzato e sdrucciolando sul sedere era scesa fino a valle.

«Non sarebbe meglio dare una mano a quella donna?» aveva chiesto un tizio a mio padre.

«Oh, credo che se la caverà benissimo.»

Da quel momento, mia madre non aveva più sciato, ma io, mia sorella e mio padre andavamo ad Aspen tutti gli anni. Anna, con la sua bellezza e grazia, sembrava una pubblicità del Moncler, mentre i miei pantaloni viola da sci mi tiravano sempre un po' sulle cosce e gli occhiali da vista mi si appannavano dietro la maschera. Scendevo sempre a spazzaneve e per questo loro mi avevano soprannominata Spazza Spazza.

Nonostante il loro aspetto da sciatori esperti, anche Gianmarco e i suoi amici scendevano a spazzaneve. A volte, si lanciavano a bomba giù per le discese, scattandosi foto a vicenda mentre sciavano.

Era terrificante. La gente mi tagliava la strada da tutte le direzioni. Nessuno faceva curve: scendevano tutti dritti come missili, dai bambini alle signore vestite elegantemente di bianco. E la velocità non impediva loro di chiacchierare da un lato all'altro della pista. Discutevano su quale rifugio servisse la migliore carne alla griglia o la migliore scamorza. Vediamoci all'Aremogna alle due! No, al Pizzalto si mangiano le bruschette migliori!

Come se questo non fosse già abbastanza stressante per una sciatrice poco esperta, la "fila" per la seggiovia era una massa di gente che si spintonava e che faceva fatica a mantenere l'equilibrio sugli sci.

«Per cortesia, può scendere dai miei sci?»

«È lui che mi spinge!»

«Mi è passata davanti. Io ero dietro la signora con il cappello bianco.»

«Non è vero! C'ero prima io!»

«Katherine, devi usare le racchette per avanzare» mi disse Gianmarco gentilmente, dopo aver visto che ero ferma nello stesso punto da dieci minuti. Ma io non ero capace di passare avanti nella fila pestando gli sci altrui e rischiando allo stesso tempo di fare un colossale capitombolo. «Non preoccuparti, ci vediamo al rifugio» lo rassicurai.

La cucina, in quella zona dell'Abruzzo, è a base soprattutto di carne e formaggio. Non si usa tanto burro e panna come sulle Alpi, e non c'è molta frittura. Si tratta comunque di una cucina pesante: salsicce e costolette di agnello, scamorza grigliata e salumi buoni da morire. Per quanto riguarda la pasta, la loro specialità sono i *cazzarielli e fagioli*, gnocchetti cucinati con un intingolo di fagioli (e la salsiccia, nel caso non avessi ancora raggiunto il numero sufficiente di calorie per la giornata), pasta con i tartufi e, in estate, pasta con ogni tipo di fungo immaginabile. In questi paesini di montagna non si vede molta verdura e la frutta è cara e difficile da trovare.

Ci sedemmo su un lungo tavolo di legno, al sole. Subito mi resi conto che non si trattava di una sosta per recuperare le forze: non avremmo agguantato un hamburger al volo o un piatto di *chili* prima di tornare sulle piste. Quella era una *destinazione*. Gli sci erano stati solo un simpatico mezzo di trasporto per arrivare lì, e ora potevamo sganciarci gli scarponi e assaporare deliziosi antipasti, primi e secondi, accompagnati da un corposo Montepulciano d'Abruzzo. Cominciammo con prosciutto, salame e formaggio, seguiti dai *cazzarielli e fagioli* serviti in piatti di plastica. Quando fu il momento delle costolette d'agnello e delle salsicce, pensai che avrei dovuto scendere a valle rotolando (o quanto meno scivolando sul sedere come mia madre ad Aspen).

«È normale sentirsi più gonfie a Roccaraso» mi assicurò una delle ragazze. «Qui si lievita.» Come la pizza. Forse la colpa è delle salsicce e del formaggio, o del fatto che si va meno spesso in bagno, suggerii. No, mi rispose la ragazza, che sapeva il fatto suo. «È l'ossigeno. Vedrai che qui hai sempre fame e sonno.» (Evitai di dirle che questo effetto me lo faceva la maggior parte dei posti in tutto il mondo.) In seguito ho sentito molta gente di Napoli dire che va a Roccaraso per *pigliarme nu poco 'e ossigeno.*

La ragazza finì di mangiare l'ultima costoletta di agnello e tirò fuori dallo zaino un enorme specchio pieghevole di alluminio per abbronzarsi. Mentre digeriva, se lo sistemò sotto la faccia per intensificare i raggi del sole. «Questo posto fa benissimo» mi disse. «Le balie più famose d'Italia venivano dall'Abruzzo. Le ricche signore di Roma e Napoli selezionavano qui le nutrici per i loro figli. Il loro latte era ricco e grasso: il migliore. Il cibo abruzzese farà bene anche a te, Ketrin.»

Dopo quel pranzo sulle piste di Roccaraso, ero sicura che avrei potuto trovare anche io lavoro come balia abruzzese. Nessun dubbio.

Ritornai a Napoli tutta ossigenata. Gianmarco non aveva tentato nessun approccio con me, eventualità che mi aveva preoccupata parecchio, con tutte quelle coppie che si sbaciucchiavano attorno a noi. Non vedevo l'ora di raccontare a Salvatore della mia esperienza sulle piste e delle mangiate favolose che si facevano a Roccaraso.

Ma lui non voleva vedermi. Mi rispose a monosillabi al telefono e non mi invitò ad andare da lui. Sola, nel mio piccolo appartamento, mi domandai cos'avessi fatto di tanto terribile.

«*Cosa?*» mi chiese Maria Rosa, quando andai a chiederle consiglio. «Hai trascorso il weekend a Roccaraso con un altro?»

«Non eravamo soli! Eravamo in gruppo!»

«Peggio ancora! Allora le donne americane sono davvero facili come quelle di *Beautiful*.»

«Ma non ho fatto niente di male! Non ho toccato nessuno, non ho baciato nessuno...»

Lei ci pensò su un momento, poi disse: «Vai subito a scusarti con Salvatore, se vuoi che le cose fra voi continuino. Digli che non hai nemmeno *sfiorato* nessun uomo. Che hai capito di aver commesso uno sbaglio clamoroso».

E io lo feci. Ripetei il copione che Maria Rosa aveva scritto per me (con lo stesso tono di voce con cui i cattolici recitano *mea culpa, mea culpa, mea maxima culpa*). Dopo aver ascoltato le mie scuse, Salvatore disse: «Io voglio sapere una cosa soltanto. Noi due stiamo insieme?». Mi guardava dritto negli occhi. Era qualcosa a cui teneva molto.

«Certo.»

«Perché forse al tuo paese puoi frequentare più ragazzi nello stesso momento e a loro va bene così. Ma a me, Ketrin, non va bene. Siamo una cosa sola, adesso.»

Fui d'accordo.

Rococò ed *eggnog*

Mentre passeggiavo per via San Gregorio Armeno con Raffaella, il 10 dicembre 1996, la mia mente elaborava un elenco di vivande che di sicuro non si vendevano per le strade di Betlemme duemila anni fa:

1. Salsicce
2. Pescespada
3. Meloni
4. Pizza
5. Spaghetti
6. Cozze

«Non esisteva la pizza in Palestina!» esclamai, quando terminai l'elenco. «E nemmeno gli spaghetti. Non c'erano pescivendoli vicino alla mangiatoia, in una fredda notte di dicembre!»

Raffaella mi aveva portato in quella famosa strada nel centro di Napoli perché sin dal diciassettesimo secolo è qui il cuore di una delle più conosciute tradizioni natalizie napoletane, il presepe. Dai primi di novembre fino al 6 gennaio, gli artigiani espongono le loro opere lungo entrambi i lati della stradina, ma i napoletani sono soliti andarci fra l'8 dicembre, la festa dell'Immacolata, e la vigilia di Natale. Perciò il 10 dicembre la via era invasa da una massa di gente che spingeva di qua e di là.

«Ketrin! Guarda quello! Ha un mulino che funziona davvero.» Raffaella mi trascinò attraverso la folla per guardare il presepe da vicino. Non c'era solo l'acqua, ma anche delle lucine intermittenti e un forno per le pizze che si illuminava all'interno. Un pizzaiolo alto cinque centimetri, con le guance realisticamente ombreggiate di barba, usava una lunga pala di legno per far scivolare la pizza dentro e fuori dal forno. Straordinario.

Ma non volevo lasciarmi distrarre. La verità storica era la verità storica. La nascita di Gesù era la nascita di Gesù. «Come facevano le lavandaie a lavare le sottovesti nel fiume, vicino alla mangiatoia di Gesù?! Raffaella?» La mia futura suocera stava tastando dei piccolissimi pastorelli di terracotta. Si era infilata gli occhiali per esaminarne la qualità. «Non c'era un fiume vicino alla mangiatoia. Non c'erano sottovesti. E non c'erano lavandaie!»

«Quale di questi pastori ti piace di più?»

Eravamo lì, perché uno dei pastorelli del presepe degli Avallone quest'anno era emerso dall'imballaggio di carta senza una gamba. I due pastorelli che ora lei mi mostrava avevano di diverso solo le braghe, uno blu e l'altro verde.

«Blu, quello blu.» Volevo tornare al discorso della Verità.

Ero decisa a convincerla che, anche se non ero napoletana, conoscevo bene la storia della nascita di Gesù, della mangiatoia e tutto il resto. Per me era importante perché c'era molta pubblicità negativa sulla visione capitalista del Natale esportata dalla mia cultura. L'albero di

Natale e Babbo Natale (oltre a Halloween) sono relativamente recenti a Napoli. Qui il presepe è il vero simbolo del Natale ed è la Befana a portare i regali, mentre a Carnevale ci si traveste. Perciò molti napoletani si domandano: perché dobbiamo adeguarci a usanze e tradizioni altrui? Un albero semina aghi su tutto il pavimento, mentre i fantasmi spaventano i bambini. Per non parlare di un omone grasso che guida una slitta e ti mangia tutti i biscotti.

Quando ero alle elementari, tutti gli anni realizzavamo dei lavoretti di Natale. Con il panno rosso e verde, la colla vinilica bianca e perline che non si attaccavano mai dove volevi (come odiavo quei lavoretti!), creavo una cornice per la mia foto. Con difficoltà, e le dita appiccicose, facevo scivolare dentro una foto, per esempio, di me sdentata in seconda elementare, e la regalavo ai miei genitori perché la appendessero all'albero di Natale.

Grazie a queste decorazioni, l'albero della famiglia Wilson documenta i momenti più importanti della mia gioventù e di quella di mia sorella Anna. Credeteci o no, ma queste opere d'arte hanno sfidato tutte le leggi della decomposizione e sono ancora in perfetto stato, dall'infanzia fino al diploma. (A un certo punto sicuramente abbiamo smesso di farle, perciò il resto deve essere opera di Babbo Natale.)

Poiché sono necessarie zone oscure dove nascondere le foto più imbarazzanti e rami lunghi per quelle dove appariamo carine, i Wilson cercano sempre alberi di Natale storti e asimmetrici. Niente di frondoso e proporzionato, per noi. Un pertugio in ombra dietro il tronco è il posto perfetto per la foto di Katherine con i Dentoni Prima dell'Apparecchio. Un'altra zona bassa e nascosta sul retro ospita la foto di Anna nella fase Mi Vesto Solo Di Rosa Fluorescente. Davanti, si trova l'area Anna con i Boccoli vicino a quella di Katherine Dopo la Dieta Niente Cioccolata Né Altro Che Le Rassomigli. Sui rami meglio illuminati in primo piano, Anna e Katherine appaiono serie e graziose (con la bocca chiusa); nei buchi sul retro, siamo bambine che ridono mettendo in mostra denti e chili di troppo.

Un'estate, sul lungomare di Nizza, avevo vinto una scimmia di pezza in uno di quei tiri a segno delle fiere. Aveva i pantaloncini rossi, i guantoni da boxe e una faccia che diceva: "Fatti avanti!". Arrivati a casa, decidemmo all'unanimità che l'angelo in cima al nostro albero aveva fatto il suo tempo: era arrivato il momento di cambiare personaggio. Così, adesso, la scimmia occupa il posto d'onore, sfidando chiunque a dire qualcosa di brutto contro il nostro albero.

Quel dicembre, invece di decorare il nostro abete a casa, aiutai Salvatore, Raffaella e Nino ad allestire il presepe degli Avallone. (Benedetta ormai trascorreva tutto il suo tempo con la famiglia del futuro marito.) Raffaella mi disse che la tradizione napoletana voleva che fosse il padre, il capofamiglia, a occuparsi del presepe. La mamma cucinava biscotti *rococò* alla cannella e si preoccupava che tutti fossero caldi e sazi mentre posizionavano i pastori. Sul viso di Raffaella si dipinse un'espressione disgustata quando le parlai dell'*eggnog* (Latte? Uova? Alcol? Insieme? No, ti prego!), del tè (chi ha mai sentito parlare di tè a Napoli?) o del sidro (grandi tazze piene di liquido caldo? Se hai fame e freddo, allora, perché non ti fai un brodo?). Okay, alla fine mi arresi. Niente liquidi caldi.

«Nino!» gridò Raffaella a suo marito, anche se era seduto vicino a lei. Quando bisognava difendere una tradizione, la sua voce si faceva sempre più profonda e stentorea. Quasi solenne. «È ora di fare il presepe!» Lui non si mosse, limitandosi ad annuire. Raffaella liberò dalla carta la base, una grande asse di legno che avrebbe sostenuto montagne e caverne fatte di sughero. Mentre noi tre guardavamo, sgranocchiando i rococò, lei utilizzò un piccolo contagocce per essere sicura che l'acqua scorresse giù dalla montagna come si deve. «Nino!» gridò ancora quando finì con i lavori idraulici del presepe. «Adesso tocca ai personaggi!»

Io, Salvatore e Nino iniziammo a scartare le statuine. Aprivamo delicatamente la carta velina e le mostravamo i personaggi. «Il macellaio!» Raffaella lo salutò come un vecchio amico che passava inaspettatamente a trovarla dopo tanto tempo. Poi disse a Nino che il macellaio andava a sinistra della montagna più alta. «Il pizzaiolo!» Salvatore ne cullava la statuina, risvegliata dopo un anno di letargo. A destra, sul secondo livello, disse Raffaella.

Tutte le statuine avevano il loro posto sul palcoscenico. Tutte, tranne i solitari omini con le braghe che continuavo a scartare. «Chi sono?» chiesi, e Raffaella mi rispose che erano i pastori. Questi andavano distribuiti qua e là vicino alle pecore, sul fianco della montagna. «Quindi posso metterli dove voglio?» «Sì! Ovunque tranne che nella capanna.» Sistemai il mio pastore vicino a un mucchietto di rami secchi; Raffaella lo prese e lo mise da un'altra parte.

Poi, quando Nino scartò il pastore senza una gamba, accadde una cosa bellissima. «Poverino, ha perso una gamba!» Erano tutti davvero dispiaciuti. Sul serio Salvatore poteva provare un tale trasporto per una statuina di terracotta? Certo che sì, eravamo a Napoli.

Il pastorello passò di mano in mano. Ecco il suo funerale, pensai, questa è la cerimonia, e poi lo butteranno via. Anche la mia famiglia aveva detto addio all'angelo, prima che lui e le sue ali finissero tra la roba da riciclare. Ma no! Raffaella aveva la soluzione. «Possiamo far finta che dorma.» Lo sistemò sdraiato dietro un albero, sul muschio, in modo che la gamba mancante non si vedesse. Quando io e Raffaella andammo in via San Gregorio Armeno due giorni dopo, non era per sostituire il pastorello, ma per aggiungere un altro testimone alla folla davanti alla capanna di Gesù.

Quel pastore zoppo parzialmente nascosto dall'albero ora vive in quella che la mia famiglia chiamerebbe La Zona delle Pettinature Disastrose di Katherine. Non è perfetto, ma come il pizzaiolo, o una goffa bambina di nove anni, anche lui ha il suo posto sulla scena di Natale.

Capitone

Quando avevamo allestito il presepe, solo una statuina non era stata sistemata al suo posto: quella di Gesù bambino. Tradizionalmente, a casa Avallone, è il padre che mette la statuina di Gesù nella culla, dopo la mezzanotte di Natale. Il grande momento di Nino arrivava dopo la cena, dopo la messa, ma prima che quel ciccione vestito di rosso piombasse giù dal Nord (con i bambini alzati, tutti in ansiosa attesa di quel tizio importato che a loro piaceva tanto, come pure giocare a "dolcetto o scherzetto"). La Befana avrebbe avuto il suo momento di gloria il 6 gennaio, il giorno dell'Epifania: secondo gli Avallone, non c'era motivo per cui lei e Babbo Natale non potessero portare entrambi dei regali. Più ce n'erano e meglio era.

Raffaella aveva invitato sedici persone alla cena della vigilia, compresa la famiglia del futuro genero, Mauro, e Benedetta voleva essere certa di fare *bella figura*, con l'elegante servizio di piatti e la cristalleria, i segnaposto d'argento, perfino i sacchetti con dei regalini per i bambini. Indossava qualcosa di rosso e luccicante, e si era truccata gli occhi turchesi in modo che spiccassero ancora più del solito.

La preparazione del pesce, però, l'aveva lasciata a sua madre.

Nei tre giorni che precedono il Natale, i pescivendoli a Napoli rimangono aperti tutta la notte. Le mamme, che vogliono essere sicure di trovare il pesce più fresco possibile per la cena della vigilia, puntano la sveglia alle tre o alle quattro di mattina, per poter comprare il pesce non appena i pescatori lo consegnano, prima che chiunque altro possa reclamarlo. I molluschi devono sputare zampilli d'acqua. Le anguille devono essere grasse e vivaci. La spigola deve avere l'occhio "vivo".

«Nessuno mi fa scema» disse Raffaella infilando una mazzetta di banconote nel suo push-up di pizzo. Erano le cinque di mattina del 24 dicembre e stava andando in piazza Mercato a comprare il pesce. «Gli mettono il collirio negli occhi così sembrano più vivi. Spargono colorante sulle branchie così sembrano più rosa. Ma io non ci casco.» Nonna Clara, che era un'esperta nel riconoscere un pesce fresco guardandolo negli occhi, aveva insegnato bene la lezione a sua figlia. Il messaggio per le donne napoletane era chiaro: truccatevi pure, rendete più affascinante il vostro sguardo, ma accertatevi che la vostra spigola sia naturale come una ragazza acqua e sapone.

Quando Raffaella tornò dal mercato, alcune ore dopo, puzzava come un pescatore che è stato in mare per giorni. Stringeva tre borse di plastica, una delle quali si agitava come in un inquietante film di fantascienza. Dentro c'era *il capitone*.

Il capitone non è un'anguilla. L'anguilla è più piccola e magrolina, e solo le famiglie troppo povere per comprare il capitone, che è più grasso, forte e guizzante, la mangiano. «Da noi, a Natale, si mangia il capitone» è un modo napoletano per dire: non siamo dei poveracci.

Quando il pescivendolo taglia la testa al capitone, lui continua a muoversi e bisogna avere dei bei muscoli per tenerlo fermo sul tagliere. È davvero divertente quando il capitone scappa e bisogna dargli la caccia. (Anni dopo, Raffaella ha evocato questa immagine, vedendo la fatica con cui cercavo di tenere sotto controllo i miei figli. I bambini piccoli sono come anguille, le prendi da una parte e loro ti scappano via dall'altra. È normale.) Il capitone di Raffaella era stato tagliato in quattro pezzi, eppure continuava ad agitarsi nella borsa.

La seconda borsa conteneva i molluschi. Alla vigilia, per cena si servono gli spaghetti *a vongole*. Di solito il nome di un piatto di pasta e pesce ha la preposizione "con". Linguine con gli scampi. Paccheri con il pescespada. Ma non ci sono gli spaghetti *con* le vongole perché è come se i due ingredienti diventassero uno. I napoletani direbbero che *si sposano*. La sposa (gli spaghetti) e lo sposo (le vongole) formano una coppia unita e indissolubile.

La terza borsa conteneva la nostra bella spigola dallo sguardo vispo, la portata principale che andava cotta al forno, con un contorno di patate. Poi ci sarebbero stati l'*insalata di rinforzo* – un'insalata fatta con cavolfiori lessati, olive, e carote, per ridare le forze a chi si sente debole – il merluzzo fritto, la scarola saltata e i dolci, tanti, tantissimi dolci.

Alle otto di sera della vigilia, trovai il mio segnaposto (c'era scritto *Ketrin* con il pennarello dorato) e mi sedetti a tavola, pronta per un pasto che sarebbe durato tre ore. Il capitone continuava a comparire sotto diverse spoglie (dopotutto era un animale lungo un metro e mezzo), fra le quali capitone in salamoia, capitone fritto, capitone in umido. Mi nauseava. Era oleoso e nero. Nauseava anche gli altri, che però continuavano a mangiarlo lo stesso.

«Non mi piace il capitone. Non mi è mai piaciuto. Ne mangio un pezzettino solo per seguire la tradizione» disse Nino e alcuni cugini lo imitarono di corsa. La stessa cosa con l'insalata di cavolfiore. «Sono pieno! E poi mi disgusta. Me ne passi un po'? *Giusto pe' tradizione.*» La conversazione era concentrata sulle ricette: come la nonna di qualcuno preparava l'insalata di rinforzo; chi preferiva il merluzzo fritto e chi al forno.

La futura suocera di Benedetta parlava con cognizione di causa delle tradizioni, cosa che mi sorprese. «Sua madre gli lascia i petti di pollo alla piastra nel frigo. Non cucina mai» mi aveva confidato Raffaella. Orrore e raccapriccio. «Io e Benedetta gli stiamo educando il palato.»

Quando arrivò l'ora della messa, eravamo così pieni che facevamo fatica a stare in piedi. I bambini facevano il diavolo a quattro per l'eccitazione – ancora due ore e Babbo Natale sarebbe arrivato! – quando ci infilammo in macchina, profumati e con il cappotto delle feste. Gli uomini sonnecchiarono per tutta la funzione mentre la sezione soprani dell'assemblea intonava *Tu scendi dalle stelle*.

Tornammo a casa all'una, per portare a termine il rito del presepe. «Nino!» Raffaella lo chiamò che aveva ancora il cappotto addosso. «Gesù bambino!» Gli porse la statuetta avvolta nella carta velina e gli indicò il presepe, nel caso il marito si fosse dimenticato qual era il suo compito. Questa era una responsabilità del capofamiglia. Nel frattempo, chi comandava davvero poteva rilassarsi, tanto non c'era pericolo di sbagliarsi: Gesù bambino poteva stare in un posto solo.

Pizzetta, cappuccino e spremuta d'arancia

Il mio stage presso il consolato finiva a Natale. L'ultimo giorno, ci fecero evacuare l'edificio perché sulla scrivania di Cynthia era apparso uno strano pacco che sembrava una bomba. Nessuno sapeva chi ce lo avesse messo o cosa ci fosse dentro. Perciò ci rifugiammo tutti nel bar dall'altra parte della strada e io potei salutare tutti con calma. Qualche ora dopo ci dissero che potevamo rientrare nel consolato. I soldati con la mitraglietta ci informarono gentilmente che il pacco conteneva un presepe elaboratissimo, completo di acqua corrente, che era stato consegnato come regalo per il console.

«Come si fa a non amare questo posto?» disse Cynthia quando ci abbracciammo.

Il mio stage era finito, ma non volevo tornare a casa. Avevo tutto il tempo per capire quale sarebbe stato il mio futuro; al momento mi interessava più capire Napoli e che direzione avrebbe preso la mia storia con Salvatore. Pensavo che la vita fosse suddivisa in semestri, perciò dissi ai miei genitori che volevo fare un'esperienza all'estero lunga due semestri, invece di uno, e che sarei tornata in America all'inizio di giugno.

Per guadagnare un po' di più, cominciai a insegnare inglese anche in altre scuole. Quando non c'era lezione, me ne andavo a zonzo in autobus o a piedi. Mi mancava il teatro, e quello che vedevo per le strade di Napoli attenuava la mia voglia di teatralità.

Le prime rappresentazioni drammatiche della mia vita sono state le "ninnenanne" che mia madre cantava a me e a mia sorella. Non erano ninnenanne tenere o delicate. Non servivano per farci addormentare: noi eravamo il suo pubblico.

Dal punto di vista vocale, Bonnie Wilson non era un soprano ma un tenore. Facendo fare gli straordinari al suo diaframma, quando cantava *Summertime* di Gershwin sembrava Pavarotti in *Nessun dorma.* Invece delle giornate lente e assolate dell'estate in una piantagione del Sud, la sua versione evocava una insonne e ansiosa *Turandot*.

TESTO DELLA CANZONE	SOTTOTESTO DI BONNIE WILSON
Estate, e la vita è facile	La vita non sarà mai facile! Ci saranno spettacoli da allestire! Esami da passare! Gare di nuoto da vincere!
I pesci saltano *E il cotone è alto*	Chi se ne importa se saltano? Io non sono mai diventata alta, e non lo diventerete nemmeno voi.
Il tuo papà è ricco	Vostro padre e la sua famiglia *erano* ricchi, ma non abbastanza. Lui spende troppo e presto non rimarrà più niente. Dovrete farci i conti quando sarete più grandi, sappiatelo.
E la tua mamma è bella	Be', sì.
Perciò stai buono, bimbetto *Non piangere*	Se state buone, posso finire questa strofa con una fioritura elegante.

Qualcosa che ricorda l'esuberanza vocale di mia madre quando cantava si può risentire in qualsiasi mercato ortofrutticolo nel centro di Napoli. «Pomodori, due euro al chilo!» gemono tragicamente gli uomini.

«Cosa dicono?» mi ha chiesto mia sorella, quando è venuta a trovarmi qualche anno dopo. «Sono in lutto? Stanno implorando? Soffrono di calcoli renali?»

«No,» ho risposto «stanno solo annunciando il prezzo dei pomodori, in modo che tutti li sentano.»

La mia infanzia mi ha insegnato che la cosa più bella è recitare; la seconda è assistere a uno spettacolo come parte del pubblico. E a Napoli non dovevo cercare molto per trovare situazioni teatrali. Era diventato un po' uno sport, per me, entrare in un bar al pomeriggio e ordinare tre cose che non andrebbero mai consumate insieme. Per esempio: una pizzetta, un cappuccino e una spremuta d'arancia. Una combinazione impossibile per un sacco di motivi. Primo, nessuno ordina un cappuccino dopo le undici di mattina. Secondo, la spremuta d'arancia non va bevuta insieme al latte perché provoca acidità. Terzo, la pizza si mangia con una bibita, una birra o dell'acqua. Non con un caffè o qualsiasi altra bevanda calda e, soprattutto, non con il latte.

Perciò la reazione del barista era, inizialmente, un misto di incredulità e stupore, seguiti da qualcosa di simile allo zelo missionario. «Insieme? La prego, no!» Lo sguardo supplichevole e la voce lamentosa facevano parte della performance con cui cercava di farmi cambiare idea.

Gli spettacoli migliori, a Napoli, si svolgono sui marciapiedi, sugli autobus e nei bar. Ho assistito a litigi, scene d'amore, perfino a dialoghi tragici che potrebbero fare concorrenza a una qualsiasi opera in scena al Teatro

San Carlo o al Bellini. Ricordo per esempio un contrasto sul 140, l'autobus che da Posillipo arriva a Mergellina. Il diverbio era stato innescato da un peto che un uomo di mezza età aveva verosimilmente emesso nel mezzo affollato. L'uomo non aveva trovato posto a sedere e stava in piedi tranquillo, reggendosi a una delle maniglie di gomma che pendevano dal soffitto. Una signora anziana, seduta vicino a lui, si coprì il naso con un fazzoletto e, lanciando un'occhiataccia all'uomo, si rivolse alla colf srilankese accanto a lei: «Che maleducazione. Quest'aria la dobbiamo respirare tutti».

«Ha ragione, signora.» Un'altra donna dietro di lei aveva preso le sue parti e fu solo questione di tempo prima che tutto l'autobus, o almeno i madrelingua italiani, si schierassero dicendo la propria. Cosa interessante, l'accusato continuò a fingere nonchalance fino a quando la discussione non si fece animata. Poi zittì tutti con il suo vocione: «Ma come fate a sapere? A sapere tutto?».

Queste sono le situazioni che ti fanno venire voglia di saltare la fermata e rimanere a bordo fino a quando non cala il sipario.

Ma trovai un altro modo molto semplice per assistere a uno spettacolo tutto napoletano: chiedere indicazioni stradali. La retorica, l'arte di dire poco in modo estremamente affascinante, mi fa venire in mente il grande Jesse Jackson quando recitò *Prosciutto e uova verdi* al *Saturday Night Live*, vent'anni fa. Che senso del ritmo, che capacità di creare pathos. Non ti permetteva di distrarti; non ti permetteva di perdere una sola sillaba. E non ti *permetteva* di fregartene del suo prosciutto e delle sue uova verdi. Non importava che i versi che recitava fossero una filastrocca del Dr Seuss.

Un giorno chiesi un'indicazione a un distinto signore

napoletano, vestito con l'abito della domenica. Passeggiava senza meta, camminando lentamente (con i piedi all'infuori come fanno molti uomini napoletani). Io ero una ragazza sola, chiaramente straniera. Questi due aspetti, combinati con l'innato senso dell'ospitalità tipico dell'Italia meridionale e il desiderio di mettersi in mostra, fecero sì che quell'uomo volesse a tutti i costi aiutarmi. Purtroppo, non sapeva dove fosse via Noce. Invece di dire "mi dispiace, non lo so", cominciò un monologo che si sarebbe potuto trascrivere su uno spartito, tanto era musicale.

«Via Noce, via Noce.» Pausa. A questo punto sapevo per certo che non aveva idea di dove fosse quella via, altrimenti le sue mani avrebbero già cominciato a muoversi. Avrebbero disegnato una traiettoria, un *a destra a sinistra*, piegando la mano, e poi un gran sorriso e il suo braccio si sarebbe steso al momento del *dritto! Sempre dritto!*

Invece non lo sapeva.

«Sono cresciuto in questa zona, signorina. Non lontano da qui, e le posso assicurare che questa via Noce, questa via Noce di cui parla, non è, ripeto, non è una traversa di via Toledo. No.»

Si trattava di un'introduzione, recitata solennemente, senza gesti e con espressione seria. La sua voce era pacata. Poi, dopo una pausa, arrivò il pezzo centrale del monologo. L'uomo si animò e tirò fuori le mani dalle tasche.

«Potrebbe essere da quella parte»: le sopracciglia sollevate a esprimere un'ipotesi e un braccio disteso verso destra. «O magari da questa»: il braccio disteso a sinistra e lo sguardo sempre fisso su di me. Altra pausa. Ah, quante possibili ubicazioni per quella strada, tenuto conto che non la conosceva! «Perché purtroppo, mi duole dirlo, non possiedo questa particolare informazione, devo essere sincero. Sincero con lei e con me stesso.» Ancora una pausa a effetto. Era un uomo con una sua integrità, voleva che lo capissi. Le pause erano fatte in modo da aumentare la drammaticità del momento, per mantenere la tensione.

«La verità è,» e io capii che eravamo prossimi al finale «che, se lo sapessi, sarebbe un vero piacere per me darle questa informazione, a lei, una persona che non sa e vorrebbe tanto sapere dove si trova via Noce. E con ciò, le auguro una buona giornata, signorina.» Si voltò e si allontanò. Sipario.

Uova fresche

«Sai chi era esigente? Nonna Clara.» Era ironico sentire Raffaella dire che qualcun *altro* aveva gusti difficili. Le avevo detto che non invidiavo il suo salumiere, dopo che per quindici minuti si era lamentata con lui del prosciutto che le aveva venduto il giorno prima e che secondo lei era tagliato in fette troppo spesse e dure. «Così!» aveva socchiuso un occhio mentre sollevava il pollice e l'indice per mostrare lo spessore esatto. «Per lei così vuol dire sottile? Questo lo chiama sottile?»

Una fila di clienti aspettava pazientemente mentre Raffaella e il signor Abate, il salumiere, risolvevano la questione. Era un problema di fiducia. «Fidarsi è bene, non fidarsi è meglio» è una frequente espressione napoletana. Ricordati che è sempre meglio non fidarsi, insegnano le mamme ai figli.

I genitori napoletani vogliono preparare i loro bambini al mondo reale, dove imbrogliare e mentire è la norma. La cosa peggiore è crescere un figlio che è un *baccalà* (stupido) o *addurmùto* (addormentato). Esiste un'infinità di termini per definire qualcuno troppo ingenuo e fiducioso. Il mio preferito probabilmente è *dorme cu 'a zizza mmocca*, dorme ancora con la tetta in bocca. Il più grande complimento che possono farti a Napoli, invece, è dirti che sei *scetàto*, sveglio. Il che è molto meglio che essere intelligente. Significa che non ti fai fregare da nessuno, che sai il fatto tuo.

Per il signor Abate, il salumiere, era fondamentale riconquistare la fiducia di Raffaella dopo l'episodio del prosciutto. Le altre signore potevano aspettare.

«Io sono accomodante» ribadì Raffaella più tardi. Accomodante? «E la storia del prosciutto?» le chiesi. «Be', bisogna dire le cose come stanno. È nell'interesse del salumiere. Sarebbe terribile per lui se continuasse a vendere un prosciutto del genere e nessuno glielo dicesse!» Perciò in realtà lo aveva aiutato e allo stesso tempo aveva dimostrato a lui e alle altre signore in fila che era *scetàta*. Non dormiva *cu 'a zizza mmocca* e non era una di quei turisti tedeschi che mangiano qualsiasi cosa gli vendi. «Non sono una cliente difficile. Nonna Clara sì. Era un incubo andare a fare la spesa con lei. Per fortuna l'*ovaiolo* veniva a casa.»

Quando Raffaella era piccola, l'ovaiolo arrivava una volta alla settimana dalla campagna con un cestino pieno di uova e di formaggi freschi. Nonna Clara non si limitava a salutarlo, dargli i soldi e prendere uova e formaggio. Oh, no. Lei lo invitava dentro, gli toglieva la giacca e scambiava con lui tutta una serie di *buongiorno*. Gli offriva un bicchiere d'acqua che lui di solito rifiutava. («Non gli offriva un caffè? Perché no?» chiesi a Raffaella. «Il caffè si offre alle persone con cui sei in confidenza» mi rispose lei.) Poi si sedevano in poltrona, uno davanti all'altro, nel salotto.

Era il momento della valutazione.

Nonna Clara si sistemava vicino a una lampada e ne

toglieva il paralume. Poi tirava fuori tutte le uova dal cestino, una alla volta, e le sollevava verso la lampadina. In questo modo riusciva a vedere se erano fresche. Se c'era un'ombra, significava che il tuorlo si era staccato dall'albume e aveva formato uno spazio vicino al guscio. Perciò l'uovo aveva almeno tre giorni.

E così, con otto figli, un minuscolo appartamento e tre pasti da cucinare (per non parlare delle pulizie e del bucato), nonna Clara ispezionava ogni singolo uovo. Quelli che passavano il test, li metteva nel suo cestino dicendo: «*Chisto mm'o piglio io*». Questo lo prendo io. Quando scorgeva l'ombra sospetta, guardava l'ovaiolo negli occhi e gli diceva: «*Chisto t'o magne tu*». Questo te lo mangi tu. Poi glielo restituiva, aggiungendo: «*È bbrutto comme 'a faccia toia*». È brutto come la tua faccia.

Quando aveva finito, gli chiedeva notizie della famiglia e degli animali e poi gli augurava buona settimana.

Quando sentivo queste storie su nonna Clara, o quando Raffaella mi raccontava di essere appena stata a un pastificio per lamentarsi di un pacchetto di bucatini che non era buono (e la benzina? E il tempo per andare e tornare?), capivo perché mi sentivo così stressata quando facevo la spesa a Napoli.

Mia madre non aveva nessun rapporto con nessun essere umano nell'ipermercato Safeway dove faceva la spesa quando noi eravamo piccole. L'unico contatto era con il gigantesco carrello che spingeva lungo le corsie. Al volante di quel carrello, Bonnie Wilson si trasformava in un pilota di Formula Uno. Quando il mezzo andava nella direzione sbagliata, lei lo rimproverava con uno stizzoso: «Maledizione!». E accarezzava contenta il metallo freddo, lasciandosi sfuggire un sospiro soddisfatto, quando infilava me, mia sorella o la sua enorme borsa di pelle nera sul seggiolino di plastica.

Il loro era un rapporto basato sulla fiducia. Da Safeway, non fidarsi era bene, fidarsi era meglio.

Nel suo adorato carrello, mia madre scagliava cereali con personaggi da cartoni animati sulla confezione (una cosa che affascina i bambini americani sin dai primi anni Sessanta), sacchetti di fragole surgelate, bottiglie di ketchup Heinz facili da aprire. Compravamo cibo con conservanti. Compravamo cibo in confezioni scintillanti. Mia madre, efficiente e americana, ci faceva entrare e uscire da lì in tempo per andare al corso di nuoto o alla prova della recita e con cibo sufficiente per settimane.

Così, quelle rare volte che andavo a fare la spesa da sola a Napoli (non mangiavo quasi mai nel mio appartamento, ma ogni tanto compravo del prosciutto o del formaggio da tenere di scorta), non sapevo come interagire con il salumiere che stava dall'altra parte del bancone. Lui mi chiedeva quanto prosciutto volessi e di che tipo. Non potevo né vedere né toccare, ma dovevo solo guardarlo negli occhi e rispondere.

«San Daniele o Rovagnati?» Quanto meno mi proponeva delle alternative, così potevo semplicemente ripetere l'ultima parola che aveva detto. Per la quantità, rispondevo: «Cento grammi», che di sicuro erano troppi o troppo pochi. Tutti questi dettagli avrebbero dovuto contare per me: sembravano contare perfino per il tizio che me lo stava vendendo, il prosciutto.

«Smettila con tutti questi *dovrei*» mi ricorda spesso mia sorella. Il primo inverno che trascorsi a Napoli, smisi di pensare a cosa avrei dovuto o non dovuto fare e cominciai a trascinarmi una volta al mese fino alla Conad, il grande supermercato in stile americano. Lì potevo buttare nel carrello prodotti confezionati come fossero frisbee, prodotti ben reclamizzati e in confezioni facili da aprire. Alla Conad mi trasformavo in una consumatrice sicura. Lì, grazie al cielo, non dovevo sentire la mia vocina flebile che faceva capire a tutti che non sapevo come volevo il mio cibo.

Impepata di cozze

L'inverno a Napoli è breve e umido. Ad aprile sembrava già arrivata l'estate, così la nostalgia per l'aria condizionata e gli antitraspiranti roll-on divennero un tutt'uno con quella che provavo per il mio amato paese.

Un'afosa mattina di inizio primavera, andai all'ospedale Fatebenefratelli. Dovevo assistere Raffaella, che in quel momento era ricoverata nel reparto femminile al quarto piano. Mentre premevo il bottone per l'ascensore, tutta sudata, con addosso una maglietta della Duke e un paio di pantaloncini da corsa, notai una statua di san Giovanni di Dio, che, con le braccia spalancate, accoglieva i pazienti e i visitatori dell'ospedale. La sua espressione era serena e la statua era molto bella. Ma perché l'ascensore non arrivava?

Quando mi dissero che era fuori servizio, cercai di non pensare alle lettighe, alle emergenze e a tutti i problemi logistici che potevano nascere in un ospedale di sei piani senza ascensore. Mi imposi di non pensare a quelle strutture sterilizzate e high-tech, dove una carta Visa Gold poteva farti arrivare ovunque. Lì, al Fatebenefratelli, a nessuno interessava la tua carta di credito o se avevi un qualche tipo di assicurazione. La tua salute era nelle mani del destino. E di san Giovanni. E dei moderni fatebenefratelli e delle loro fatebenesorelle.

Alcuni giorni prima, Raffaella e Nino avevano contratto la salmonella a un matrimonio elegante. Quando molti ospiti avevano cominciato a stare male, il giorno dopo il ricevimento, tutti avevano pensato alle cozze, alle vongole e agli altri frutti di mare che erano stati serviti. A Napoli, la pasta con i frutti di mare è fondamentale: non c'è vigilia di Natale senza spaghetti alle vongole. I bambini mangiano l'impepata di cozze a quattro anni, e per i genitori l'unico dispiacere è di non poter dare al piccolo Ciro un bicchiere di vino del Vesuvio per mandarla giù. Ma poiché i frutti di mare si mangiano molto spesso e l'igiene non è sempre il massimo, ogni tanto ci scappa l'epatite.

Un nostro amico napoletano si è ammalato gravemente ed è stato ricoverato dopo aver mangiato un piatto di spaghetti alle vongole. Quando è guarito, gli ho detto: «Ora non mangerai più vongole per tutta la vita». Lui mi ha guardata come se fossi diventata matta. «Per tutta la vita?» mi ha chiesto, incredulo. «Il dottore mi ha detto di evitare i frutti di mare per una settimana, ma non so se riuscirò a resistere! Mia madre ha trovato un nuovo pescivendolo che dice che i suoi frutti di mare sono una bellezza.»

Sorprendentemente, le indagini su chi aveva mangiato cosa al matrimonio (impresa non facile visto che la cena era durata quattro ore ed erano state servite più di quaranta portate) indicarono che la colpevole era invece la maionese servita con i gamberetti. Non appena la cosa si era saputa, la mia simpatia era andata tutta ai genitori della sposa. A Napoli, dove l'importante a un matrimonio è quello che si mangia, e fare bella figura con gli amici dipende dalla qualità della pasta o dalla freschezza della mozzarella che fai servire, quella era una specie di disfatta sociale. Quella famiglia ha sempre cercato di fare economia, aveva iniziato a bisbigliare la gente. Devono aver scelto un catering a buon mercato.

Meno male che i neosposini stavano vomitando l'anima dall'altra parte del mondo, in qualche villaggio turistico thailandese.

Ecco come eravamo finite all'ospedale Fatebenefratelli. Salii con trepidazione le scale fino al reparto femminile del quarto piano. Quando entrai, però, rimasi colpita dalla sua inaspettata bellezza. Poiché l'ospedale si trova in cima alla collina di Posillipo, dalle grandi finestre aperte si gode una vista mozzafiato del mare. Sbalorditivo, soprattutto al crepuscolo, quando i fucsia e i viola del tramonto sul Vesuvio sono intensi come quelli di uno screensaver. Al Fatebenefratelli non ci sono i bianchi e i verdi tipici della scienza razionale e della medicina sterile. È tutto un tripudio di rosa fluorescente, azzurro e macchie rosso sangue sui camici bianchi.

I suoni non sono i *bip-bip-bip* dei monitor, ma il costante ululato del vento e le urla dei pazienti. Qui puoi farti accarezzare dal vento anche dentro l'ospedale, e respirare la prova che i medici e le infermiere hanno appena finito di fumare sotto il cartello RISPETTATE I PAZIENTI, NON FUMATE. Qui sei in costante contatto con la fragilità umana, con la sofferenza umana, proprio in mezzo alla bellezza della natura e ai suoi pericoli. Odori, rumori e colori, tutto è esagerato.

Al Fatebenefratelli, in qualsiasi direzione guardi, c'è la dimostrazione che Madre Natura non si è risparmiata, a Napoli. La presenza drammatica di un vulcano sarebbe già sufficiente, ma Madre Natura ha voluto aggiungerci il mare, le colline, le isole di Capri e Ischia. La piccola Nisida, con la sua prigione che sembra un Alcatraz in miniatura. Posso solo immaginare cosa voglia dire veder languire lì qualcuno che si ama.

Per fortuna, le condizioni di Raffaella non erano gravi. Ma io ero comunque tesa. Come si dice a Napoli, quando sei malato il posto più pericoloso dove puoi andare è l'ospedale. E questa è una delle più grandi contraddizioni della cultura napoletana. Se chiedi a un italiano cosa ne pensa degli Stati Uniti, spesso ti dirà che il sistema sanitario è una delle più grandi contraddizioni della nostra democrazia. In America i cittadini sono tutti uguali, giusto? Ma in ospedale ti curano solo se hai una copertura assicurativa o una carta di credito, o entrambe. Questa è una semplificazione, vera solo in parte, ma è così che viene percepita la cosa. Se ti fai male o ti ammali e sei povero, ti abbandonano.

A Napoli esiste un altro tipo di contraddizione, riguardo la salute. Se cadi, se svieni o se ti senti male per strada, non trovi *un* buon Samaritano che ti aiuta. Trovi una folla di persone che si contendono l'onore di prendersi cura di te, magari portandoti perfino a casa loro, se necessario. Discutono su chi è il più qualificato, chi vive più vicino, chi ha più esperienza. Io una volta sono svenuta su un autobus e dopo un'animata discussione gli altri passeggeri hanno deciso di far cambiare tragitto all'autobus, per accompagnare me e la gentile signora di mezza età che era stata eletta mia protettrice, direttamente all'ospedale degli Incurabili, che era il più vicino. (Sì, l'ospedale degli Incurabili esiste davvero.)

La contraddizione è questa. Dopo una tale dimostrazione di amore e generosità verso un altro essere umano nel bisogno, arrivi in un ospedale dove i medici fumano nei corridoi. Dove il generatore è rotto da un anno e nessuno si preoccupa di aggiustarlo (così, se va via la corrente, nessuno dei macchinari funziona). Se hai avuto un attacco di cuore, rischi di morire in sala d'aspetto perché la diagnosi è stata fatta frettolosamente. O magari un'infermiera ha ricevuto una telefonata e si è dimenticata di te. Insomma, un ospedale dove faresti meglio a non mettere mai piede, a meno di avere qualche parente amorevole, furbo e insistente che si prenda a cuore la tua causa.

Raffaella divideva la stanza con altre tre donne, tutte in condizioni piuttosto stabili. Quando entrai, mi sorprese vedere che era riuscita a spazzolarsi i capelli e a truccarsi. Un'altra sorpresa fu l'inconfondibile aroma del caffè napoletano. Sapevo che Raffaella non mangiava da tre giorni e che il caffè era proibito. «Chi ha bevuto caffè?» chiesi, e le quattro donne si scambiarono sguardi colpevoli. Mi sentivo come una maestra dell'asilo. Una delle pazienti si era staccata la flebo e aveva fatto quattro piani di scale fino al bar dell'ospedale per riempire di nascosto una bottiglietta di succo di frutta con del caffè nero e dolce, da portare alle sue compagne di stanza mentre le infermiere chiacchieravano e fumavano. Non sapevo chi fosse la colpevole, ma l'umore di quelle signore era ottimo. Continuavano a ridacchiare. «Chi ha bevuto caffè?» chiesi ancora.

C'era un'ottantenne, che le altre chiamavano Nonna, con le labbra tutte sporche di nero, l'impronta lasciata da quel nettare sciropposo che è il caffè napoletano. Poiché era sdentata e parlava in dialetto stretto, per me fu difficile capirla, ma alla fine della frase fece il gesto di alzare una tazzina e disse *tazzulella 'e cafè*. Lo aveva detto in un modo così tenero, e il caffè aveva così miracolosamente migliorato l'umore di quelle signore, che decisi di non fare la spia con le infermiere.

Era difficile trovare una sedia dove sedersi nella stanza di Raffaella. Durante le ore di visita gli ospedali di Napoli sono presi d'assalto dai parenti. È una cosa bella da vedere. Se arrivi dieci minuti prima dell'inizio delle visite, trovi l'ingresso affollato di famiglie che sgomitano per arrivare davanti per prime, quando le porte si aprono. Mordono il freno. Non sembrano lì perché si sentono in colpa o perché qualcuno le obbliga a fare il loro *dovere*. Sono lì perché è l'unico posto in cui devono essere, qualche giorno dopo che zia Patrizia si è rotta l'anca. Sono lì per tenerle la mano, per massaggiarle la schiena e, soprattutto, per essere sicuri che medici e infermiere non combinino disastri.

Negli Stati Uniti, se un tuo parente è in ospedale, magari passi a vedere come sta, forse gli porti un libro o dei fiori. Ma qui hai un gran daffare. Hai la responsabilità di tenere d'occhio i medici e le infermiere, un compito complicato, impegnativo e logorante. In pratica, devi assicurarti che sappiano che tua madre prende le pillole per la pressione. Che è allergica a certi antibiotici. Queste informazioni sono state date alle persone giuste, e ripetute più volte? Se non ne sei sicuro, devi tallonare il medico più autorevole (senza preoccuparti di disturbarlo, dopotutto si tratta della salute di tua madre) e comunicare ciclicamente dei promemoria enfatici alle infermiere.

Ero seduta accanto al letto di Raffaella, quando un'infermiera posò una pillolina bianca sul suo vassoio. «Prenda questa» le ordinò. Se fossi stata Raffaella, probabilmente l'avrei presa. Dopotutto, l'infermiera era stata piuttosto categorica. Ma per fortuna Raffaella era cresciuta in questa città e aveva imparato presto a non seguire pedissequamente gli ordini di chi occupa una posizione autorevole.

«Non è mia. Credo che sia la pillola per il cuore di Flora. Di solito la prende più o meno a quest'ora. Ehi» – fece un cenno alla nipote di Flora che stava leggendo una rivista vicino al letto di sua zia – «puoi andare a vedere di chi è questa?» La ragazza uscì a cercare l'infermiera. Quella sedicenne di sicuro conosceva i risultati degli ultimi esami del sangue di sua zia, sapeva quali medicine doveva prendere, quando e con quale medico bisognava prendersela se non veniva curata bene. Se era lì, durante l'orario di visita, significava che la sua famiglia l'aveva istruita a dovere.

All'ora di pranzo vennero serviti quattro menu completamente diversi per le quattro pazienti. Un piatto morbido a base di patate per la Nonna senza denti, una semplice pasta per Raffaella che aveva problemi di stomaco. I parenti esaminarono scrupolosamente quello che era stato preparato e, ovviamente, si lamentarono. Erano arrabbiati. Il cibo non era abbastanza fresco, la pasta era scotta. A me sembrava tutto divino. C'erano tovaglioli di stoffa e posate vere; una ciotolina di vetro con del parmigiano appena grattugiato da mettere sulla pasta fumante. Niente di confezionato. Non assomigliava neanche minimamente al cibo che veniva servito negli ospedali in America. Ma la cosa giusta da fare era lamentarsi e, se avessi detto che aveva tutto un ottimo aspetto, mi avrebbero riso in faccia. La gente avrebbe compatito Raffaella per la sprovveduta americana che si prendeva cura di lei: cos'era andata a fare in ospedale? Tanto valeva che rimanesse a casa.

Dovevo farmi valere. Dovevo mostrarmi decisa. Dovevo rassicurare Raffaella che sarei *stata dietro* al personale dell'ospedale e li avrei tenuti d'occhio.

Inalberai la mia espressione più truce e uscii in corridoio con il piatto di pasta, alla ricerca dell'infermiera con l'aria meno minacciosa. Quando la trovai, mi calai nel ruolo della protettiva parente napoletana. «Questa pasta è scotta! E riscaldata! È immangiabile!» (Nel frattempo, visto che non mangiavo niente da ore, stavo seriamente considerando la possibilità di nascondermi in un angolo e spazzolare via tutto io stessa.) L'infermiera replicò qualcosa a cui non prestai attenzione, orgogliosa com'ero del mio sfogo. Riportai la pasta a Raffaella, che stava rimproverando un'altra infermiera perché le patate della Nonna erano immangiabili: «Non sanno di niente». «Il mio pesce ha lo stesso sapore di una ciabatta!» intervenne un'altra signora anziana. Oh, mamma, quante energie ci volevano. Ero esausta al solo guardarle. Quel gruppetto di donne, tra pazienti e familiari, avrebbe potuto conquistare una piccola nazione.

Era tutto un continuo lottare, dissentire, mettere in discussione e diffidare. La passività non era ammessa. Sebbene le cure mediche lasciassero molto a desiderare al Fatebenefratelli, da un punto di vista psicologico tutti quegli scontri facevano bene ai pazienti. Osservandoli dall'esterno, mi resi conto che avevano lo stesso effetto di un caffè bevuto di nascosto. Per vivere a Napoli bisogna stare sempre sul chi va là, avere mille occhi e imparare a difendere se stessi e i propri cari. Se non lo fai o non puoi farlo, è un brutto segno. Potrebbe perfino voler dire che sei troppo malato per andare in ospedale.

Casatiello

Il giorno dopo Pasqua, in Italia, si chiama Pasquetta. A Napoli si chiama anche Fatta Pasqua. Se c'è, nel calendario liturgico, una giornata impegnativa per i cristiani, quella è il lunedì dopo Pasqua.

Avevo trascorso la Settimana Santa acchiappando messe con Raffaella quasi tutti i giorni. Non sentivo la mancanza delle croci di legno e le perfette armonie vocali delle funzioni protestanti con cui ero cresciuta; mi piacevano il profumo d'incenso, il rumore degli stivali di Giampietro che risuonavano sui pavimenti di marmo, la cera che colava e il profumo Chanel, gli abiti scollati e i microfoni che fischiavano. La Settimana Santa a Napoli era tutto questo e molto di più. Era un crescendo di anticipazione, di gravida attesa. C'era la sensazione palpabile che stesse per accadere qualcosa di grandioso.

Sia per i cattolici sia per i protestanti, la domenica di Pasqua è il culmine di quell'attesa. Si tirano fuori gli abiti eleganti e i cappellini, il cioccolato per i bambini ed è tutta un'esplosione di orchidee. Il coro canta l'*Alleluia*, le trombe annunciano la gioia della Pasqua. Sgolatevi tutti, Lui è risorto! Il sepolcro è vuoto!

DRRRRI*iiiin!*, fa la sveglia il lunedì mattina. Un momento. Non abbiamo cantato appena ieri *È risorto, Alleluia* e compagnia bella? Come sarebbe a dire che devo prepararmi in fretta, infilarmi nel traffico, insomma, affrontare una giornata come le altre in tutta la sua banalità? Che lagna.

Quando ero al liceo, la mia depressione da lunedì di Pasqua era causata, principalmente, dai postumi di un'overdose di uova di cioccolato. La mattina mi svegliavo in stato letargico, con la pancia piena di aria, come dopo una sbornia. Dovevo allacciarmi dei jeans troppo stretti e affrontare l'esame di turno, cercando di concentrarmi sulla poesia elisabettiana senza pensare a: "Quanti ovetti ho mangiato? Quattro o cinque prima di pranzo? E sei o sette dopo?" e "Come posso fare per mangiare solo sedano fino al prossimo weekend?".

Questo per dire che il giorno dopo Pasqua dovrebbe essere vacanza per tutti i cristiani, come a Napoli. Una giornata per digerire il cioccolato, la musica, il fatto incredibile che Gesù è morto per noi ed è risorto. Insomma, dateci un momento per metabolizzare tutto e capire come vivere la nostra vita.

A Pasquetta, tradizionalmente, le famiglie napoletane fanno una gita fuori porta. Di solito si tratta di un picnic in campagna o di una frittata sulla spiaggia. Quando Raffaella era piccola, andava sulle montagne vicino Avellino, da dove venivano i suoi nonni materni. La mattina di Pasquetta, lei, i suoi fratelli e le sue sorelle scendevano in cucina augurandosi «Buona Fatta Pasqua» e trovavano otto *casatielli* sul tavolo. Il casatiello è un pane compatto con dentro pepe, salame, lardo, pancetta e formaggio (provolone, Parmigiano, pecorino, *più ci metti più ci trovi!*), con sopra un uovo sodo.

Nonna Clara preparava tanti casatielli di diverse dimensioni, uno per ciascuno degli otto figli. Rosaria, la maggiore, aveva un casatiello grande come uno pneumatico, mentre il piccolo Nunzio ne trovava uno non più grande di un *bagel*. I bambini cominciavano immediatamente a gridare: «*Chist'è mio! Non toccare!*».

Avvolgevano i casatielli nei tovaglioli e li nascondevano sotto la camicia per il picnic. Ognuno sapeva qual era il suo e doveva proteggerlo. Era il pranzo di Pasquetta.

«Come faceva nonna Clara a cuocere otto casatielli per i figli, più due enormi per mamma e papà, in un forno napoletano degli anni Cinquanta? Stava alzata tutta la notte?» chiesi a Raffaella.

«Quale forno? Noi non ce l'avevamo il forno!»

Ma che problema c'era? Con l'aiuto delle figlie maggiori, nonna Clara portava i dieci casatielli al forno comune, che si trovava ai piedi di due rampe di gradini in pietra, poco distante dal loro appartamento sulla collina del Vomero. Il forno funzionava per tutto il quartiere e c'era sempre la fila. Quando era il suo turno, lei dava un paio di lire al fornaio e aspettava che le sue "creature" cuocessero. Non si muoveva, ma li teneva d'occhio per tutta l'ora e mezza necessaria. Non sia mai qualcun altro venisse e cercasse di portarseli via.

«Come faceva a riconoscere quali erano i suoi?» chiesi a Raffaella.

Lei scoppiò a ridere e scosse la testa. Che domanda! «Ketrin, come fa una mamma a sapere qual è suo figlio?»

Raffaella mi fece un casatiello il mio primo lunedì di Pasqua a Napoli. Avevamo deciso di andare a Caserta, una città vicina dove si trova un palazzo che non ha nulla da invidiare a Versailles (e che pochi visitano, la maggior parte della gente va a Caserta per la mozzarella), e fare un picnic nei suoi giardini. A Pasqua avevo mangiato, mangiato e mangiato. Prova il capretto con le patate al forno, Ketrin. E come non assaggiare il tradizionale antipasto di Pasqua con la ricotta salata e il salame? Assaggia queste due pastiere e dicci qual è la migliore, quella di zia Pina o quella di zia Maria? Ci serve il tuo voto.

Così eccomi un altro lunedì dopo Pasqua, gonfia e assonnata. Dovresti saltare il pranzo, mi diceva il mio cervello, o quanto meno trovare del sedano a Caserta. Ma sul tavolo c'era il mio casatiello, che aspettava di essere amorevolmente avvolto nel tovagliolo. Nessuno se lo stava disputando, Salvatore e Benedetta erano soddisfatti dei loro. Non avevo scelta.

Nel 1751, quando re Carlo di Borbone commissionò al suo architetto di progettare una reggia a Caserta, Luigi Vanvitelli si presentò con un modellino dell'edificio e dei giardini. Era così bello che aveva riempito il re di un'emozione tale «da cavargli il cuore». E questo detto da qualcuno che era cresciuto nel Palazzo Reale di Madrid, qualcuno che sapeva riconoscere la magnificenza, quando la vedeva. La Reggia di Caserta lascia davvero senza fiato. Il palazzo ha milleduecento stanze e il parco e i giardini si stendono per quasi tre chilometri. Si tratta di un vero e proprio capolavoro architettonico.

Quel giorno di Pasquetta faceva caldo e noi seguimmo Raffaella alla ricerca di un punto vicino alle fontane barocche. Lei stese una coperta e sistemò piatti e bibite. Poi tirammo fuori i nostri casatielli. Il mio era più piccolo di quello di Salvatore, ma un po' più grande di quello di Benedetta. Li confrontammo e poi li addentammo.

Seduta su quella soffice coperta anni Settanta insieme

agli Avallone, lo mangiai tutto. Mangiai la pancetta, il lardo, l'uovo sodo. Quando finii, soddisfatta (quel casatiello era proprio giusto per me: né troppo grande, né troppo piccolo), appoggiai la testa sulle gambe di Salvatore. Raffaella stava tagliando un melone succoso e intanto parlava di trovare una presa per la piastra su cui preparare il caffè. Benedetta si stava spalmando del latte solare al cocco sulle braccia. Nino leggeva il giornale.

Mi stavo rendendo conto che non ero più una malata.

Per tutti gli anni in cui avevo sofferto di BED, il problema non era stato il cibo che mangiavo, ma la punizione che seguiva. Avevo un appetito sano e a volte mangiavo troppo, ma ero un essere umano. E la fame tornava. Anche nel deprimente, banale, normale giorno di Pasquetta il mio corpo aveva bisogno di essere nutrito proprio come nel sacro, solare giorno di Pasqua. Anche il giorno dopo le celebrazioni, dopo il cioccolato e l'agnello, o la pastiera e la ricotta. A Caserta mi resi conto che se il lunedì di Pasqua mi punivo e mi mortificavo, come avevo fatto per tutti gli ultimi dieci anni, era perché forse non avevo capito il vero senso della Pasqua: quello che doveva sacrificarsi era il corpo *di Gesù*, non il mio. Lui ci ha detto: «Prendete e mangiate. Questo è il mio corpo». Non ha detto: prendete, mangiate... e poi sentitevi in colpa e non mangiate più niente per un mese. Ha detto: buon appetito, signorina.

Gelato alla nocciola

Nonostante le riserve di Nino su Mauro, il matrimonio di Benedetta si sarebbe celebrato alla fine di giugno, a Positano, e la primavera fu un turbinio di preparativi ai quali presi parte anch'io. Andai con Raffaella e Benedetta a scegliere l'abito da sposa, dissi la mia su quale fosse la bomboniera più bella. (La bomboniera è un regalo che gli sposi offrono il giorno delle loro nozze. Di solito è d'argento, piccolo e accumula polvere nelle case di chi lo riceve.) Andammo tutti in un enorme negozio vicino Pompei per scegliere i vestiti di Nino e Salvatore. O meglio, per far scegliere *a Raffaella* i vestiti di Nino e Salvatore. Lei pizzicò, lisciò e infilò le dita ovunque. Loro se ne stettero immobili a farsi maneggiare, anche se Salvatore continuava a mandarmi baci da lontano. Mi chiesero se preferissi il gessato più sottile o più marcato, Armani o Ferré, e io feci silenziosamente la conta per tirare a indovinare.

Non potevo credere che fossero disposti a spendere un milione e mezzo di lire (quasi mille dollari, all'epoca) per un vestito. Ma per una famiglia benestante napoletana, come mi resi conto in seguito, una cifra del genere era quasi a buon mercato.

Raffaella era una grande esperta di immagine e Salvatore e suo padre stavano benissimo. «Ti piaceva davvero quello di Ferré?» mi chiese Salvatore, mentre tornavamo a casa in macchina. Ci baciammo sul sedile posteriore e poi lui aggiunse: «Adesso voglio vedere cosa ti metterai tu, Pagnottella!».

Mi si accartocciò lo stomaco. Non avevamo mai parlato esplicitamente della mia partenza, ma pensavo si rendesse conto che non sarei più stata lì, alla fine di giugno. «Vedremo» risposi.

Da quel momento in poi, ogni cosa diventò un'occasione buona per piangere. Me ne sarei andata presto e Salvatore non si era ancora reso conto che quella sarebbe stata la fine. Il sabato seguente lo chiamai, in lacrime. Lo amavo, amavo quel posto folle e amavo la sua famiglia, ma di certo non potevo lasciare il mio paese e trasferirmi a Napoli a ventidue anni! Salvatore venne di corsa a prendermi chiedendomi: «Cosa c'è?».

Quando non riuscii ad articolare una risposta sensata, mi propose di andare a prendere un gelato alla nocciola. Quel suggerimento mi fece piangere ancora di più. Come potevo restare lì, con un uomo che pensava di alleviare il mio dolore con un gelato? Quando vide le mie lacrime, Salvatore mi portò di corsa al Bilancione, una delle migliore gelaterie di Napoli, parcheggiando la macchina in seconda fila. Comprò un enorme gelato alla nocciola e si procurò dei Kleenex. Con una mano mi asciugava le lacrime, con l'altra mi imboccava di gelato.

Era proprio quello di cui avevo bisogno. Di nuovo, dovevo smettere di pensare e lasciare che qualcuno mi imboccasse.

Girammo per la città tutto il pomeriggio, evitando di discutere della mia partenza e del nostro futuro insieme.

Ma alla fine gli dissi che dovevamo parlare. Lui parcheggiò in una piazza nel centro di Napoli. «Di cosa?» chiese. «Di noi. Dell'anno prossimo» spiegai.

«Okay, allora parliamo» mi disse. «Parla.» (Lo fa ancora, quando gli dico che dobbiamo parlare. Okay. Parla. Basta quella parola per farmi ammutolire, io che di solito sono una chiacchierona.)

«Be', pensavo... tu mi piaci... e probabilmente mi mancherai...» Mentre balbettavo, Salvatore, invece di guardare me, osservava dal finestrino la macchina che aveva parcheggiato di fianco a noi. Io non lo sapevo, ma lui aveva capito che stavano pianificando una rapina. Sapeva che dovevamo andarcene da lì il più in fretta possibile, se volevamo salvare i portafogli, gli orologi, la macchina.

Stavo dicendo che forse avrei potuto informarmi sulla possibilità di fare un master in Italia: i miei genitori avevano frequentato entrambi la School of Advanced International Studies della Johns Hopkins University, che aveva un distaccamento a Bologna, a circa cinque ore di treno da Napoli. Non andavo pazza per l'economia e le scienze politiche, ma mi piaceva l'idea di restare in Italia ancora un anno e vedere dove ci avrebbe portati il nostro rapporto. Le relazioni internazionali potevano rivelarsi un campo interessante, dopotutto...

Ma Salvatore non aveva ascoltato una sola parola. Non mi guardava neanche. Era concentrato sui tizi nella macchina accanto.

«Va bene, va bene» disse e mise in moto. Sgommò via così in fretta che pensai fosse arrabbiato perché non restavo a Napoli. Ma un minuto dopo si voltò verso di me e mi sorrise. Avevamo ancora i portafogli, la macchina e, anche se ancora non lo sapevo, un futuro senza l'oceano fra noi. E per quello sì che c'era da sorridere.

Pasta al forno

Se i napoletani sono bravissimi a fare di ogni più piccola cosa un dramma, sono anche bravissimi a sdrammatizzare: in pratica, succhiare via l'aspetto tragico da qualcosa e risputarlo con un gran sorriso

Napoli è una città la cui storia è costellata di occupazioni, invasioni, povertà e tragedie. La disoccupazione si aggira attorno al 13%. La camorra tiene in ostaggio l'economia ed è la causa di una serie infinita di violenze. Pannolini e pannoloni sporchi coronano le montagne di immondizia che si accumula lungo le strade. (Napoli ha la tassa sui rifiuti più alta d'Italia, ma l'immondizia non viene raccolta e i soldi finiscono nelle mani della camorra.)

Come si spiega quindi l'allegria dei napoletani? Il buon cibo, il bel tempo, godiamoci la vita, certo! Ma il motivo è molto più profondo. La vita non è tanto bella quando vivi in povertà, l'aria puzza di immondizia e ovunque regnano la corruzione e l'ingiustizia. I sorrisi e le canzoni sulle labbra dei napoletani in gran parte si spiegano grazie alla loro capacità di sdrammatizzare. Riescono a ridimensionare la gravità di una situazione realmente drammatica: una tragedia, un dispiacere o semplicemente quando c'è qualcosa di importante in gioco.

Ero stata accettata al master in relazioni internazionali della SAIS di Bologna, il che significava che durante l'estate sarei tornata a Washington per frequentare dei corsi intensivi di economia. Anche se sarei tornata in Italia in autunno, sapevo che sarebbe stata un'Italia diversa. Sarei stata una laureata al Nord. Il mio "anno all'estero" era finito, e questo folle, caotico, colorato capitolo della mia vita stava terminando.

Gelato o non gelato, mi sentivo uno straccio.

Raffaella organizzò una festa di addio per me la sera prima della partenza. Tirò fuori Coca-Cola, Fanta e bicchieri di plastica. (Era una festa per dei ventenni: se qualcuno aveva voglia di vino o birra poteva chiederlo, giusto?) Cucinò il mio piatto preferito, una teglia di pasta al forno piena di pancetta, besciamella e nientemeno che quattro tipi di formaggio diversi. Ricoperta di pane grattugiato, venne fuori dal forno con una bella crosticina dorata sopra. Ovviamente preparò almeno altri sei piatti per la festa, ma fu il profumo della pasta al forno che sentii quando venne ad aprirmi la porta.

Mi dissi che avrei tenuto duro. Basta piangere! Avevo pianto per quasi tutto il giorno. Ma quando la guardai negli occhi, non ce la feci.

Cominciai a singhiozzare. Molto drammatico, vero? La reazione di Raffaella però non lo fu affatto. Ecco la stupefacente, inaspettata capacità di sdrammatizzare. Si mise a piangere? Cercò di consolarmi? Mi abbracciò? No, mi diede una sberla. Non tanto forte da farmi male, ma abbastanza da farmi smettere. Ed ero così scioccata, che smisi davvero. Aveva gli occhi lucidi, ma la voce ferma e, sì, allegra. «*Ué, ué!* La pasta al forno è quasi pronta, vieni a dirmi come la vuoi croccante sopra...»

Fui costretta a mettere da parte la mia tristezza, a uscire dal mio dramma personale. Seguii Raffaella in cucina per darle una mano (cioè: guardare, scansarmi, piagnucolare).

Salvatore entrò e disse: «Ciao, vita mia!». Aveva smesso di chiamarmi Pagnottella e aveva cominciato a usare quell'espressione napoletana. Ma insomma! Non poteva scegliere un vezzeggiativo tipo *dolcezza* o perfino *tesoro*? *Vita mia* mi fece sprofondare di nuovo nel mio dramma e le lacrime ricominciarono a scorrere. Anche Salvatore scoppiò a piangere: gli atteggiamenti da super macho non erano da lui. Ci abbracciammo, mentre lui continuava a ripetere: «Vita mia!». Eravamo patetici. Ed eravamo anche di intralcio alla pasta al forno.

Darci un altro scappellotto sarebbe stato difficile per Raffaella, che aveva ancora le mani dentro i guanti da forno. Perciò ci schiaffeggiò con le parole.

«*Ué ué!* La vogliamo fini'?» Stava sorridendo. Era allegra. Era una maestra nell'arte di sdrammatizzare.

Diventato genitore a sua volta, Salvatore ha imparato la lezione da sua madre. Quando uno dei nostri figli piange, niente lacrimosi *vita mia*. Prima che arrivi io a consolarli, prima che mi precipiti a condividere il loro dolore, c'è lui. Con il dito proteso e un sorriso sulla faccia. Sfiora le loro lacrime. «Mamma Ketrin! Assaggiamo un po' queste lacrime e vediamo se hai messo abbastanza sale nell'acqua quando stavi facendo questo piccoletto.» Le assaggia sempre. Non per finta. Le assaggia davvero. E indovinate? La quantità di sale è sempre giusta.

Caffè macchiato

Quando tornai negli Stati Uniti, nel giugno del 1997, mi mancava Salvatore, mi mancavano gli Avallone e mi mancava Napoli. Soprattutto, mi mancava disperatamente il caffè napoletano.

Tanto nel Maryland suburbano quanto nel centro di Napoli, il caffè è essenziale per farmi sentire un essere umano. E i rumori che ne accompagnano la preparazione innescano in me una reazione da autentica drogata. Negli Stati Uniti c'è lo scricchiolio dei bicchieri di polistirolo. C'è Billie Holiday che canta negli Starbucks e fa da sottofondo al barista (o Starbuckista) che grida lungo la linea di assemblaggio *Venti chai* o *Skim soy latte* (ma dico io, la vita non è già abbastanza complicata così com'è?). La gente fa la fila senza parlare.

In Italia, il caffè al bar è accompagnato dal tintinnio della porcellana. Da una cacofonia di voci che ridono e discutono sopra il sibilo della macchina per l'espresso. Questi rumori, preludio a quella dose di nettare scuro e sciropposo, mi ricordano che tutto è possibile. Posso farcela.

Penso che la differenza sostanziale fra l'esperienza del

caffè negli Stati Uniti e in Italia stia nel concetto di "asporto". In America il caffè è da asporto perché si tratta di una grande quantità di liquido da bere. Ti accompagna per tutta la mattinata. È confortante stringere qualcosa di bollente, sapendo che ti starà vicino per ore. Un bel bicchierone di Mocha Macchiato, o di Frappuccino, o di Vanilla Latte, o in qualunque altro modo Starbucks abbia deciso di chiamarlo, da stringere, cullare, coccolare. Il biberon per adulti, con quel meraviglioso beccuccio, ti permette di sorseggiarlo senza rovesciarne nemmeno una goccia e senza scottarti. Un sorsino adesso, un sorsino dopo. Il caffè americano è così, sorsino dopo sorsino. Come una flebo di soluzione salina, che mantiene costante la quantità di liquido nel sangue.

L'espresso italiano, invece, è una dose concentrata. Una detonazione rapida, intensa nelle vene. Con un solo colpo di polso ti sveglia e ti manda su di giri. Per questo un caffè italiano da asporto non avrebbe senso. O meglio, ha senso se non puoi andare al bar e un barman te lo porta in ufficio su un vassoio, nella sua bella tazzina di porcellana (gliela riporterai dopo, si fidano, ne hanno un sacco). È possibile farsi una dose di caffè in un posto diverso dal bar, purché ce ne sia uno nelle vicinanze e l'operazione si svolga velocemente.

Molti italiani, soprattutto a Napoli, mi chiedono sorridendo se preferisco il caffè americano o quello italiano. La loro faccia mi dice che la risposta può essere una sola e che loro la conoscono già. Sono in cerca di complimenti. Non si può certo dire che gli italiani non siano patriottici: voglio dire, se sei una superpotenza, cosa importa se il tuo caffè è cattivo? La maggior parte degli italiani (e soprattutto i napoletani) pensano che il caffè americano sia orribile. Ho sentito definirlo *brodaglia* e *acqua sporca*.

Molti trovano disgustosa perfino l'idea di versare il caffè (riscaldato, nientemeno!) da una caraffa.

Con un'espressione nauseata ma incuriosita, Benedetta mi aveva chiesto informazioni sull'*acqua sporca* americana: «Nei film e in televisione ho visto quelle tazze che tenete sempre sulla scrivania. Come le chiamate? *Mug*? Mica sono davvero piene di caffè, no?»

«Sì, di solito sì.»

«E tutto quel liquido è caffè?»

«Sì.»

«Non si raffredda?»

«Alla fine sì.»

«E gli americani lo bevono lo stesso? Pure freddo?»

«Sì.»

E poi il nodo della questione. «Ma a te non piace davvero quella specie di acqua sporca che in America chiamano caffè, vero?»

«Sì.»

In tutta onestà, il sapore non mi dispiace e mi godo l'esperienza rilassante di sentire Billie Holiday che canta in uno Starbucks. La fila ordinata nella quale sai esattamente in che posizione sei. Non che a Napoli non esista un ordine, solo che la fila napoletana è un'entità piuttosto informe. A un americano può sembrare che la gente si prenda a gomitate attorno alla cassa. A volte succede proprio così, ma spesso la gente sa qual è il suo posto nella "fila": semplicemente, le persone non se ne stanno una davanti all'altra. Si ricordano di chi è entrato prima e dopo di loro: l'ordine è una tacita realtà. Non c'è nessun bisogno di ricrearlo fisicamente, perché tutti sappiamo che la signora con i capelli bianchi viene dopo il ragazzo con la giacca di pelle e prima dell'uomo con la barba, giusto?

Perciò chi è alla cassa, vedendo tre o più persone gomito a gomito, chiede: «Chi c'era?». Io, che non mi ricordo mai chi è entrato e quando, sicura solo di essere lì da un secolo e di avere un disperato bisogno di caffeina, non dico, come dovrei, «Io!» e ordino. Guardo le persone che ho intorno e mi fido. Se non hanno troppa fretta, una di loro mi indicherà gentilmente dicendo: «La signorina». Ah, che bello quando succede. Ottenuta l'autorizzazione, ordino la mia dose. Che stress.

Perciò, quando ricominciai ad andare da Starbucks, quell'estate, era così rilassante da farmi pensare che forse non avevo nemmeno bisogno di una dose di caffeina. Ma ci andavo lo stesso, con un'amica, per fare due chiacchiere. Sì, bere e chiacchierare. Noi americani siamo multitasking! E per bere mentre chiacchieri, ti serve una bella dose di liquido. Perciò ordinavo un Venti, che scendeva sorsino a sorsino, goccia a goccia, nelle vene ormai abituate all'assalto improvviso di un espresso. Quel Venti però era buono. Basta solo non chiamarlo *caffè*.

Hamburger e patatine

«Fidarsi è bene, non fidarsi è meglio» mi ricordò Raffaella al telefono, quando chiamai da Washington. Di nuovo quel discorso sulla fiducia.

Raffaella non si riferiva a una persona, ma agli hamburger. Le avevo detto che mi mancava l'Italia ma che mi stavo consolando con gli hamburger americani. «Meglio non fidarsi degli hamburger?» chiesi.

«Quando mangi al ristorante, non sai cosa ti mettono nel piatto.» Si preoccupava per me come di una figlia e metteva in dubbio la mia capacità di giudizio. Ora che ero lontana, si rendeva conto che ero ingenua, una bimba sperduta nel bosco. Avevo bisogno della sua protezione. Dal suo punto di vista, stavo vivendo pericolosamente, compiendo scelte rischiose, tipo ordinare la carne in un ristorante dove non conoscevo il proprietario. Un ristorante americano dove non conoscevo *nessuno*! Come potevo essere sicura che la carne fosse buona?

«Mi raccomando» disse, intendendo "Attenta!", "Segui i miei consigli!" e "Pensami!", tutto insieme. «Quando Salvatore arriva a Washington potete cucinare in casa.»

Salvatore aveva cominciato a programmare il suo viaggio negli Stati Uniti non appena avevo lasciato Napoli. Sentivamo la mancanza l'uno dell'altra e lui voleva vedere l'America. «Sì!» gli avevo detto. «Vieni! Possiamo visitare Washington e New York! Ti farò vedere le aree gastronomiche dei nostri centri commerciali!» Non stavo nella pelle.

Lui aveva comprato i biglietti. «Allora, arrivo il quindici luglio e riparto il trenta agosto» mi aveva detto al telefono. Un momento, avevo pensato, si ferma un mese e mezzo? Non vedevo l'ora che arrivasse, ovvio, ma mi aveva presa in contropiede. Insomma, un mese e mezzo a casa dei miei genitori?

Visita e *vacanza* sono due parole insidiose. Si pensa di poterle tranquillamente tradurre da una lingua all'altra, da una cultura all'altra. Una vacanza è una vacanza, giusto? "Fare visita" significa andare a trovare qualcuno per un breve periodo di tempo. Ma per uno studente napoletano, a quanto pareva, "vacanza" significava un periodo fra uno e due mesi. Da noi, si sarebbe potuto tradurre più appropriatamente con "stage estivo" o "esperienza all'estero". O addirittura "trasferimento temporaneo".

Nella mia famiglia, tutto quello che durava più di due settimane rientrava nella categoria delle esperienze che si possono aggiungere a un curriculum o a una domanda di ammissione all'università. Le vacanze, invece, non duravano più di quindici giorni e di solito prevedevano una crociera. Tradizionalmente, nonno Wilson ci portava in vacanza un anno sì e uno no, alternandoci con la famiglia del fratello di mio padre. Ed erano mia madre e mia zia che pianificavano queste vacanze, il che significava che mentre i nostri amici di Washington andavano nel South Carolina o a Cape Cod, noi andavamo in crociera nel Sud-est asiatico o alle Galápagos.

Mia madre non voleva ammettere che andavamo in crociera perché era divertente e perché pagava mio nonno. Tirava sempre fuori spiegazioni fantasiose sul fatto che era "imporTanTe" (con le T sempre molto marcate quando si parlava di spendere soldi) che le figlie *comprendessero le differenze* fra Asia e America. O che *conoscessero di persona* l'ecosistema delle Galápagos.

Io e Anna fingevamo di essere le figlie del capitano Stubing di *Love Boat*. Ci piaceva il fatto che i nostri genitori non avrebbero litigato su dove andare a cena o sul costo delle portate. Il direttore di crociera avrebbe diretto il nostro spettacolo di famiglia e noi avremmo potuto comportarci da bambine fra uno scalo e l'altro.

Salvatore arrivò in America con i capelli ingellati e una camicia a quadretti infilata nei pantaloni beige. Aveva un borsello a tracolla e si tirava dietro una valigia piena di regali per tutti i membri della mia famiglia. Raffaella aveva comprato una sciarpa di Armani per mia madre, una cravatta di Marinella per mio padre (una marca di cravatte che porta anche Berlusconi e che si trova solo a Napoli), una collana per mia sorella e un sacco di altri regali che Salvatore doveva dare «alle zie, gli zii, le madrine... a chiunque sia opportuno darli, secondo te».

Per me aveva messo in valigia dei taralli napoletani fatti con sugna, pepe e mandorle.

Quando arrivai a casa, dopo aver recuperato Salvatore all'aeroporto, i miei genitori erano in piedi davanti alle colonne della nostra grande casa nella zona residenziale di Washington. Si stavano comportando stranamente bene. Mio padre lo accolse con un «Benvenuto!» in italiano e mia madre gli sorrise. Chi erano questi sconosciuti?

Accompagnammo Salvatore nella nostra cucina moderna e grigia. Pensavo che sarebbe rimasto senza parole davanti alle dimensioni del locale, che dava sulla piscina e sul grande prato. Invece non sembrò per niente impressionato. Iniziò a rovistare nella valigia alla ricerca dei regali e li porse ai miei genitori dicendo: «*For you*». Non avevo mai sentito un accento più pesante, o più adorabile. Sudava, anche con l'aria condizionata americanamente a palla.

«Questa starà benissimo con i miei pantaloni balinesi, grazie mille» disse mio padre.

Mia madre girò intorno all'isola di formica provandosi la sciarpa in modi diversi e tubò: «Gentilissimo, grazie, grazie, Salvatore!». Si era procurata una cassetta di *Parlo Italiano* e l'ascoltava tutti i giorni in macchina per battere linguisticamente mio padre.

Lui arrossì e rise. Non l'avevo mai visto arrossire. Non l'avevo mai visto a corto di parole.

«Non sapevo come rivolgermi ai tuoi genitori» mi disse più tardi. «Volevo essere rispettoso.»

Gli assicurai che in inglese non c'era differenza fra lo *you* colloquiale e lo *you* di cortesia e che sarebbero stati felici che li chiamasse Bonnie e Ed (o Bony e Head). Lui si rilassò e iniziò a godersi le stravaganze di quella che considerava una "tipica famiglia americana". («I tipici padri americani non nuotano nudi» dovetti ricordargli quando tornammo in Italia. «Non fanno versi di animali nei ristoranti francesi; non fanno il bagno in piscina con le aragoste vive che hanno comprato da Whole Food e poi le lessano per cena.»)

Mia madre aveva organizzato per noi tre settimane di

escursioni. Mentre una *mammà* napoletana avrebbe trascorso tutto il suo tempo cucinando piatti tipici da fare assaggiare al mio fidanzato, Bonnie Wilson aveva riempito un raccoglitore di cartine, brochure e biglietti per il tour *Mostra l'America a Salvatore*. Andammo da New York a Los Angeles, da Boston a San Diego. Mia madre era stata super efficiente: chissà se Salvatore sarebbe mai tornato in America? Dovevamo fargli vedere il più possibile.

Per la fine del tour, ci prenotò delle piccole cabine interne (non potevamo certo permettercene una con l'oblò!) su una crociera della Carnival diretta ai Caraibi. Se Salvatore voleva davvero andare d'accordo con i Wilson doveva imparare ad apprezzare le crociere.

L'inglese di Salvatore migliorava, ma aveva cominciato a sviluppare il suo marchio di fabbrica linguistico: aggiungere una lettera sbagliata a tutte le parole. (Anni dopo, alla scuola cattolica di nostro figlio, le insegnanti sono diventate *nunts* invece di *nuns*; Leo, il mio migliore amico dai tempi del college, era *Lero*.) Quella che avevamo fatto nei Caraibi era una *cruiser*. Io e i miei genitori lo correggevamo tutti in coro con un potente *cruuuuuss*, sopra il rumore di tamburi o degli annunci di esercitazioni di sicurezza. Salvatore ci ignorava, facendo schioccare le dita a ritmo di reggae.

L'abbigliamento di mio padre e il suo tono di voce erano adatti a una crociera, così, dopo il primo giorno Salvatore mise da parte i vestiti di Armani che sua madre gli aveva infilato in valigia e tirò fuori le magliette con le scritte. Diventammo le star del cocktail bar e del karaoke. Quando tornò in Italia, Salvatore raccontò ai suoi amici che la crociera era stata una bomba. Peccato però che non avessimo visto niente.

«Come?» gli chiesi. «Siamo stati alle isole Cayman, a Cozumel...»

«Ma ci siamo fermati solo poche ore. Non li abbiamo davvero *visitati*, quei posti.» Ecco di nuovo quel verbo, *visitare*. Per gli americani come noi, le crociere erano un modo per vedere tanti posti in poco tempo. In una settimana eravamo *stati* a Grand Cayman, Cozumel, Belize... Cosa si poteva volere di più? Ma per l'anima napoletana di Salvatore era quasi come se non ci fossimo stati. Quando attracchi alle nove di mattina e salpi alle tre del pomeriggio, non hai nemmeno il tempo di assaggiare il piatto tipico locale.

La nostra crociera terminò a Miami, dove un compagno di Princeton di mio padre aveva una casa che non usava. Era una vasta proprietà a South Beach, e al nostro arrivo un giovane maggiordomo ci mostrò le nostre stanze nell'ala principale. Salvatore, disse, avrebbe alloggiato nella *dépendance* per gli ospiti, una costruzione separata in fondo al giardino. Era il sogno di ogni giovanotto, completa di Jacuzzi e birre nel frigorifero. La tana di uno scapolo. Pensavo che Salvatore ne sarebbe stato entusiasta.

Al pomeriggio sembrò di sì. Mi chiese di scattargli qualche foto da mostrare ai suoi amici a Napoli: davanti alla casa, rilassato nell'idromassaggio, sdraiato su un lettino. Ma dopo cena, quando ci scambiammo il bacio della buonanotte prima di andare a dormire, sentii che qualcosa non andava. «Questa è l'unica chiave?» continuava a chiedere. «Un giro così e basta?»

Hollywood ha indotto il mondo a pensare che una casa isolata, in America, è inevitabilmente destinata a diventare teatro di crimini violenti. Inoltre, Gianni Versace era stato ucciso solo qualche settimana prima a Miami e i giornali ne stavano ancora parlando. Mio padre aveva trovato divertente dire a Salvatore che l'assassino dello stilista era un serial killer ancora assetato di sangue italiano.

Mi stavo preparando per andare a letto, quando sentii bussare timidamente alla porta.

Aprii e mi trovai davanti Salvatore in un pigiama con su stampati dei palloni da calcio. «Mi sono cacato sotto» bisbigliò e si intrufolò nel lettino singolo con me. «C'era un tale silenzio. E quelle porte di legno non terrebbero fuori nemmeno una mosca.»

Di ritorno a Washington, io e Salvatore andammo contro i consigli di sua madre e ci fidammo: andammo a mangiare fuori. Ordinammo hamburger nei ristoranti. Svuotammo bottiglie intere di ketchup. Sguazzammo nelle bibite extralarge. Salvatore era affascinato dalle file ordinate di clienti, dai camerieri che ti dicevano il loro nome e dai Tir a diciotto ruote. Girammo da un posto enorme all'altro, dai centri commerciali ai supermercati, ai centri sportivi. Essendo cresciuto a Napoli, non aveva mai visto niente del genere.

A un certo punto, finsi di volermi iscrivere alla Gold's Gym di Rockville, in modo che potessimo fare un giro dentro. L'istruttore ci strinse la mano e ci sorrise con un sacco di denti molto bianchi e molto americani, dicendoci che si chiamava Gary.

«Perché ci dice il suo nome?» mi bisbigliò Salvatore in italiano. «Cosa vuole da noi?»

«Tranquillo, tranquillo» lo rassicurai. «Ci fa solo fare un giro.»

Salvatore rimase impressionato dall'attrezzatura tecnologica e dagli spaziosi spogliatoi. Quando finimmo il tour, Gary ci invitò in ufficio per discutere i costi di iscrizione e i vari programmi di allenamento. «Cosa vi interessa?» ci chiese. «Cardio fitness? Sollevamento pesi?» Stavo per rispondere (l'inglese di Salvatore era incerto e volevo uscire di lì prima possibile per andare in un supermercato e presentargli un'altra meraviglia americana, il *fudge*) quando il mio fidanzato prese la parola.

«Lei ha bisogno... come si dice... la parte della gamba... qui?» Si voltò verso di me e si indicò la gamba. «Ketrin, come si dice *coscia?*»

Silenzio. Non tradussi. Non avrei tradotto.

Avevo una vaga idea di dove saremmo andati a parare.

Ma Salvatore non si lasciò dissuadere. E non avrebbe permesso a una stupida barriera linguistica di fermarlo. Oh, no. Era una questione troppo importante. «Avete una macchina per queste?» Indicò la *mia* coscia. «Per farle dimagrire?»

Ora, dovete sapere che io ho un difetto, che si chiama *permalosità*. La parola italiana *permaloso* descrive qualcuno che prende tutto sul personale. Come me, per esempio. Una persona ipersensibile, che si offende facilmente. Ammetto che non mi sono mai piaciute, né mai mi piaceranno, le frasi che cominciano con: "Non prendertela, ma...". Non mi piacciono e non mi piace chi le dice. Se sai che quello che stai per dire potrebbe offendermi, se sai che mi offenderò, allora perché non tieni la bocca chiusa? Sono *permalosissima*. E come molte donne anglosassoni, lo sono ancor di più quando c'è di mezzo il mio corpo.

Perciò, se non fossi stata permalosa, avrei considerato quell'episodio come un tentativo di incoraggiamento da parte del mio fidanzato, una dimostrazione del suo desiderio di stimolare amorevolmente me e le mie cosce a migliorarci. Ma visto che il mio ego e la mia insicurezza erano grandi quanto la Gold's Gym, chiesi al personal trainer se aveva delle macchine per aiutare i bicipiti del mio ragazzo a irrobustirsi un po', in modo da non farlo sembrare uno che non solleva mai qualcosa di più pesante di una forchetta. Negli occhi dell'istruttore c'erano confusione e paura quando ci accompagnò in fretta alla porta, consegnandoci degli opuscoli e dicendoci di chiamare se avevamo bisogno di altre informazioni.

Bologna

Il piatto tipico di Bologna sono i tortellini in brodo. Il ragù alla bolognese (che non ha niente a che vedere con il ragù napoletano perché è praticamente senza pomodoro) accompagna tagliatelle e fettuccine, mentre i tortellini ripieni di carne devono nuotare nel brodo. Nei ristoranti più rigidi di Bologna, si rifiutano di servirli "alla bolognese". Solo in brodo.

Nei ristoranti di Napoli la pasta non nuota. Se vuoi del brodo, ordina una minestra.

Quando arrivai a Bologna per cominciare il mio anno alla SAIS, io e Salvatore decidemmo che ci saremmo visti un weekend sì e uno no. Lui arrivava al nord pieno di scatole di polistirolo preparate da sua madre, che lasciava cadere sulla mia scrivania prima di spogliarmi. Le melanzane alla parmigiana, la mozzarella e la pasta al forno potevano aspettare.

«Mi ha detto che è tutto per te» mi spiegava, quando ci eravamo saziati l'uno dell'altra e avevamo fame di cibo. «Mi ha fatto promettere che non avrei toccato niente. Io posso averne quanto ne voglio e tu no. Ha detto che sei sciupata.» *Sciupata* è un'espressione napoletana che vuol dire pelle e ossa, ma anche pallida e deperita in generale. Si diventa così quando non si ha una mamma in cucina. Quando, per esempio, si sta cercando di conseguire un master in una città dove la pasta nuota nel brodo.

I miei compagni di corso, *sciupati* come me, venivano da ogni parte del mondo. Erano intelligenti, sofisticati, globali. Erano ventenni in grado di scrivere lettere di presentazione in tre lingue a cui allegare i loro impressionanti curriculum. Saltavano in continuazione da un continente all'altro, avevano lavorato in posti come la Birmania e già nel 1997 comunicavano tramite e-mail.

Nel frattempo Salvatore stava a Napoli, a memorizzare tomi di trecento pagine in una stanza piena di peluche e trofei di calcio delle elementari. Entrambi avevamo comprato dei cellulari grandi come tostapane e ci chiamavamo la sera. Io avevo la testa piena di grafici tortuosi e di notizie sulla Bosnia, mentre lui mi raccontava di tutte le leccornie che aveva mangiato a cena. «E tu cos'hai mangiato, Pagnottella?»

Mi rifiutavo di rispondere. Si sarebbe sparsa la voce.

Negli Stati Uniti, quell'estate, Salvatore era rimasto affascinato dalla nostra "cultura del consumatore" che, già nel 1997, era molto più avanzata che in Italia. Anche se aveva delle difficoltà a declinare i verbi *to be* e *to go*, aveva imparato immediatamente espressioni come *reward points* (punti premio), *preferred customer* (cliente preferenziale) e *supersaver* (offerta risparmio). Tutte le energie intellettuali che gli erano rimaste dopo otto ore trascorse a memorizzare codici e leggi, le usava per recuperare buoni sconto che gli avrebbero garantito di spendere il venti per cento in meno su un sapone (sì, in un altro continente) o scrivere lettere alla Walmart (con la mia consulenza linguistica) che suonavano più o meno così:

Dear Sir/Madam,
I would like the new Bonus Club Membership. Please.
Thank you.

Salvatore Avallone
Via Manzoni 600
Napoli Italia

Durante il corso di economia avevo imparato che l'Italia meridionale era grosso modo per l'Europa quello che gli Appalachi erano per l'America. Incapace di ammortizzare gli shock regionali e di rimettersi in piedi con la mobilità della manodopera, era una zona dove il capitalismo di mercato funzionava all'incontrario. Come facevano i giovani napoletani a comportarsi così e a farla franca? Vivendo con i genitori fino a trent'anni, lavorando in nero, ignorando le regole e restando così *immobili.* I napoletani rivoltavano il sistema globale con un solo gesto, come fosse una frittata.

I giovani napoletani che conoscevo io non sembravano minimamente interessati a diventare flessibili, indipendenti, globali. "No, grazie" sembravano dire. Stiamo bene qui, con la nostra famiglia, a respirare il profumino del sugo che sobbolle in pentola per ore. Ma ci piace l'idea del *supersaver.* Abbiamo i requisiti necessari?

Ogni quindici giorni salivo sull'Eurostar per Napoli, diretta verso lenzuola morbide, ragù rosso e denso, e un mondo di soddisfazioni sensoriali e legami emotivi. Cinque ore passavano in fretta. La Bologna medioevale, la Firenze rinascimentale, gli acquedotti alle porte di Roma. (Mi ricordavano sempre i cartelli lungo la circonvallazione di Washington, l'indiscussa sede dell'Impero nel 1997.) Quando vedevo il mare a Gaeta, sapevo che Napoli era vicina e che stavo tornando a casa.

Entrando nella stazione centrale di Napoli, potevo vedere i fili con la biancheria appesa che collegavano un edificio all'altro. «Pronto, mamma?» I cellulari cominciavano a squillare a volume alto, tutti nello stesso momento. Dagli uomini d'affari di mezza età alle universitarie fuori sede, tutti ricevevano una telefonata dalla loro mamma. Le conversazioni erano identiche, indipendentemente dal sesso o dall'età: sì, il treno è in orario, la parmigiana mi va benissimo, ma hai preso la mozzarella? Sì, sì, arrivo, ti voglio bene, mamma.

Il mio elenco delle cose da fare a Bologna:

- Scrivere una tesina sul Patto di Varsavia
- Fare ginnastica
- Leggere economia
- Trovare un lavoro divertente e che faccia guadagnare
- Far tacere quella madre criticona nella mia testa
- Diventare famosa
- Prendere gli integratori di calcio

Il mio elenco delle cose da fare a Napoli:

- Usare sempre i gambi del prezzemolo per cucinare i crostacei, e non le foglie
- Infilarsi il pigiama quando si fa il riposino pomeridiano (niente mezze misure)
- Dire a Nino di comprare della ricotta in più per me
- Portare tutti gli ombretti
- Baciare Salvatore in quel punto morbido dietro l'orecchio
- NON MANGIARE LA CROSTA DELLA PIZZA PER PRIMA

Il programma della SAIS comprende un anno a Bologna e un anno a Washington. Era sottinteso che dopo l'anno a Bologna tornassi nel mondo dell'aria condizionata e degli *Have a nice day!*, con davanti a me una carriera senza intoppi. Mentre i miei compagni si organizzavano per i loro stage estivi e l'imminente semestre a Washington, io cominciai a comprare sacchetti di amaretti al cioccolato. Avevo scoperto il modo di abbuffarmi alla bolognese.

Non sentivo solo la mancanza di Napoli e degli Avallone (anche se a quel punto non mi sarebbe dispiaciuto farmi regolarmente imboccare con un po' delle lasagne di Raffaella). Mi mancava il palcoscenico. Nonostante avessi recitato durante tutto il liceo e il college, non lo avevo mai fatto professionalmente. Era arrivato il momento di lavorare in teatro da adulta: volevo vedere se sarei riuscita a guadagnarmi da vivere facendo qualcosa che amavo.

Quando comunicai a mia madre che avevo deciso di non terminare il programma a Washington, lei mi ricordò che così non avrei ottenuto il master: tutto quello che mi sarebbe rimasto sarebbe stato l'attestato di frequenza a Bologna, e il modo in cui lo disse lo faceva sembrare una targa premio per aver vinto un torneo di Pac-Man. Agli amici raccontò che la minore delle sue figlie aveva deciso di prendere un congedo temporaneo («quantomeno *spero* che sia temporaneo!»). Quando spiegai la mia decisione a Raffaella, lei disse: «Okay» e poi mi chiese cosa avrei mangiato per cena. Salvatore disse: «Oh! Abbiamo una showgirl!», pronunciato *scioghiiirl.*

Trascorsi l'estate preparando dei pezzi per le audizioni e tornai in Italia in autunno pronta a scoprire dove si allestivano tutte le produzioni italiane, per cercare di entrare in un cast. Non sapevo che, anche se l'Italia è la terra della *Divina Commedia*, il teatro italiano non era sempre così divino.

La mia prima audizione in Italia fu per *Carousel*, un musical diretto dal regista napoletano Tonino Reale, nel meraviglioso Teatro Bellini nel centro di Napoli. Portai lo spartito di *I Could Have Danced All Night* e il testo in italiano del monologo di Blanche Dubois da *Un tram che si chiama desiderio*. E quel giorno cercai nervosamente la sala d'attesa, convinta che avrei passato il tempo a commiserarmi con altri attori vestiti di nero, che tormentavano una bottiglietta d'acqua. Quello che trovai, invece, fu un rovente salone del Settecento che puzzava di sudore e cipria. Le attrici, poco vestite, erano perlopiù del genere "velina", e l'ansia era palpabile.

C'era parecchia carne esposta e strati su strati di fondotinta. Meglio tenere gli occhi bassi, pensai, così non rischio di posare inavvertitamente lo sguardo su scollature e perizomi. Mi sedetti e aprii il copione di *Un tram che si chiama desiderio*, giusto per tenermi occupata.

«Cos'è? Che fai?» Una bellissima adolescente si era allungata sopra i miei fogli. Le sue tette mi toccavano il braccio! Voleva sapere cos'avevo portato. Che pezzo è? Perché l'hai scelto? Posso sentirti? Hai bisogno di un po' più eyeliner, vuoi che te lo presti?

Farsi gli affari propri non era previsto. Le raccontai di me, che quella era la mia prima audizione in Italia. Quando dissi che ero americana, dalle ragazze si alzò un grandissimo *oooooohhhh*. Avevano gli occhi spalancati e riuscirono a rimanere senza parole per un secondo, prima che una bionda con i tacchi a spillo dicesse: «*Vabbuo', io me ne vaco a casa*». Tutte scoppiarono a ridere.

Per fortuna anche il regista diede per scontato il talento americano. Avevo appena cominciato a cantare «*I could have daaaaanced...*» che subito lui mi interruppe per dirmi che ero nel cast. Dio benedica l'Italia! Mi ero preparata psicologicamente al classico "Non ci chiami, chiamiamo noi" e perfino a un "No, grazie". E invece eccomi nel cast, senza dover nemmeno aspettare che mi richiamassero né di sfoggiare la mia Blanche italiana. La gentilezza degli estranei, davvero.

Durante le prove dello spettacolo occupai la vecchia stanza di Benedetta. Dopo il matrimonio con Mauro, gli sposini si erano trasferiti in un appartamento al primo piano nel palazzo degli Avallone. Alcuni amici li avevano avvisati che vivere nello stesso edificio con i genitori e i suoceri era garanzia di disastro, ma altri avevano detto a Benedetta che era una fortuna avere la mamma a soli due piani di distanza. Poteva farsi mandare le lasagne con l'ascensore. Poteva farsi stirare le camicie gratis. Quando fossero arrivati dei figli, i nonni avrebbero potuto fare i babysitter senza spostarsi. Avevano installato un interfono per risparmiare sulla bolletta, quando arrivava il momento dei quotidiani «Mamma, hai una cipolla?», «Nei peperoni ripieni posso mettere la provola invece della scamorza?»

Raffaella era impegnata. Ora non doveva più sfamare due figli ma quattro. Quando Benedetta le chiedeva le lasagne, Raffaella le preparava (senza salsiccia perché a Mauro non piaceva il maiale) e poi citofonava per dirle: «Sono nell'ascensore». Per non disturbare Benedetta e suo marito, posava la teglia sul pavimento dell'ascensore (e quanto durava quel profumino! Il *ragù* cotto per ore, le polpettine nascoste fra gli strati di pasta...) e premeva il pulsante del piano dove viveva sua figlia. Benedetta usciva dal suo appartamento proprio quando le porte dell'ascensore si aprivano su quella profumata dimostrazione d'amore avvolta nella stagnola.

Le prove erano cominciate da un mese e una mattina stavo uscendo di corsa dalla porta degli Avallone per prendere il taxi, quando Raffaella disse che mi aveva preparato la pizza di scarola da portare via per il pranzo. Io dovevo scappare, ero già in ritardo. Ma fu inutile. Raffaella doveva essere sicura che la pizza fosse impacchettata bene. Il regista poteva aspettare.

Quando riuscii ad andarmene ero terribilmente, ingiustificatamente in ritardo. Inoltre il centro era bloccato. Seduta nel taxi, guardando il tachimetro che andava, chiesi al tassista se c'era uno sciopero o una manifestazione. Sì, disse, c'era una manifestazione di immigrati clandestini e il traffico sarebbe rimasto bloccato per tutta la mattina. La polizia stava scortando africani, bengalesi e asiatici per evitare disordini. Mi domandai: ma se sono clandestini... e c'è la polizia...?

La manifestazione non era una scusa valida: ero disastrosamente in ritardo. Una volta ero già arrivata tardi alle prove, più o meno un quarto d'ora, e avevo cercato di unirmi discretamente al resto del cast con lo spartito in mano, senza farmi notare (magari sussurrando delle scuse). Invece, non appena ero entrata nella stanza, il regista aveva urlato: «Chi sei?».

Ero rimasta confusa. Davvero non sapeva chi fossi? Certo, non ero la protagonista. E nemmeno un importante personaggio secondario. Ma stavamo provando da quasi un mese, sei giorni alla settimana, e nel cast eravamo solo in diciotto. Perciò mi sarebbe piaciuto pensare che il regista, Tonino Reale, sapesse chi ero. Dopotutto, mi aveva scelta lui.

Molti professionisti internazionali non hanno mai sentito parlare del regista napoletano Tonino Reale. È un attore/regista tirannico e narcisista che assomiglia, fisicamente a caratterialmente, a Tremotino. Si dice che una volta sia saltato sul palco durante una rappresentazione per sibilare al protagonista: «Fai schifo!», e poi abbia continuato a recitare lui la parte fino alla fine dello spettacolo. Di solito indossa una maglietta nera con sopra una scritta in inglese senza senso, tipo GOING STRONG UNIVERSITY. Quando canta, una specie di grido rauco che non rispetta né note né ritmo, rimane sempre senza voce (alla quale già non giova il pacchetto di sigarette che Tonino fuma tutti i giorni). Al momento degli applausi, continua a uscire sul proscenio fino a quando il pubblico non se n'è andato. Anche per sette volte.

Ecco perché ero piuttosto nervosa nel taxi, mentre mi dirigevo verso il Teatro Bellini. Avevo una mezza idea di come avrebbe reagito l'orco ai miei trenta minuti di ritardo. Quando arrivai, mi preparai al peggio. Entrai in teatro e trovai gli attori che provavano i movimenti in scena, mentre Tonino navigava in internet sul suo portatile in uno degli elaborati palchi che due secoli fa erano riservati ai reali.

Forse non mi avrebbe vista! Speriamo! Corsi sul palco e cercai di confondermi con gli altri membri del cast.

«Americana!» gracchiò lui. Il velluto rosso non attutì affatto la sua voce. Ma, guardando il lato positivo, se non altro questa volta si era ricordato chi ero.

«Multa!»

Una multa? Per essere arrivata tardi? Ma se, solo qualche giorno prima, proprio lui non si era neanche fatto vedere! Venti persone lo avevano aspettato per ore! E dopo non aveva neanche spiegato il motivo della sua assenza!

Così andò che dovetti pagare una multa di venti euro per il mio ritardo. Se non altro mi fu risparmiata l'umiliazione di una predica. In un'altra occasione, il regista, invece di suggerirmi di spostarmi di qualche passo verso sinistra sulla scena, aveva urlato: «Ehi tu, col culo ottocentesco, spostati! Mi copri quelli che *voglio* vedere!».

Ho imparato per esperienza personale che gli attori in Italia non hanno vita facile. Pochi soldi. Tournée estenuanti. Spettacoli nelle scuole, dove gli studenti ti lanciano addosso merendine urlando «Nuda, nuda!» e gli insegnanti si alzano ogni tre minuti per gridare «Basta!». Questo, insieme a Tonino Reale che strillava in scena e fuori (e che cercava regolarmente di palpare le attrici) mi convinse a trasferirmi – tremante voce da soprano, accento e culo ottocentesco compresi – in uno studio di doppiaggio.

In Italia, se a un attore non interessa partecipare a qualche reality show, forse il suo futuro più promettente (leggere: più remunerativo e stabile) è nel mondo del doppiaggio. Tutti i film stranieri, in Italia, vengono doppiati. «I sottotitoli fanno venire mal di testa» dicono spesso gli italiani. E così tutte le star americane vengono doppiate da una voce italiana. La voce di Tom Cruise è un mio amico, un attore fantastico. Sylvester Stallone è doppiato da un corpulento caratterista, famoso in tutto il paese. Il pubblico italiano è molto affezionato a queste voci, soprattutto a quelle di star come Tom Cruise, Tom Hanks e Sharon Stone. C'è quasi stata una rivolta quando il doppiatore di Tom Cruise è stato sostituito in uno dei suoi film, a causa di un problema contrattuale. Il mio amico Roberto, però, era tranquillo. «Prenderanno me. Tom sono io.»

Gli italiani sono così affezionati alle voci delle star che possono rimanere parecchio scossi quando sentono quelle originali. «La voce del *nostro* Robert De Niro è molto più bella della vostra» mi ha detto qualcuno di recente, a quanto pare senza rendersi conto che la vera voce dell'attore è quella in inglese. Ma sono d'accordo sul fatto che alcune performance vengano molto migliorate dal doppiaggio. Non Fonzie e sicuramente non Meryl Streep, ma Jean-Claude Van Damme e Keanu Reeves, per esempio, sì.

Il buon doppiaggio è una forma d'arte. Non bisogna solo capire il personaggio e *trovare* la sua voce, come fa ogni bravo attore, ma bisogna anche prestare attenzione alla sincronia: la capacità di cominciare a parlare nel momento in cui l'attore apre la bocca, respirare quando lo fa lui e rispettare il ritmo, per finire di parlare nel momento esatto in cui finisce lui. Un doppiaggio di successo, ovviamente, dipende anche da una traduzione, o meglio, da un adattamento che funziona. E anche per questo servono talento e capacità.

Cominciai a ricevere telefonate da uno studio di Roma per doppiare film in inglese. Poiché gli studi di doppiaggio italiani sono fra i migliori al mondo, ci venivano affidati lavori di tutti i tipi: film cinesi di arti marziali, film dell'orrore filippini, cartoni animati brasiliani. Praticamente tutto quello che si poteva distribuire nei mercati di lingua inglese, o per cui serviva una versione inglese su DVD. Io mi innamorai subito del doppiaggio dei cartoni animati. Potevo divertirmi come volevo con la mia voce senza preoccuparmi di seguire la bocca dell'attore sullo schermo. Anche se il regista del doppiaggio mi suggeriva di fare entrare il mio castoro un po' più in contatto con la sua rabbia o di dare un tocco di amarezza al mio malinconico marshmallow, di solito non mi diceva «fai schifo». Il che era molto importante per una permalosa come me.

Perciò fui molto felice quando mi chiamarono per un turno di doppiaggio (tre ore) della versione inglese di *Biancaneve e i suoi sette nani*. Saltai sul treno per Roma tutta entusiasta. Biancaneve! La mia voce sarebbe stata perfetta. Solo, avrei dovuto fare più attenzione all'aggettivo possessivo nel titolo.

Quasi subito mi resi conto che Biancaneve non era un cartone animato, ma un film rivolto a un pubblico *molto* adulto. Il regista entrò nello studio, mi sistemò le cuffie e mi piazzò una sedia dietro. «Nel caso tu vada in iperventilazione» mi disse.

L'iperventilazione, infatti, è il rischio maggiore quando si doppia un film porno. Fortunatamente per il doppiatore, il regista di solito può usare gli ansimi originali. Ma ogni tanto arriva un «Oh, Dio!» o qualcosa del genere. E il doppiatore deve registrare quell'«Oh, Dio!» con tutti gli urli e i respiri di contorno. Credetemi, è estenuante.

Il regista di *Biancaneve* ascoltava da dietro il vetro, annoiato e assonnato. Aveva guardato quelle scene migliaia di volte, durante il doppiaggio dei nani in inglese, spagnolo, portoghese e cinese. Mi fermò nel bel mezzo di un gemito e, con il tono di voce che ormai ho imparato a conoscere, mi disse che sembravo una che ha sonno e mal di pancia. Biancaneve non aveva mal di pancia, perché avrei dovuto averlo io? Rilassati e divertiti, americana.

Una manicure prima della messa

«Prima di andare, Ketrin, potresti tagliarmi le unghie? Ci vuole un minuto.» Eravamo sul punto di uscire, in ritardo per la messa. Il battesimo del primogenito di Benedetta, Emilio, cominciava alle dieci, ed erano le nove e cinquantacinque. L'organizzazione era stata difficoltosa perché eravamo in tanti: io e Salvatore, Benedetta e suo marito, Nino e Raffaella, zio Toto (il proprietario delle suddette unghie) e la tata srilankese di Benedetta, che era l'unica a essere già seduta in macchina, pronta ad andare. «Mi raccomando» aveva annunciato Raffaella quella mattina, con un tono da *so che mi ascolterete tutti*. «Non facciamo tardi. Dobbiamo andarcene da qui non più tardi delle nove e mezzo.»

Ero a Napoli per una pausa della tournée. Mi avevano presa nel cast italiano di *Jesus Christ Superstar* e per mesi avevo girato in lungo e in largo con un gruppo di trenta ballerini e cantanti. Avevamo viaggiato da una città all'altra, da un teatro barocco all'altro, da un albergo scalcagnato all'altro. E nelle pause tornavo a Napoli, dagli Avallone. A Salvatore mancavano pochi esami e io aspettavo con ansia la sua laurea. Era ora di cominciare la nostra vita insieme da adulti. Era ora di smettere di dormire insieme in una stanza piena di peluche di Garfield.

Il giorno del battesimo di Emilio (capelli a posto, unghie a posto, insomma la classica americana puntuale), alle nove e mezzo avevo esplorato l'appartamento in cerca di segni di vita. E lì avevo trovati in cucina, dove, che ci crediate o no, Raffaella stava grigliando delle zucchine. E parlava al telefono, con i bigodini in testa.

«Raffaella, basta. Dobbiamo andare.» Cominciavo anche io a comportarmi come una mamma, anche se con una generazione più vecchia.

«Ah, sì! Sì! Sì!» Riappese, si voltò e spense i fornelli. Prima di correre a vestirsi, però, doveva dirmi una cosa. «Ketrin, quando fai grigliare le zucchine, ricordati che è sempre meglio...»

«Basta. Siamo in ritardo.»

«Hai ragione, hai ragione.» E si infilò nella sua cabina armadio, una specie di Grotta Magica che in seguito sarebbe diventata il posto preferito dei suoi quattro nipoti. Rosari appesi vicino a cinture rosa e viola, insieme al crocifisso sulla parete. C'erano abiti di Armani e Valentino, pellicce voluttuose e abbastanza strass e paillettes da mandare fuori di testa un'adolescente.

Io avrei preferito aspettare nella luccicante cabina armadio di Raffaella, ma zio Toto mi aveva convocata in bagno per fargli la manicure. Sapevo che gli mancava una mano, ma onestamente non mi ero domandata come facesse a tagliarsi le unghie dell'altra. E forse avrei continuato a non domandarmelo se non mi avesse chiesto di aiutarlo, alle nove e cinquantacinque, il giorno del battesimo di Emilio.

Perché proprio io? Perché proprio adesso?

«Avanti, ecco le forbici!» mi disse. Era seduto sul coperchio del water, così io mi appollaiai sul bidet e mi misi all'opera. Le unghie erano durissime, giallissime e lunghissime. Un lavoro non facile. E il fatto che mi sentissi le farfalle nello stomaco perché eravamo in ritardo non aiutava. Il battesimo era un rito di passaggio, un sacramento! Per i protestanti come per i cattolici. E noi saremmo entrati durante il Credo Apostolico. Padre Giampietro, completo di speroni, aveva probabilmente già cominciato la messa a Santo Strato. Mi tremavano le mani.

Zio Toto canticchiava, tranquillo e rilassato. «Ketrin!» mi chiamò Salvatore dall'altra stanza. «Arrivo! Arrivo! Un attimo!» gridai. Chissà come, finii il mio lavoro, lasciando i frammenti di unghie gialle per terra, e scesi di corsa le scale del palazzo, dove mi aspettavano gli altri. Ero agitata, irritata e arrabbiata. Poi vidi mio nipote.

Era già in macchina, fra le braccia di sua madre (e il seggiolino? niente seggiolino?), con addosso la sua veste battesimale bianca. Provai un moto di orgoglio e gli occhi mi si riempirono di lacrime. Era trascorso meno di un anno da quando Salvatore mi aveva telefonato a Milano (dove stavamo mettendo in scena il musical) per dirmi: «Zia! Diventerai zia!». Io non avevo capito.

«Capito, scioghiiiirl? Benedetta è incinta!»

Benedetta era incinta e io ero stata insignita di un nuovo titolo, nella famiglia: *zia*. Ero confusa. Io e Salvatore non eravamo sposati, perciò come potevo diventare zia? Cosa ci si aspettava da me? Salvatore era così eccitato – continuava a ripetere «zia Ketrin, zia Ketrin» – che non gli dissi quello che pensavo: congratulazioni a Benedetta, ma io non c'entro niente. Non sono nemmeno una parente, sono solo la ragazza di suo fratello.

La sensazione della testolina nera di Emilio appoggiata sul mio petto, nove minuti esatti dopo la sua nascita, cambiò tutto. Dato che il marito di Benedetta era cardiologo, lei aveva una camera privata in ospedale. E quando la neomamma e il neonato vennero portati lì subito dopo il cesareo, dentro c'erano almeno dieci persone. Il piccolo era ancora tutto sporco e incrostato di sangue, Benedetta era pallida e stravolta. Raffaella stava armeggiando con una bottiglia di champagne e quindici bicchieri di plastica. Quando vide entrare figlia e nipote cedette la bottiglia a una delle sue sorelle. Strappò il bambino dalle braccia di Benedetta e lo sollevò in aria per farlo vedere a tutti. «Ma quanto è bello!!!»

Io pensai: "Lo so, Emilio, che ci vuoi fare? Hai avuto nove mesi di pace, di tranquillità e di spazio. E adesso, come dicono in napoletano, *T'he a scetà!*, devi svegliarti".

Stavo per scappar fuori per andare in bagno (se nessuno aveva intenzione di lavarsi le mani e disinfettarle, *io* lo avrei fatto) quando il bambino mi venne letteralmente lanciato in braccio come un pallone da rugby. Le donne della famiglia Avallone avevano maneggiato un sacco di bambini e conoscevano il fatto loro. Io non avevo mai stretto fra le braccia un neonato, figurarsi uno con ancora il braccialetto di plastica dell'ospedale al polso e il cordone ombelicale attaccato. Ma non ci fu tempo di protestare, la sua testa coperta di peluria nera era posata sul mio petto e tutti stavano già parlando di qualcos'altro. Ero anch'io una parente e il mio corpo fu costretto a recepire immediatamente quel concetto, anche se il mio cervello ebbe bisogno di un po' più di tempo per farlo.

E fu proprio lì, stretta in macchina, mentre andavamo

in chiesa, che mi trasformai da americana pedante e puntigliosa in una zia commossa e smancerosa. Toto, soddisfatto della sua manicure, scoprì che per lui non c'era posto in macchina. «Che problema c'è?» sorrise. Aveva la sua moto. Sollevò la mano di plastica e disse: «Ci vediamo in chiesa!».

Finalmente una casa

La tournée di *Jesus Christ Superstar* aveva portato a una tournée con *Evita*, che aveva portato a una serie di particine in sit-com italiane. Ero stata chiamata a prestare la mia voce a eroine in film dell'orrore filippini a basso budget o a castori nevrotici in cartoni animati brasiliani. Lavoro ce n'era, ma non a Napoli.

Mentre mi preparavo per salire sul palcoscenico a Mantova o Cremona, cercando disperatamente di trovare un po' di ossigeno in un camerino pieno di fumo, chiamavo Salvatore a Napoli. Tutta la famiglia era riunita per festeggiare santa Benedetta o san Salvatore con risotto e arrosto. Oppure era l'anniversario di matrimonio di Nino e Raffaella e avevano preparato le linguine con i gamberi. Era il primo compleanno di Emilio e... sapessi quant'era buona la torta caprese! Tutta la famiglia era riunita, ma io non c'ero.

"Fra quanto," mi domandavo "fra quanto potrò tornare a casa davvero?"

«Per quanto tempo due ragazzi escono insieme, a Napoli, prima di sposarsi?» chiesi in tono casuale una sera a Salvatore, come se stessi facendo una ricerca sociologica. Gli mancava solo un esame per finire l'università e io mi domandavo a che punto fossimo noi due.

Be', mi disse lui, suo cugino Enzo era stato fidanzato per quattordici anni. Un altro amico si stava avviando verso il sedicesimo anno e ancora non si parlava di matrimonio. Era difficile da stabilire.

«Comunque più di dieci» decise.

«Come, dieci anni?»

«È una questione economica» mi spiegò Salvatore. I ragazzi italiani non guadagnano abbastanza per pagarsi una casa tutta loro. (Non fece nessun riferimento a mamme o lasagne.) E non ci si può sposare se si dipende ancora economicamente dai propri genitori.

Era arrivato il momento di raccontargli la storia della mia famiglia, e i soldi che i miei nonni avevano messo da parte, in un fondo fiduciario, per i loro nipoti. Non era facile da spiegare, perché il concetto non è familiare agli italiani. In Italia di solito si ereditano appartamenti, terreni, attività. Quando i genitori muoiono, i figli ricevono l'eredità direttamente.

«Sono titolare di un fondo fiduciario (fidarsi è bene, non fidarsi è meglio!), cercai di spiegare. «È uno strumento americano con il quale si saltano le generazioni.» La mia spiegazione faceva pensare che a tutti gli americani piacesse giocare alla cavallina con i propri figli. «Non sono soldi dei miei genitori. I miei nonni li hanno messi da parte per me.»

«Perché? Non si fidavano dei tuoi genitori?»

Era una conversazione inutile. La verità era che non possedevo i termini giusti per tradurre parole come *estate tax* o *loopholes*. Anzi, non sapevo nemmeno cosa volessero dire.

Da bambina il denaro mi confondeva. Sapevo che la nostra casa era dispendiosa e che facevamo un sacco di belle vacanze. Ma i miei genitori mi ricordavano che non eravamo così ricchi come pensavano gli altri. La nostra famiglia non era mai stata davvero la *proprietaria* della Wilson. Mio nonno era solo un azionista quando l'azienda era stata venduta, neanche a tanto, e io dovevo mettermi a ridere quando i miei compagni delle elementari mi chiedevano di regalargli una racchetta da tennis. Quando socializzavamo con i Marriott e i Firestone, mia madre commentava sempre che era «gente di un altro *livello*, cara». E aveva ragione, se si paragonavano i ricchi ai super ricchi. Ma mia madre era così insistente che io e mia sorella credevamo di essere a un passo dalla mensa dei poveri.

Perciò avevo compreso solo molto più tardi che i fondi fiduciari nelle mani della banca di famiglia e il bizzarro salto generazionale significavano che io e mia sorella avevamo dei soldi da parte a nostro nome. Il nonno di mio padre, il capitano d'industria, aveva intestato un fondo fiduciario a mio padre. Mio nonno lo aveva intestato a me. Ma questi fondi, così pensava mia madre, non andavano toccati. «Servono per pagare meno tasse» mi rispondeva quando le chiedevo a cosa servissero. In caso di emergenza si potevano usare gli interessi, ma "toccare il capitale" sarebbe stato scandaloso come farsi di eroina.

Per Bonnie Wilson, i soldi non sono tuoi se non te li sei guadagnati. L'ascesa dalla povertà alla ricchezza era sempre una storia eroica da raccontare. Il sogno americano: calvinismo autentico! La discesa dalla ricchezza a una certa agiatezza, mica tanto. Meglio fingere di essere poveri.

Il fondo fiduciario che avevo ereditato mi permetteva di comprare un appartamento in Italia, così io e Salvatore avremmo potuto traslocare ed essere indipendenti. Glielo spiegai, ma lui sembrò stranamente poco interessato all'argomento.

«Ho capito, ho capito.» Dopo una pausa, aggiunse: «Perché non ti compri un paio di scarpe da ginnastica nuove? Quelle che hai sono tutte consumate». Fine della storia.

Ereditare soldi dai tuoi nonni era un modo americano per tramandare capitali da una generazione all'altra, ma non era niente di eccezionale. Salvatore veniva da una famiglia che aveva avuto soldi, ne aveva persi un po', e se la cavava bene lo stesso. Si sarebbe laureato in legge e avrebbe trovato lavoro. Non sarebbe mai dipeso da me o da qualcun altro. Come gli avevano insegnato i suoi genitori, "fidarsi è bene, non fidarsi è meglio".

'O purpo

«Facciamo la strada o le scale?» chiese Raffaella. Eravamo a Positano, e dovevamo portare in spiaggia le borse piene di asciugamani, panini, pesche, bottiglie d'acqua, creme solari e vestiti di ricambio, un sacco di roba. Gli Avallone hanno una casa nella parte alta di Positano, e per raggiungere la piccola spiaggia ci sono... non so quanti gradini. Tanti. Salvatore, quando era piccolo, li contava ogni giorno, durante i due mesi di vacanza a Positano, e ogni giorno il numero cambiava.

Già a sette anni, correva giù a piedi nudi senza la supervisione dei genitori. Si fermava strada facendo solo per comprare un cannolo al cioccolato; e, risalendo, una granita al limone fatta con quei meravigliosi limoni della costiera, grandi come la testa di un uomo. Il carrettino delle granite, posizionato strategicamente in piazza dei Mulini, nei mesi estivi guadagnava abbastanza da mantenere tre famiglie di Positano per tutto l'anno.

Che tu sia a piedi o in macchina, invece, la strada è tortuosa, stretta e pericolosa. In Italia, le curve a gomito non rappresentano un motivo sufficiente per rallentare. I freni si usano solo quando due grossi veicoli si trovano muso contro muso (quasi tutte le stradine lungo la costiera amalfitana sono a doppio senso). Non è raro vedere un autobus della linea Interno Positano ingranare la retro e poi strisciare contro le rocce per lasciare spazio a quello di Montepertuso. I colpi di clacson, simili a quelli che fanno i nasi dei clown, si sentono riecheggiare spesso per tutto il paese. Quando stai scendendo verso la spiaggia e le macchine ti sfrecciano di fianco o due autobus sono impegnati in un tête-a-tête sonoro, devi metterti al riparo aggrappandoti alle rocce, saltandoci sopra, o rifugiandoti dentro una delle eleganti gioiellerie scavate nella pietra.

Strada o scale? «Le scale» risposi a Raffaella. Decisamente le scale.

Trent'anni fa, mentre i piedini ruvidi del piccolo Salvatore correvano giù da questi scalini, quelli perfettamente curati di sua madre non smettevano di andare avanti e indietro nella cucina della villa. Raffaella cucinava ogni tipo di prelibatezze da portare in spiaggia per pranzo: polpette al sugo, frittate, peperoni saltati. «Era facile» mi rispose, quando commentai che doveva essere stato estenuante fare la spesa, cucinare, pulire e, in generale, occuparsi dei bambini piccoli in un paese caldo e abbarbicato sugli scogli come Positano. Era sola per gran parte del tempo, mentre Nino, come la maggioranza degli altri padri, rimaneva a Napoli e si godeva la sua famiglia solo nei weekend e ad agosto. «A pranzo mangiavamo dei panini.» Sì, be', ma non erano panini con il burro di arachidi e la marmellata, erano panini con quello che aveva *cucinato* la mattina.

In spiaggia, la famiglia noleggiava ombrelloni e sdraio vicino ai loro amici di Posillipo. Le sdraio vengono posizionate in base a una precisa gerarchia: quelle più vicino all'acqua sono delle famiglie che vengono a Posillipo da più tempo e che trascorrono lì tutta l'estate. Dietro ci sono le famiglie che non hanno una casa per le vacanze e che si fermano a Positano solo qualche settimana. Gli ombrelloni e le sdraio degli Avallone sono sempre stati nella prima fila, anche quando trascorrevano almeno un mese lontano da Positano, nel loro appartamento a Roccaraso.

Man mano che ci avvicinavamo al loro ombrellone, mi resi conto che il mio costume intero e la mia depilazione last minute erano del tutto inadeguati. Raffaella indossava un caftano di Pucci e chissà come, anche ai primi di giugno, era già perfettamente abbronzata. Si spostava da un ombrellone all'altro (solo quelli della prima fila, dove i suoi amici erano allineati come un corpo di ballo), lodando i pareo e pizzicando le guance dei bambini, e riusciva misteriosamente a muoversi sui sassolini appuntiti senza inciampare con le infradito alte. «Conosci Ketrin?» chiedeva. La ragazza americana di Salvatore avanzava, fra una presentazione e l'altra, cercando di restare in piedi. (Come si faceva a stare scalzi su pietre che sembrano cocci di vetro? Le mie New Balance erano rimaste in cabina.)

Eravamo venuti a Positano per festeggiare la laurea di Salvatore. Raffaella e Nino erano orgogliosissimi: il loro figlio si era laureato a pieni voti e adesso era il dottor Avallone. Alleluia! Ce l'aveva fatta. Sei anni a stringere i denti, sudare e imparare tomi a memoria, e adesso era un uomo libero. Libero, immaginavo, di andarsene da casa dei suoi e sposarmi. Tutto il resto non aveva importanza.

Ma ogni volta che pronunciavo la parola *matrimonio*, Salvatore cambiava discorso.

Un'espressione napoletana che mi ha insegnato Nino

mi ha aiutata a evitare un colpo di stato diplomatico e una drammatica rottura: *'O purpo s'ha dda cocere dinto all'acqua soia*. Tradotto letteralmente: un polpo va lasciato cuocere nel suo brodo. A quanto pare, dopo aver fatto bollire un polpo, bisogna spegnere il fuoco e lasciarlo nella pentola, dove continua a produrre i suoi succhi. Puoi scrivere mail o andare a prendere i bambini a calcio, mentre il grosso animale arricciato e scivoloso cuoce, perché più il polpo rimane a macerare nel suo liquido rosa scuro e meglio è.

Nino mi insegnò questo modo di dire proprio in quel fatidico weekend a Positano. Per tutto il tempo Salvatore non mi aveva chiesto niente tranne cose tipo "Preferisci i calamari ripieni o l'impepata di cozze?", così la domenica sera mi ero confidata con Nino e Raffaella. Salvatore si stava facendo la doccia dopo la giornata in spiaggia e io ero seduta con i miei futuri suoceri sul terrazzo della villa. Le luci di Positano si riflettevano nel mare nero; una brezza leggera e il profumo degli aranci rendevano tutto ancora più romantico, almeno potenzialmente. Dall'altro lato della collina vedevamo una processione religiosa, completa di banda, la cui musica rimbalzava contro le rocce. Dalla villa sembravano le statuine di un presepe. Con gli stendardi e la statua della Madonna sollevati, i fedeli di Positano avanzavano lentamente lungo le stradine tortuose. L'ambientazione perfetta per allontanare i genitori, mettersi in ginocchio e tirare fuori un anello! Un anello qualsiasi!

Così mi sfogai: perché Salvatore cambia sempre discorso quando inizio a parlare di matrimonio? Perché sono americana? Perché vuole restare scapolo, rimanere a casa e mangiare i piatti meravigliosi della sua mamma? «È come un polpo» mi rispose Nino. «Devi lasciarlo cuocere nel suo brodo.» Raffaella annuì, d'accordo con lui. Non dovevo fargli pressioni o aggiungere stimoli esterni, ma lasciare che ci arrivasse da solo. Salvatore è un bel ragazzo e io mi ero affezionata all'idea di vederlo in ginocchio mentre chiedeva la mia mano. Invece mi trovavo davanti l'immagine di un cefalopode gorgogliante che per adesso si accontentava di bollire in pentola *da solo*, e aveva bisogno di cuocere ancora altri cinque o sei anni.

A quanto pare, lume di candela e dichiarazione in ginocchio sono una tradizione americana. Ci ho messo un po' per rendermene conto, ma a un certo punto è stata come un'illuminazione. In Italia non si fa così! Semplicemente, si comincia a organizzare il matrimonio. Io stavo aspettando la Befana da sveglia! Quando racconto agli italiani che negli Stati Uniti la dichiarazione è spesso romantica come nei film, loro non ci credono. Ridono a crepapelle. Pensano che sia solo un'altra *americanata*, un'esagerazione inventata da Hollywood.

Poiché sono cresciuta in un paese in cui tutto viaggia veloce e la gente è abituata a prendere in mano la situazione, so che lasciare che le persone e le situazioni cuociano nel loro brodo non è il mio forte (forse è per questo che, dopo vent'anni che sono in Italia, il mio ragù ancora non assomiglia per niente a quello di mia suocera). Perciò era un'impresa per me lasciare che Salvatore arrivasse a quella decisione da solo. Sono orgogliosa di dire che ci riuscii per ventuno ore esatte. Forse avrei potuto resistere anche di più se, tornando da Positano, non mi fossi trovata in pericolo di vita.

Io e il mio *polpo* stavamo tornando a Napoli con la Fiat, lungo la stretta strada costiera. Il mare cristallino scintillava centocinquanta metri sotto di noi; l'aria salmastra entrava dai finestrini aperti. Avrebbe potuto essere un viaggio piacevole e pittoresco. Peccato che Salvatore continuasse ad affrontare le curve e a superare le altre macchine a velocità folle. E a suonare il clacson, o *bussare*, come diceva lui. «Gli ho bussato, embe'? Quello andava troppo piano!» Così pensai che fosse giunta l'ora di parlare, dato che poteva essere anche la nostra ultima.

«Hai intenzione di chiedermelo?» gridai. Facevamo fatica a sentirci per via del vento.

«Cosa?»

«Di sposarti!»

«*Chi? Cosa?*»

«Di sposarci! Noi!»

«Okay!»

«Ottimo!»

«Ottimo!»

Il polpo era cotto.

Finché dessert
non ci separi

Di recente, due signore napoletane che non avevo mai visto stavano parlando di «quel matrimonio in America». Sedute vicino alla piscina, una ha detto all'altra: «Hai sentito? Tutte le amiche della sposa indossavano *lo stesso vestito*! Hanno fatto le *prove*! E durante la cena tutti si sono alzati per ballare!».

Mi sono sentita orgogliosa. Orgogliosa di aver in qualche modo aiutato un gruppo di napoletani a capire che si può festeggiare anche senza pastasciutta e sopravvivere.

C'è un verbo che spesso non compare nel dizionario italiano-inglese: *sfamarsi*. Come *sdrammatizzare*, anche *sfamarsi* usa la *s* per indicare il contrario di quello che esprime la parola originale. *Sfamarsi* significa far passare la fame. E il mio matrimonio con Salvatore mi ha insegnato che è molto difficile per i napoletani far passare la fame senza pastasciutta.

Se ci sposiamo negli Stati Uniti non verrà nessuno, aveva detto Salvatore. È troppo lontano. Costa troppo. (Non aveva detto: come ci sfamiamo? Quello sarebbe venuto in seguito.) Così avevamo fissato le nozze per metà agosto, quando gli italiani sono quasi tutti in ferie. Mia madre aveva organizzato quattro giorni di festeggiamenti a Washington. Un mese prima, gli amici e i familiari di Salvatore avevano ricevuto un invito che sembrava un libro. Conteneva gli inviti personali per la cena prenuziale, per la cerimonia e per il barbecue della domenica, oltre a cartine stradali, orari, numeri di telefono e indicazioni sull'abbigliamento. A Napoli non si era mai vista un'organizzazione del genere. In quaranta, avevano portato le chiappe in un'agenzia di viaggi, avevano comprato dei tranquillanti per l'aereo ed erano partiti.

I napoletani arrivati per il matrimonio Wilson-Avallone avevano circa tre valigie a testa. Alla fine del loro soggiorno americano (e con una nuova parola nel loro vocabolario inglese: *outlet*, pronunciato *aauutlet*) il numero delle valigie era salito a quattro. L'abbigliamento sportivo delle donne era composto da camicie bianche o color pastello, pantaloni affusolati e stivaletti. Occhiali decorati di strass tenevano indietro i capelli perfettamente acconciati. Gli uomini indossavano giacche di lino e mocassini rossi o lilla. La maggior parte di loro sfoggiava un'abbronzatura color terracotta.

La sera, le scollature sprofondavano e i tacchi svettavano. Gli abiti di chiffon delle signore si abbinavano ai morbidi completi di sartoria dei mariti. Mio zio e mia zia avevano organizzato una cena a buffet per gli ospiti che venivano da fuori, due sere prima del matrimonio. «Katherine,» mi sussurrò mia zia in un orecchio, dopo che le napoletane erano scese dall'autobus con i loro tacchi a spillo di Magli e si erano unite al buffet «*non è rimasto più niente da mangiare.*» Il catering aveva preparato enormi vassoi di costine di agnello, verdure stufate e forme intere di formaggio. «*Hanno già mangiato tutto.*»

Cos'era successo? Non era gente che soffriva di bulimia e nessuno era obeso. In seguito Benedetta mi spiegò che gli Avallone e i loro amici si erano sfamati nell'unico modo possibile. «Come fate voi americani, senza la pasta?»

Quando era arrivato il momento di stabilire il menu del matrimonio, io e Salvatore avevamo deciso che invece di servire pasta, che di sicuro non sarebbe stata all'altezza dei primi ai quali erano abituati gli italiani, sarebbe stato meglio servire dei piatti americani. Anche se forse dire "*avevamo* deciso" è un po' una semplificazione. La nostra conversazione era stata più o meno questa:

IO: Gamberi, polpette di granchio, *prime ribs.* Così, dopo il primo ballo, mio padre farà...

LUI: E dopo il cocktail di gamberi cosa c'è?

IO: *The toast*, il brindisi.

LUI: Il toast?

IO: Dobbiamo decidere la musica per il primo ballo.

LUI: Ma che ci mangiamo, i toast?

IO: *Prime ribs, costolette!* Polpette di granchio e costolette!

LUI: E la pasta?

IO: Secondo me al nostro tavolo dovrebbero sedersi...

LUI: E la pasta?

Non riusciva ad accettare il fatto che al nostro matrimonio non ci sarebbe stata la pasta. Nel giorno più importante della sua vita, non avrebbe mangiato pasta: era una cosa molto difficile da mandare giù. Lui e i suoi compatrioti avrebbero dovuto mangiare una mucca intera e un intero branco di pesci, per sfamarsi. Inoltre avrebbero dovuto concentrarsi (almeno per un po') su qualcos'altro che non fosse cibo.

In Italia, i matrimoni ruotano attorno a come ci si veste e a quello che si mangia. A come si vestono gli altri e a quello che mangiano. Ho partecipato a dei matrimoni, a Napoli, dove sono rimasta seduta a masticare per cinque ore filate. Niente danze, niente chiacchiere per socializzare. La conversazione si limita ai piatti serviti e al colore dei sandali che indossa la madre della sposa (mentre gli uomini, inevitabilmente, discutono di calcio).

«Ciao, piacere di conoscerti! Di dove sei? Di cosa ti occupi?» Meglio evitare domande di questo tipo, a Napoli. Ci ho provato. Poiché mi sentivo una specie di maialino annoiato e abbuffato, mi sono avventurata in quel terreno proibito. La risposta è sempre stata: «Di qui» e la descrizione del lavoro non è mai stata più lunga di una o due parole, con il sottinteso "e lo faccio perché devo, ma conto i minuti che mi separano dalle prossime ferie". Così io mi zittisco e torno a esaminare la dodicesima portata che mi hanno messo davanti. Loda il piatto, analizza la consistenza del risotto e troverai gente interessata a fare conversazione. Se non altro, così, con la bocca puoi fare qualcosa di diverso, oltre a masticare.

A Napoli, la tradizione vuole che sia la madre dello sposo a porgere solennemente il bouquet alla sposa. Il fotografo è lì, a immortalare il rito. La sposa e la futura suocera si guardano negli occhi, i visi illuminati di rispetto e amore. Le altre emozioni sono tenute nascoste per dopo: "Adesso toccherà a te preparargli la pasta e piselli, tritando fine la cipolla! Ah-ah!", oppure, "Non credere di poter piombare da noi senza essere invitata!". È un momento di quiete, prima della tempesta della vita quotidiana e dei nipoti, e la foto verrà messa in bella mostra in una cornice d'argento nel salotto dei novelli sposini.

Nessuno mi aveva parlato di questa tradizione. Ho dovuto scoprirla da sola. Sfortunatamente, dopo il servizio fotografico.

Sulla porta della National Presbyterian Church di Washington, Salvatore e i suoi testimoni napoletani stavano tutti impettiti in smoking, a salutare gli invitati americani con il loro migliore inglese. Erano bellissimi. Avevo spiegato al mio futuro marito che in America gli smoking si possono noleggiare e, dopo l'iniziale paura di ritrovarsi vestito di azzurro polvere e *ruches*, aveva accettato che io e mia madre li accompagnassimo da Tuxedo Junction qualche giorno prima della cerimonia. Il fatto che noi americani fossimo riusciti a vestire bene gli uomini napoletani e che le loro donne continuassero a dire che erano *elegantissimi!*, fu motivo di grande orgoglio per me.

Nel camerino delle signore, le mie damigelle si stavano truccando e sistemando gli abiti senza spalline azzurro cielo. I due figli di Benedetta (dopo Emilio era nato Claudio e io stavo imparando a fare la zia, innamorandomi sempre più perdutamente di entrambi i bambini) giocavano ad acchiapparella nei loro completi da paggetti color avorio. Mia sorella cercava di allacciarmi al collo la collana di mia nonna, che aveva un minuscolo fermaglio d'argento del 1910 impossibile da agganciare. Mia madre era così agitata che a un certo punto cominciò a girare in tondo per tutto il perimetro della stanza, riuscendo lo stesso ad apparire stupenda, nel suo abito senza maniche color melanzana, nonostante l'ansia.

Il fotografo arrivò e ci disse che voleva scattare qualche foto naturale dei preparativi. E fu a quel punto che entrò Raffaella con il mio bouquet. Rimase in silenzio e immobile: due cose strane, conoscendo la mia futura suocera. Io le dissi: «Oh, grazie!» e poi appoggiai i fiori su un tavolino per avere le mani libere e ritoccarmi il rossetto. Dopo qualche minuto lei si fece di nuovo avanti con il bouquet. E di nuovo io dissi: «Oh, grazie!» e lo diedi a mia cugina, mentre mi sistemavo la sottogonna di tulle.

La terza volta, però, doveva aver avvisato il fotografo, che scattò quella che è forse la mia foto preferita di tutto il matrimonio (seguita a ruota da quella di zio Toto che balla il twist con una mia zia zitella che fa la maestra nel Massachusetts). Nella foto, le mani di Raffaella stringono le mie e il bouquet. Lei mi guarda con benevolenza, gratitudine e amore, mentre io ho la testa voltata e urlo qualcosa a proposito di una spilla da balia a una delle damigelle che ha un problema con la bretella del reggiseno.

Forse è stato un bene che non conoscessi il rito del bouquet. Ignara del significato del momento, involontariamente sono stata io a sdrammatizzare e a nessuno si è rovinato il mascara prima della cerimonia.

Roma

Se aveste chiesto com'erano i romani a qualcuno degli abitanti delle terre che Roma conquistò duemila anni fa, probabilmente vi avrebbero detto che erano degli arroganti, aggressivi so-tutto-io, che si credevano chissà chi. Io chiesi a Salvatore perché non gli piaceva Roma e lui mi disse che i romani sono degli arroganti, aggressivi so-tutto-io che si credono chissà chi. Tutte quelle storie su Roma che è il centro del mondo... (be', lo è stata per un sacco di tempo, avrei voluto fargli notare io). E poi non sanno cucinare.

Salvatore e io ci trasferimmo a Roma nel 2001 e prendemmo in affitto un appartamento a Trastevere. Non ci sedemmo davanti a un bicchiere di vino a decidere il nostro futuro; non ricapitolammo, come fanno molte coppie, i pro e i contro del restare a Napoli o trasferirci più a nord. La nostra non era stata per niente una libera scelta, visto che eravamo stati letteralmente sfrattati da mia suocera.

Gli Avallone possedevano due appartamenti al primo piano del loro palazzo a Napoli. Uno era per Benedetta, l'altro per Salvatore e sua moglie. Quest'ultimo era stato dato in affitto quando Salvatore doveva ancora finire di studiare e io avevo dato per scontato che, una volta sposati, ci saremmo trasferiti lì. Dopotutto, anche a noi spettavano le lasagne in ascensore. Avevo perfino capito come farmi dare consigli culinari via interfono! Ma Raffaella aveva altri programmi. Mia suocera non parla quasi mai in dialetto ed è sempre attenta a esprimersi in un italiano corretto quando si rivolge ai membri della sua famiglia, ma appena sentito che avevamo intenzione di trasferirci nell'appartamento di Napoli, aveva tirato fuori il napoletano più puro. *Te n'he 'a jì'*. Le tre dita centrali della mano avevano tagliato l'aria rivolte verso il basso, facendomi capire che dovevamo andarcene, e in fretta.

Un momento. Una *mammà* napoletana non avrebbe dovuto torcersi le mani e pregarci di restarle vicini? Non aveva paura che i suoi nipoti mangiassero cibo preconfezionato e languissero senza coccole, senza mare e senza musica napoletana? No.

«Ketrin, qui non c'è futuro. Andate in America! Andate a Roma, a Milano, nel Nord Europa! Dove volete. A Napoli sareste sprecati. Per me, figuratevi, sarebbe una gioia! Ma per voi sarebbe la fine. Niente, non c'è niente a Napoli. Vi porterò io qualcosa di buono da mangiare ogni volta che verrò a trovarvi.»

Ero scioccata. Le radici di Salvatore e l'amore della sua famiglia erano profondissimi e io pensavo che, se avessi suggerito di andarcene, avrei dovuto affrontare una forte resistenza, addirittura uno scontro. Invece era successo il contrario: Raffaella ci aveva praticamente sbattuti fuori. In modo amorevole, ma deciso.

Quando io e Salvatore ne parlammo, fu chiaro che l'idea di lasciare Napoli non lo rendeva felice. Ma lo avrebbe fatto. Come succede spesso da queste parti, l'uomo viene coccolato, ma alla fine è la donna che decide.

Ingenuamente, pensavo che la linea ferroviaria che collegava le principali città italiane (Milano, Bologna, Firenze, Roma, Napoli) fosse una specie di scala longitudinale nella quale la cultura si faceva sempre più meridionale man mano che si scendeva verso sud. Se la gente a Firenze è più tranquilla che a Milano, pensavo, allora a Roma saranno tutti ancora più rilassati e a Napoli la vita sarà una pacchia. Se tutti seguono le regole a Milano, a Firenze lo farà la maggior parte, pochi a Roma e nessuno a Napoli.

Quello che non avevo capito era che l'Italia è una nazione giovane. L'Unità è arrivata solo nel 1861, mentre prima, per un migliaio di anni, il territorio era suddiviso in città stato, ciascuna delle quali aveva la sua lingua, la sua cultura e la sua identità. Insomma, Napoli non è solo una versione più meridionale di Roma. È una nazione completamente diversa.

Salvatore si era aggiudicato uno stage presso la squadra di calcio della Roma. Lavorava nell'ufficio marketing e teneva i contatti con gli sponsor. Lo sport era sempre stato la sua passione e quando si era laureato lo avevo incoraggiato a cercare lavoro nel campo del marketing sportivo. Dopotutto, anche lì le conoscenze legali sarebbero tornate utili, prima o poi. Ma la mattina lui usciva dal nostro appartamento con la faccia di uno che va a lavorare in miniera. "Non è la mia squadra, Katherine" mi spiegava quando mi meravigliavo della sua mancanza di entusiasmo. Lo trovavo seduto nella poltrona vicino alla finestra, a osservare il "panorama" trasteverino del palazzo di fronte al nostro. Neanche fosse stato preso, sradicato e mollato a Detroit.

Raffaella mi consigliava cosa cucinargli. Se le dicevo: "Forse non avremmo dovuto trasferirci a Roma" rispondeva: "Se al mercato non trovi i friarielli, Ketrin, prova con i broccoletti". Sapeva che, se suo figlio avesse mangiato quello che amava, le cose si sarebbero risolte. "Continua a borbottare che non sopporta Roma" le dicevo. "E allora?" replicava lei. "Lascia che borbotti."

Durante la settimana passavo il tempo a riprodurre le ricette di Raffaella e tenere Salvatore lontano dai romani. Ma tutti i weekend e per le feste saltavamo sul primo treno per Napoli.

San Gennaro

Una di queste feste era quella di san Gennaro, il patrono di Napoli. «Non è un santo di seconda classe» mi disse un vecchietto grinzoso nel Duomo, il 19 settembre, quando andai ad assistere al miracolo di san Gennaro. Il signore si riferiva al "declassamento" di san Gennaro da parte della Chiesa, che lo riteneva un santo minore; addirittura si cominciava a parlare di spostare la celebrazione della sua festa per farla coincidere con la domenica più vicina.

I napoletani l'avevano presa malissimo. Non perché avrebbero dovuto rinunciare a un altro giorno di ferie (anche se questo sarebbe già stato abbastanza tragico di suo – «il lavoro ti fa buttare il sangue» è una famosa espressione napoletana) ma perché a Napoli puoi fare quello che vuoi, mangiare quello che vuoi, e guidare come ti pare, *ma guai a toccare san Gennaro.*

Il vecchio nel Duomo era un fan di san Gennaro. Veniva in chiesa ogni anno per assistere al miracolo, mi disse, non se lo sarebbe perso per niente al mondo. L'idea di eliminare la festa di san Gennaro? «Mica puoi chiedere a san Gennaro di liquefare il suo sangue domenica 16, perché mercoledì 19 hai altro da fare! Ma stiamo scherzando?»

Per tutti i napoletani, per la loro storia e la loro identità, quel possibile provvedimento era un'offesa, un sacrilegio. Per non parlare del fatto, mi ricordò il mio gentile amico, che la cosa avrebbe dato fastidio a san Gennaro stesso e a quel punto sarebbero stati guai. «San Gennaro ci ama. Ci protegge. Ci ama...» Continuò a ripetere *ci ama, ci ama*, quasi bisbigliando.

Nel quarto secolo, Gennaro era l'arcivescovo di Benevento ed era stato fatto decapitare dall'imperatore romano Diocleziano. Secondo la leggenda, una donna aveva raccolto il suo sangue in un'ampolla, da conservare come reliquia e venerare. Il sangue si era solidificato, o meglio addensato. Ora viene conservato in un'elaborata teca d'oro nel Duomo, una meravigliosa chiesa nascosta nel vecchio, popoloso centro di Napoli. Il sangue però non rimane sempre solido: da secoli, almeno due volte l'anno (a maggio e a settembre) avviene il miracolo, e il sangue nell'ampolla si liquefà.

Nelle rare occasioni in cui il sangue è rimasto solido, la città di Napoli è stata colpita da una serie di catastrofi o almeno così la pensano i napoletani. Nel 1980 un terremoto ha ucciso quasi tremila persone. Nel 1528 Napoli fu devastata dalla peste. Se il sangue rimane solido, Napoli potrebbe rimanere vittima di qualsiasi catastrofe, dall'eruzione del Vesuvio a un attacco terroristico.

Perciò non meraviglia che le donne vadano in chiesa per tutto il giorno e la notte precedente a pregare che san Gennaro compia il miracolo e protegga la città. Queste devote non distolgono lo sguardo dalla statua posta accanto all'altare. Il santo indossa una mitria da vescovo, una mantella rossa e il suo atteggiamento sembra quello di un Buddha sereno. Il viso però fa quasi una smorfia, come se fosse un po' scocciato.

Le donne lo adulano: «*San Gennà, comme si' bbello*» e «*Tu si' 'o primmo santo nuosto*». (Visto che la competizione fra santi è feroce, devono rassicurarlo che è lui il loro preferito.)

Eravamo stretti come sardine nella cappella, dove si trovava la teca. Nel giro di qualche minuto il sindaco e l'arcivescovo di Napoli l'avrebbero aperta con una speciale chiave d'oro per tirare fuori l'ampolla con il sangue. Poi ci sarebbe stata una processione fino al nartece e tutti avremmo seguito il sangue, i preti e i politici verso l'altare maggiore, dove il sangue sarebbe stato collocato vicino alla statua del santo. Solo allora avremmo scoperto se si era liquefatto.

Ero andata alla cerimonia da sola. «Voglio venire con voi da san Gennaro» avevo detto a Raffaella, quando mi aveva raccontato del sangue e delle urla e della magia che aveva luogo nel Duomo. «Oh, noi non andiamo da san Gennaro» mi aveva risposto. Poi aveva continuato a raccontarmi delle donne che piangevano e gemevano tutta la notte per il santo. Si lasciano cadere sul pavimento! E se il sangue non si liquefà, cominciano a urlare maledizioni verso di lui, perfino quelle di ottant'anni!

«Ma come, voi non ci andate?» Ero sorpresa. Raffaella è una donna devota ed è napoletana. Eppure il 19 settembre non era mai andata al Duomo per assistere al miracolo? Non riuscivo proprio a immaginare perché. «Posso chiederlo a zia Pia?» La sorella di Raffaella è ancora più devota di lei. Va regolarmente in pellegrinaggio a Lourdes e a Medjugorje con una ventina di sue amiche. Di recente, mi aveva telefonato dall'autobus mentre era diretta proprio verso il santuario di Medjugorje. Prima che partisse le avevo chiesto la ricetta della sua frittata, e volevo essere sicura di prepararla nel modo giusto. A metà conversazione avevo sentito una voce tonante, amplificata dal microfono dell'autobus: «Padre nostro che sei nei cieli...».

«Devo andare! È il Padre Nostro! Ricordati, un uovo ogni cento grammi di spaghetti! E poi aggiungine uno alla fine, per buona misura!» (Nel Rosario si dice un Padre Nostro ogni dieci Ave Maria. Probabilmente anche lì zia Pia aggiunge un Padre Nostro per buona misura, è fatta così.)

Di sicuro lei sarebbe andata al Duomo a pregare il santo tutta la notte, pensavo. Ma quando le chiesi del miracolo, ogni sua frase cominciava con: "Si dice che...". Neanche lei c'era mai stata.

Presto mi resi conto che era una questione di classe sociale. San Gennaro è il santo del popolino, degli operai. Il Duomo si trova nel centro di Napoli, una delle zone più povere, e molti napoletani della media e alta borghesia considerano la cerimonia una specie di raggiro rituale che appassiona il popolo ignorante.

Ecco perché io, una protestante, un'antropologa razionale, mi ero ritrovata nel Duomo da sola. Mi aspettavo del folklore, mi aspettavo dei riti magici. Non mi aspettavo di commuovermi così profondamente.

La tensione cresceva. La cappella riccamente decorata e affrescata odorava di incenso e sudore. Appoggiai il braccio su quello che credevo un piedistallo, ma poi mi accorsi che era il fianco sporgente di una donna. Eravamo appiccicati gli uni agli altri. E aspettavamo in silenzio l'arrivo degli alti papaveri con la chiave d'oro di Alice nel Paese delle Meraviglie. Nessuno piangeva. Nessuno urlava. Perfino l'uomo vicino a me aveva smesso di mormorare *ci ama*. C'erano solo preghiere.

Solo preghiere... fino a quando non iniziò a squillare un cellulare. La suoneria standard indicava che il proprietario apparteneva alla vecchia generazione. Doveva trovarsi in una borsetta, incastrata fra la folla, che la sua proprietaria non ricordava più di avere (la sua mente era troppo concentrata sul sangue del santo). Ci furono alcuni bisbigli – «È il tuo!», «No, è il tuo!» – fino a quando uno dei preti che aspettavano vicino alla teca non si portò bruscamente il dito alle labbra e zittì tutti con un sonoro *ssssshhhhhh!!!!* che scosse tutta la veste talare.

Quando il sindaco e l'arcivescovo arrivarono con la chiave, la gente iniziò a spingere e ad alzarsi sulla punta dei piedi in un inutile tentativo di vedere se il sangue era liquido. «Si vede?» cominciarono a chiedere gli uni agli altri. «È liquido?», e poi: «Sta chiudendo la teca! Ha il sangue!».

L'uomo vicino a me aveva cominciato a piangere in silenzio. Quando si asciugò il naso, vide che lo stavo guardando. «*Signurí, lloro 'o ssanno! Lloro sì e noi no!*» Era quasi insopportabile che i preti sapessero se il sangue si era liquefatto e noi dovessimo aspettare.

Per fortuna non dovemmo aspettare a lungo. Seguimmo la processione, guidata dall'ampolla di sangue (in un reliquiario d'oro che il vescovo teneva alto, sollevato sopra la sua testa) fino all'altare, dove la statua di san Gennaro sorvegliava l'azione. Il vescovo posò il reliquiario vicino all'altare – solenne, calmo... Dio! ci stava mettendo un secolo! – e noi cercammo di distinguere se il nero che vedevamo nell'ampolla fosse liquido o solido. Impossibile dirlo.

Poi il vescovo sollevò un fazzoletto bianco, il segnale che il sangue si era liquefatto.

In quel preciso momento san Gennaro, con la mitria, la mantella rossa e l'espressione scocciata, divenne una rockstar. Era i Beatles, Elvis, Madonna al Madison Square Garden. La folla si lasciò andare a urla, lacrime, applausi. Fuori iniziarono i fuochi d'artificio. Il vescovo annunciò che quando aveva aperto la teca il sangue era *già liquido*. «Gente di Napoli!» e fece una pausa, aspettando che l'esultanza si calmasse. «San Gennaro ci ama! San Gennaro ci proteggerà!» La folla rispose con grida di *Evviva san Gennaro!* E lui ripeté: «Cari napoletani, il sangue era *già liquido*».

Il mio amico scosse la testa pieno di sbalordimento e gratitudine. «Era già liquido.» E il sottinteso era: "Nonostante la mia sia una vita dura, nonostante io sia disoccupato e mio figlio sia diventato un camorrista, nonostante tutto questo, *qualcuno mi ama*. Mi ama così tanto che il sangue era già liquido. E io che mi preoccupavo, da uomo di poca fede!".

Il sangue, nella teca incastonata in un magnifico scettro, venne portato dal vescovo lungo la navata, coperta quel giorno da una passatoia rossa. La calca divenne incredibile. Io mi ritrovai a toccare seni, cosce, sopracciglia, ciocche di capelli grigi, ascelle sudate. E venni toccata in modi che in certi paesi possono passare per molestie. Ma quello che tutti volevano toccare, in realtà, era il sangue.

Di nuovo, dovevamo aspettare. Dopo la messa, il vescovo annunciò che avremmo potuto baciare la reliquia fra le quattro e le sei del pomeriggio. Solo in quelle due ore. (Perciò inutile mettersi in movimento prima!) Inoltre, qualcuno aveva perso un mazzo di chiavi: lui le avrebbe lasciate sull'altare, dopo la cerimonia.

Ci fu un ultimo, esplosivo *Evviva san Gennaro!*, seguito da un applauso, prima che tutti uscissero dal Duomo, esausti ma rinnovati, certi della protezione e dell'amore di quel piccolo Buddha con il suo copricapo appuntito.

Moquette

Raffaella veniva a trovarci spesso a Roma. Noi decidemmo di cercare un appartamento più grande: lo stage di Salvatore era diventato un lavoro nel marketing sportivo e lui si era fatto alcuni amici napoletani, perciò non si lamentava più tanto dei romani. Avevamo in programma (leggere: io stavo mordendo il freno) di mettere su famiglia. Perciò Raffaella ci stava aiutando a trovare e ristrutturare una nuova casa vicino al Colosseo.

Da quando ero bambina, immaginavo che da grande avrei vissuto in una casa con la moquette. Non mi ero fatta un'immagine precisa di dove si sarebbe trovata, se sarebbe stata una villetta o un appartamento, in città o in campagna, negli Stati Uniti o all'estero. Ma sapevo che non ci sarebbe stato spazio per tappeti o parquet. I miei piedi e quelli della mia famiglia sarebbero sprofondati in una moquette morbida, folta e chiara.

La casa dei miei genitori a Bethesda, nel Maryland, non è accogliente. La zona giorno (che negli anni Ottanta una squadra di arredatori aveva suddiviso in *soggiorno* e *sala hobby*, senza televisione o un vero e proprio spazio dove *soggiornare*) sembra sia stata arredata da Luigi XIV e Liberace con dei pezzi trovati a un'asta di Sotheby's. I muri sono dipinti in modo da sembrare fatti di marmo. Ci sono statue di dervisci in bilico su piedistalli dorati. I pavimenti di legno sono coperti da piccoli, preziosi tappeti persiani.

Da bambina, il fatto che desiderassi una casa con la moquette tradiva la mia voglia di far parte di una famiglia "normale" e il mio bisogno di conforto, tranquillità e pace. Sulla moquette avrei potuto camminare a piedi nudi in pigiama. Le voci sonore ne sarebbero state attutite, non amplificate. Un giorno, da grande, mi sarei accoccolata con un golden retriever o un figlio mio sulla moquette (color pastello), senza sentirmi osservata da una dama nuda dell'Ottocento, ritratta su un dipinto.

«Amore, è pieno di animali» mi disse gentilmente Salvatore, quando capì che ci tenevo tanto alla moquette. Stava cercando di dissuadermi con sensibilità, parlando in inglese invece che in italiano, visto che sapeva che era una questione delicata. Quello che intendeva era che la moquette non è igienica, soprattutto in Italia, dove gli edifici di pietra accumulano molta più polvere.

«Intendi gli acari? Perché, gli acari non vivono anche nei tappeti? O preferisci dei pavimenti di marmo, così i nostri figli saranno costretti a mettersi i calzettoni da sci anche in casa e rischieranno di spaccarsi la testa sul travertino?»

«Su, su, dai.»

Sapevo che sarebbe stata una battaglia. Non avevo mai visto case con la moquette, in Italia. Non sapevo se fosse una questione estetica, se il marmo costasse meno, o se fosse un problema di "animali". Qualunque fosse il motivo, la gente mi guardava come una pazza, quando dicevo *moquette*. (Non esiste nemmeno una parola in italiano per definirla! Si usa quella francese! Ma dov'ero finita?)

C'erano tantissime decisioni da prendere. Quanto doveva essere grande il salotto? E la sala da pranzo doveva essere una stanza di rappresentanza per le occasioni formali? La cucina doveva essere piccola e compatta, o in stile americano, con la formica e tanto spazio per giocare? Queste domande condussero a una domanda più centrale: siamo americani o napoletani?

Poiché Salvatore lavorava, era Raffaella che saltava sul treno e mi accompagnava da architetti, falegnami, tappezzieri e marmisti. Questi artigiani, quando capivano che l'appartamento era mio, mi spiegavano i vantaggi di questa o quella finitura, di questo o di quel tipo di legno. Poi Raffaella prendeva il comando. Certo, abbiamo bisogno di una camera e di un bagno a parte per la tata (ma l'appartamento è piccolo! e poi non abbiamo ancora bambini!). Certo, preferiamo una cucina piccola, perché è più facile cucinare bene (ma io sono scoordinata e mi brucerò di sicuro!). Certo, le tende devono avere bastoni di ottone decorati alle estremità e le maniglie devono avere delle nappine di seta (e se arrivano dei bambini?). I piani di lavoro vicino ai fornelli devono essere di travertino, anche se è un peccato che non ci si possa appoggiare sopra niente di caldo, o del limone. Anzi, meglio non appoggiarci sopra niente. Ma sono bellissimi!

Cosa volevo per la mia casa? Che moglie e che madre sarei stata? Non lo avevo ancora deciso. Ascoltavo i consigli di Raffaella, annuivo e dicevo: «Ne parlerò con Salvatore», fino a quando a un certo punto Raffaella non pronunciò casualmente queste parole: «Ah, volevo dirti che, quando Nino lavorava in albergo, aveva un cliente che vendeva meravigliosi tappeti persiani. Ne abbiamo ancora qualcuno in cantina. I colori sono stupendi: rosso cupo, blu mezzanotte...».

Quando mi irrito si capisce dal labbro superiore. Comincia a tremare. È lì che si accumula tutta la tensione, non nello stomaco o nelle spalle. E in quel momento il mio labbro iniziò a tremare, ma Raffaella non se ne accorse. Stava parlando del falegname e dei pensili della cucina. Quando accennò a una «finitura bianco avorio», io scoppiai in lacrime.

«No!! Non ce la faccio più!» E scappai via.

Annullai tutti gli appuntamenti della settimana con Raffaella. Oh, martedì devo vedere degli amici. Mercoledì ho un turno di doppiaggio... che dura tutto il giorno. Non c'è bisogno che tu venga a Roma, grazie. Ero sempre nervosa con Salvatore e non rispondevo alle telefonate di Raffaella. Volevo che quella casa fosse mia, con o senza acari.

Quando arrivammo alla conversazione sugli animali nella moquette, Salvatore ormai mi trattava con i guanti, perché vedeva che ero arrabbiata. Mi abbracciò e io iniziai a piangere, tirando fuori tutto in una volta. «Voglio una stanza dei giochi! Voglio poter sbrodolare in cucina! Non voglio fare "rappresentanza" nella sala da pranzo! E non voglio una filippina che viva in uno sgabuzzino! Non voglio nappine alle maniglie. Voglio l'aria condizionata ovunque! *E voglio gli acari!*»

«Ma queste cose le hai dette a mia madre, Ketrin?»

«Non proprio.»

«Vuole aiutarci. Non si offenderà se le dici cosa desideri. Non è permalosa.»

«Ma quando parliamo dell'appartamento, lei dice cose tipo *si fa così*... Come se quello fosse l'unico modo. È lei l'esperta.»

«Lei decide per la *sua* casa. *Tu* decidi per la nostra. È così che si fa qui.»

Lo amai tantissimo.

Il giorno dopo risposi alla telefonata di Raffaella. La mia parte di conversazione fu tesa e finta. La sua rilassata. Aveva sentito parlare di un agopunturista e voleva portarci Nino; le zucchine ripiene che aveva preparato per pranzo il giorno prima erano venute buonissime. Sorprendentemente, non nominò né l'architetto, né il falegname, né uno qualsiasi dei preparativi. «Ketrin, la mia amica Paola vorrebbe conoscerti. Ha detto che sabato pomeriggio possiamo passare da lei per un caffè, cosa ne dici?»

Salvatore e io saremmo andati a Napoli per il weekend, ma io non avevo voglia di accompagnare Raffaella nel salotto di una delle sue amiche eleganti. Non volevo sentirla parlare delle "nostre" decisioni su box doccia e armadietti. Ma mi sentivo in colpa a dire di no, perché l'avevo evitata per tutta la settimana. E mi ero preparata un monologo con cui spiegarle che, per quanto trovassi deliziose le rosette che aveva scelto per le maniglie, prima volevo essere sicura che ci fosse l'aria condizionata, ovunque.

Paola Martone viveva all'ultimo piano di un palazzo affacciato sul golfo di Napoli. Io mi strinsi nel piccolo ascensore con Raffaella, avvolta nel suo profumo. Lei mi scostò una ciocca dalla fronte. «*Adorerai* il suo appartamento» mi disse. Ah, sì? Ero irritata. Volevo finire in fretta e tornarmene a casa.

Ci aprì la porta una signora bionda e formosa, con enormi labbra piene di collagene. «Raffffffa!» tubò, mentre mia suocera l'abbracciava squittendo: «Paoliiiiiiina!».

Fu a quel punto che abbassai lo sguardo e vidi che gli eleganti tacchi beige della donna sprofondavano in una folta moquette blu Cina. E compresi perché eravamo lì.

«Paoliii, grazie per averci invitate, tesoro. Volevo mostrare a Ketrin quante cose si possono fare con la moquette. La tua è la più bella di tutta Napoli.»

Autospurgo

Poco dopo esserci trasferiti nel nuovo appartamento, imparai che non c'è modo migliore per scatenare un litigio con mio marito che buttare la cosa sbagliata nel lavandino, nel bidet, nella doccia o nel water. Come molte delle giovani coppie che ristrutturano casa in Italia (e le probabilità aumentano quando nella coppia c'è uno straniero), avevamo grossi problemi di tubature.

Gli antichi romani utilizzavano già un sistema fognario e facevano arrivare l'acqua da chilometri di distanza per le loro vasche e le loro elaborate fontane più di duemila anni fa, quando il resto del mondo usava i secchi e scavava buche nel terreno. Ma tutta questa esperienza non si è tramandata fino agli idraulici moderni. Sembra che la regola sia: più l'impianto è vecchio, meglio funziona.

Mentre io e Raffaella sceglievamo i bastoni per le tende e cercavamo in lungo e in largo dei piani da cucina sintetici che resistessero all'acidità dei miei condimenti, il nostro idraulico faceva grandi disastri. Aveva deciso di installare un solo tubo di scarico, per giunta minuscolo, che avrebbe dovuto servire per tutto l'appartamento, all'altro capo della casa rispetto alla cucina e ai bagni.

Oltre alla moquette e all'aria condizionata, uno dei miei desideri era far installare un tritarifiuti in cucina. Gli Avallone non ne avevano mai visto uno. Io avevo spiegato che era comodissimo, soprattutto in un paese con tanti problemi nella raccolta dei rifiuti. Così il nostro idraulico ne aveva installato uno, ma non ci aveva comunicato tre fatti importanti: 1) il tritarifiuti era illegale in Italia, 2) noi non potevamo usarne uno perché i tubi nel nostro appartamento erano troppo piccoli, e 3) l'idraulico aveva allacciato i tubi e gli scarichi in modo tale che dal lavello della cucina non potesse passare altro che acqua.

Salvatore aveva avuto il sospetto che un tritarifiuti avrebbe solo fatto disastri. «Non usiamolo, Ketrin, okay?» Ah, pensavo io, è il solito napoletano tradizionalista che guarda con diffidenza la tecnologia, soprattutto se si tratta di attrezzature moderne e stravaganti in cucina. Sua madre usa ancora le pentole di terracotta! Gli farò conoscere io le meraviglie dei forni a microonde! Lo farò entrare io nel ventunesimo secolo con la nostra tecnologica cucina americana! Ecco cosa pensavo, mentre rovesciavo due buste di erbette nel tritarifiuti.

Le erbette erano andate a male. Le avevo comprate e dimenticate, cosa che in Italia non si fa. A casa non c'era nessuno e io volevo eliminare tutte le tracce. Volevo triturarle fino a farle scomparire. "Non sono mai esistite" mi dissi mentre avviavo il tritarifiuti. La massa verde andò giù, ma circa un minuto dopo una poltiglia verde cominciò a gorgogliare fuori dallo scarico.

Quella sera, quando Salvatore tornò a casa dal lavoro, sembravamo una scena di *Totò e le donne*. «Amore? Abbiamo un problema con le tubature.»

«Perché hai quella roba verde dappertutto?»

Fisicamente, in molti uomini americani il punto focale della rabbia è il petto. Un petto gonfio, un petto che sembra dire "con chi credi di avere a che fare?". Le braccia sono immobili, la testa è dritta, solo il torso ruota di qua e di là. È il torso che si guarda attorno per vedere chi altri potrebbe creare grane. *Fatti avanti*. Spesso gli uomini americani, quando si arrabbiano, diventano più grandi, come se si allargassero orizzontalmente per incutere più timore. Salvatore, invece, come molti uomini napoletani, si arrabbia con le gambe strette e i piedi nella "prima posizione" dei ballerini classici. I talloni uniti, le punte rivolte all'infuori, si muove verticalmente. C'era un giocattolo napoletano, che vendevano dopo la guerra, quando la gente si inventava di tutto per guadagnare due lire, chiamato *cicchignacco int' 'a butteglia*. Era una pallina sospesa dentro una bottiglia, che andava su e giù quando i bambini la scuotevano, ed è l'immagine che meglio esprime l'andamento della rabbia nel suo corpo lungo e magro.

So che non è bello né psicologicamente corretto scambiarsi insulti. So che è la prima cosa che si impara in un seminario sulla gestione della rabbia. Ma i terapeuti di quei seminari hanno mai dovuto chiamare l'autospurgo alle tre di mattina, dopo sei ore di tentativi inutili per cercare di pulire, sturare, sgorgare delle tubature intasate? La sera della melma verde nessuno di noi due gestiva la rabbia in modo intelligente.

«Ma quanto sei scema!» (La mano di Salvatore colpisce la fronte con un angolo di quarantacinque gradi, nel tipico gesto che usano i napoletani per dire che nella tua testa non c'è niente, hai il cervello vuoto.)

«Sei uno stronzo!» (Niente gesti ma, cavolo, quanto mi trema il labbro.)

«Pigliati una camomilla.» (No, non è un gentile suggerimento di approfittare degli effetti calmanti di una tisana, più un perentorio invito a darmi una calmata. Con la mano fa il gesto di alzare una tazza di tè.)

«Vaffanculo.»

«Stai dando i numeri!» (La sua mano colpisce la fronte perpendicolarmente, come a dire che non mi sto solo comportando come una stupida ma che ho proprio perso la testa.)

Dare i numeri a Napoli è un modo di dire che si rifà al gioco del lotto. Ogni numero, da 1 a 90, è associato a una persona, un oggetto, un'idea o un evento. Così, per esempio, il 61 è la caccia, il 51 è il giardino. Se io sogno di dare la caccia a un topo in giardino, potrei provare a giocare il 61, il 51 e l'11 (per il topo). Bisogna consultare un'esperta (di solito una vecchia matrona rugosa che possiede "il dono") che può interpretare i numeri.

Quando si giocano i numeri? Quando si fa un sogno strano o quando succede qualcosa fuori dall'ordinario. Per esempio, diversi anni fa mi hanno rubato il portafoglio a Roma, il giorno dopo che la stessa cosa era successa a mia sorella a New York, e il giorno prima che succedesse a mia madre a Washington. Ora, o la notizia che le donne della famiglia Wilson sono delle svampite aveva fatto il giro del mondo, o si trattava di qualcosa di sovrannaturale. Quando si rese conto di questa straordinaria coincidenza, mio suocero mi chiamò subito.

«Ho trovato una bravissima a interpretare i numeri» mi disse. «Li giochi, vero?»

Non li ho giocati, ma ho scoperto che i miei numeri sarebbero stati 79 (il ladro), 70 (un edificio alto, New York) e 52 (la mamma).

Durante l'adolescenza, Benedetta usciva con un ragazzo che si chiamava Luca, un soggetto instabile con una tendenza alla sindrome da abbandono (lo chiamavano *'o pazzo*). Quando la mia futura cognata decise di lasciarlo, lui minacciò di suicidarsi, mettendosi a urlare dalla cima del promontorio roccioso di Posillipo che l'amava e che si sarebbe buttato nella baia se non fosse tornata con lui. Fra le persone che si erano radunate lì attorno, alcune cercavano di dissuaderlo. Ma altre bisbigliavano fra loro: «Sta dando i numeri». Era un evento fuori dall'ordinario, e i napoletani più svegli sapevano che bisognava trovare un'indovina, tra la folla, in grado di interpretare i numeri da giocare al lotto. Salvatore mi ha raccontato che c'era perfino un tizio che chiamava i passanti: «Signore e signori, c'è un pazzo che vuole buttarsi. Venite a pigliarvi i numeri!».

Ma torniamo al nostro litigio. Secondo mio marito, io ero così fuori di testa da dare i numeri, mentre secondo me lui era semplicemente uno stronzo. Ricordo con nostalgia le nostre prime uscite insieme, quando io non capivo l'italiano e lui non capiva l'inglese. Che meravigliose chiacchierate ci facevamo! Come andavamo d'accordo su tutto! Era idilliaco. Man mano però che io imparavo sempre più l'italiano e lui sempre più l'inglese, le cose si sono complicate.

Mi rendo conto ora che le vere difficoltà sono iniziate quando abbiamo imparato a usare il congiuntivo e il condizionale. Quando sai usare solo i verbi al presente, rimani per forza ancorato al presente: dovere, volere, piacere, non piacere. *Devo fare la pipì. Mi piace il gelato, e a te?* Quello che dici è essenziale e vero, e questo fa meraviglie per i rapporti personali. Se ne volete la prova, guardate quelle meravigliose amicizie che si fanno in seconda elementare.

Sfortunatamente, però, se sai usare il congiuntivo e il condizionale, i rapporti cambiano. Cominci a pensare, e a dire, cose tipo "Se tu non avessi insistito per questo tritarifiuti, non saremmo rimasti in piedi tutta la notte a pulire tubature" e "Vorrei che tu non fossi così stronzo". La vita non è più qui e ora, ma diventa un continuo confronto con qualche vita ideale che hai nella testa. Sono finiti i giorni degli "Ho fame" e "Vuoi cucinare le erbette?". Ora è tutto un "Se solo avessimo chiamato un idraulico diverso!" e "Non ci sarebbe stata nessuna poltiglia verde se tu non avessi deciso che dovevamo mangiare più verdura". È tutto un continuo essere o non essere all'altezza di un ideale creato con quelle ricercate forme verbali.

Suppongo di dover essere grata del fatto che, nonostante le diverse sfumature linguistiche dei nostri litigi, quando dobbiamo fare pace, nella traduzione non si perde niente. Quella volta, io gli lanciai un Kleenex tutto appallottolato. Lui mi prese fra le braccia e mi disse: «Ma quanto mi fai arrabbiare!». Tutti e due ammettemmo che non ci piacevano le erbette: vuoi mettere la scarola con le olive che fanno a Napoli?

«Mi prometti che non userai più il tritarifiuti? Mai più?»

Glielo promisi. E da allora se ne sta lì, spento, sotto il lavandino.

Pasta alla genovese

Grazie ai nostri frequenti litigi "idraulici", avevamo altrettante occasioni di fare pace. Nell'estate del 2004 scoprii che aspettavamo il nostro primo figlio.

Imparai che, durante la gravidanza, quello che mangia una madre napoletana è importantissimo. E non parlo di consumare più proteine o di eliminare la caffeina e il sushi. Parlo delle voglie. Se la futura mamma non soddisfa le sue voglie, a farne le spese sarà il bambino. Le cose possono mettersi molto male per lui.

«Ho proprio voglia di rigatoni alla genovese» dissi a Raffaella un giorno, durante il quarto mese. Allora non sapevo quanto fosse importante quel commento, quale enorme meccanismo avrebbe messo in moto. A Napoli, se una donna incinta non soddisfa una voglia, il bambino nascerà con una macchia da qualche parte. Di solito la macchia ha la forma della voglia insoddisfatta: una fragola, per esempio, o una tazzina di caffè. Nel caso della pasta alla genovese, la macchia (o voglia) potrebbe avere la forma di una grande cipolla.

Nonostante il nome, la pasta alla genovese non ha niente a che fare con la città ligure. Esistono diverse teorie che spiegano il nome di questo tipico piatto napoletano (una è che il cuoco napoletano che l'ha inventata era soprannominato *'o genovese*), ma nessuno lo sa con certezza. Il fatto è che questa ricetta non si trova in nessun'altra parte d'Italia tranne che a Napoli.

È una specie di ragù, nel senso che il sugo è fatto con la carne, ma il suo ingrediente caratteristico sono chili di cipolle di Montoro rosolate, che danno al piatto il suo tipico sapore.

Quella volta, Raffaella spedì subito Nino al mercato a comprare le cipolle e prenotò un biglietto per Roma. Il suo nipotino non avrebbe rischiato di nascere con una voglia di cipolla in faccia.

Tutti mi viziavano terribilmente ma, in tutta onestà, non mi sentivo affatto in colpa. Meritavo di soddisfare le mie voglie; meritavo che i programmi di mio marito e di tutta la famiglia ruotassero attorno a ogni mio minimo desiderio. Meritavo di venire imboccata con il ragù alle cipolle e di starmene sdraiata sul divano a guardare delle vallette che ballavano in costume da bagno. Me lo meritavo non solo perché ero incinta, ma anche perché mi toccava trascorrere il resto del tempo in un umiliante, esasperante, doloroso centro analisi.

La busta con gli esiti degli esami di laboratorio era così voluminosa che sembrava quasi un faldone. L'impiegata del centro analisi me la tese, chiusa con un adesivo per riservatezza, e io provai la stessa sensazione che provavo da bambina quando ritiravo la pagella. Vediamo come sono andata, o meglio, come sono andati il mio sangue e le mie urine. Mangio bene? Il mio stile di vita è sano? Non vedo l'ora di scoprirlo!

La mia euforia si trasformò in disappunto e confusione quando aprii la busta e scoprii che i miei linfociti erano 1.800 per microlitro di sangue e le citochine 1.4. Cosa significava? Sfogliai gli esami e trovai grafici ambigui fatti di picchi fastidiosamente appuntiti e avvallamenti cavernosi... la mia proteina C-reattiva stava facendo acrobazie piuttosto spericolate. Era una cosa seria? Per scoprirlo, dovetti prendere appuntamento in un altro studio, in un altro giorno, in un'altra zona della città, perché questo centro non faceva diagnosi ma prelevava soltanto i campioni di sangue, urine e feci ed eseguiva tutti gli esami necessari.

Quando ero andata la prima volta a fare gli esami del sangue, ero del tutto impreparata. Avevo fatto colazione e invece il sangue si preleva solo a stomaco vuoto. Perciò mi avevano detto di tornare a casa e di ripresentarmi il giorno seguente. Quando ero arrivata, affamata e assonnata, l'impiegata mi aveva chiesto dov'erano le mie urine.

Non sapevo come rispondere, e la questione era ancor più complicata dal fatto che non sapevo come si dice "vescica" in italiano. Perciò avevo ripetuto la domanda: «Dove sono le urine?». La palla era rimbalzata abilmente nel campo avversario. «Non le ha portate?» Ora, sarà una questione linguistica o forse colpa della mia permalosità, ma tendo sempre a interpretare le domande costruite in forma negativa, e riguardanti qualcosa che *non* ho fatto, come una specie di accusa. In italiano non è necessariamente così. Affermano semplicemente un dato di fatto. L'impiegata stava chiedendo: "Questa signora straniera davanti a me non ha portato la sua pipì?".

La cosa si rivelò un problema. Di nuovo, ero stata rimandata a casa, questa volta con le istruzioni di comprare un barattolino di plastica per le urine in farmacia e di tornare il giorno seguente con la mia pipì. Ma non una pipì qualsiasi, solo la *prima* pipì del mattino. La pipì più pura. A quanto pare è la migliore per fare gli esami. Non venga con della roba annacquata, mi avevano spiegato al centro analisi, vogliamo la pipì più gialla, più puzzolente che ha.

La cosa era logisticamente problematica, visto che dovevo guidare nel traffico romano, la mattina dopo, con il mio barattolino di pipì, senza aver mandato giù nemmeno un caffè. Dove dovevo mettere la pipì? Sì, il barattolino aveva un tappo, ma era sottilissimo. Aha! Mi si accese una lampadina in testa. Non avrei dovuto tenerlo in mano o appoggiarlo in bilico sul sedile di fianco a me. Potevo infilarlo nel porta bicchiere! Ci stava giusto giusto, e io partii.

Tutto a posto, tutto okay, fino a quando un kamikaze su un motorino non mi sfrecciò davanti e io dovetti inchiodare di colpo. Non c'è bisogno che specifichi dov'era finita la mia purissima pipì. Dico solo che la mia tappa successiva fu l'autolavaggio, non il centro analisi. Quando tornai al centro, ci andai a piedi, portando la mia pipì gialla in mano.

Volevo proprio scoprire come facevano quelle vecchiette che arrivavano al centro analisi portandosi tutte dietro, con discrezione, la loro pipì. Un autentico raduno della pipì! Nell'ufficio del mio medico, nel Maryland, c'è un bagno sterilizzato, dove si lascia la pipì in una specie di ripostiglio. Da lì, misteriosamente, la pipì sparisce: non devi consegnarla a nessuno, e nemmeno scriverci sopra il tuo nome. È una procedura completamente anonima.

Così avevo attaccato discorso con una nonnina seduta vicino a me, indicando il barattolo di plastica che aveva in mano. «Difficile, no?» «No!» mi aveva risposto. «È molto più difficile con le feci.» Cosa mi avrebbero fatto fare ancora?

Per fortuna, l'esame delle feci toccò a Salvatore. Per essere presente alla nascita di nostro figlio, doveva fare il test per la salmonella. Gli diedero un bicchierino e una palettina di plastica e gli dissero di portare il campione al centro analisi. Porti la sua pupù.

«Ketrin, mi passi un giornale?» La sua richiesta fu il primo esempio di comunicazione coerente che emerse da dietro la porta chiusa del bagno, la mattina dopo. Salvatore era lì dentro da quasi un'ora, a borbottare e maledire (la Vergine Maria era stata chiamata in tutti i modi possibili consentiti dal dialetto napoletano). L'atmosfera era tesa. Io dovevo scegliere se dargli la «Gazzetta dello Sport» o l'«International Herald Tribune». Il giornale serviva per rilassarlo quel tanto che bastava per liberarsi o aveva un altro scopo?

Ci stavo impiegando troppo.

«Ketrin!»

«Ma... da leggere?» Se voleva leggere, allora avrei decisamente dovuto passargli la «Gazzetta», con la foto di Buffon impegnato a parare miracolosamente un goal al Milan.

«No! Macché leggere!»

Così gli passai il «Tribune».

Quando Salvatore emerse, il bagno era tappezzato con il supplemento pubblicitario del giornale, ci sono davvero un sacco di ragioni per visitare il Vietnam! Pugnalare cacche con quella palettina si era rivelata una faticaccia, poverino. In mano, teneva trionfante il barattolino di plastica, sul quale scrisse il suo nome con il pennarello indelebile: SALVATORE AVALLONE. Era pronto a mostrare il suo capolavoro al centro analisi.

«Ecco» disse all'impiegata, più tardi, e posò orgoglioso la sua pupù sul bancone.

Di recente mio padre mi ha raccontato di aver dovuto mandare un campione di feci in laboratorio. Mi interessava molto scoprire come funzionava in America. Come in Italia, ti danno una specie di cucchiaino di plastica, ma sono rimasta sbalordita quando mi ha detto di averlo «spedito per posta». Ma come, hai portato il tuo barattolino in un ufficio postale? No, mi ha risposto, l'ho messo in un pacchetto preaffrancato e l'ho infilato nella buca delle lettere!

«Questo sì che è un grande paese, dove puoi spedire la tua cacca anonimamente in tutto il mondo, senza portarla di persona da nessuna parte!» Stavo per intonare l'inno nazionale, quando mio padre ha aggiunto un particolare: l'etichetta con l'indirizzo del laboratorio era venuta via e la sua pupù è tornata indietro al mittente.

Vestiti

Dopo che io e Salvatore eravamo sopravvissuti al centro analisi, non c'era più niente che potesse minare la nostra sicurezza di futuri genitori. Cioè, fino a quando non cercammo di decidere come vestire il nostro primo nato.

Ecco alcuni dei commenti che Raffaella rivolge ai membri della famiglia quando non si vestono come si deve: «Nino, mi sembri un sacco di patate».

«Amore mio, mi sembri un figlio di nessuno.»

«Cosa sei? Uno scaricatore di porto?»

A tutti tocca un'osservazione di questo genere se hanno la camicia fuori dai pantaloni, se i loro maglioni fanno le palline di lanugine o se una gamba dei pantaloni si è impigliata nel calzino. Se si sono macchiati o se il colletto della camicia non è stirato come si deve, magari si limita a un: «Non preoccuparti, fai in tempo a cambiarti prima di uscire».

Io sono terreno off-limits: con me non fa commenti. Forse perché sono sua nuora. O perché tutti sanno che sono permalosa. In realtà, penso che abbia più a che vedere con il fatto che lei ha imparato a conoscermi in pile: i margini di miglioramento erano praticamente infiniti.

Partendo dal mio look da femminista-intellettuale-mangiona del 1996, non si può che risalire.

Quando riesco ad abbinare i colori mi rivolge un sorriso orgoglioso. Basta una cintura nei jeans e lei tuba: «Come sei carina!». Ma questa libertà, questa dispensa che spero duri fino a quando non entrerò in una casa di riposo italiana, non si estende ai miei figli.

Quando ero all'ottavo mese di gravidanza, la clinica privata dove avrei partorito mi diede una lista di vestiti da portare con me, per il neonato. C'erano articoli di abbigliamento che non avevo mai sentito nominare prima: *bodino, ghettina, tutina*. Finivano tutti con *-ino* o *-ina*, il che significava che erano piccoli e graziosi, ma... cos'erano?

Come se non bastasse questo a mandare in tilt il mio cervello bombardato di ormoni, la clinica specificava anche il tipo di tessuto. Così, io e il mio feto andammo a cercare una *ghettina di lana leggera* e altri articoli che avrebbero costituito il suo debutto nel mondo della moda italiana.

Il mio piano era semplice: consegnare la lista alla commessa del negozio insieme alla carta di credito e stop.

La commessa era una bella signora sulla sessantina, dall'aria materna e la voce profonda. Accidenti. Circa due ore e centinaia di euro dopo, io e il mio feto riemergemmo, tutti sudati e agitati. La commessa mi aveva subissata di domande. Che tipo di cotone preferisce? Vuole del pizzo sul colletto o sui polsini? Oh, quante domande. Ma io non riuscivo a trovare la forza di rivolgerle le mie. Ne avevo solo due, e in quel momento erano fondamentali.

Quale costa meno? E dov'è il bagno?

Più tardi, mostrai il risultato dei miei sforzi a Raffaella. Lei inforcò gli occhiali per esaminare l'elenco e i piccoli indumenti. Sembrava Armani prima di una seduta fotografica per «Vogue». Oppure una consulente d'immagine hollywoodiana. Commentava la confezione di ogni minuscolo capo, dicendo cose come "ricamo a punto croce" e "applicazioni color crema e azzurro cielo". Io cercavo di capire se queste descrizioni significavano che avevo superato il test. Non volevo tornare da quella commessa così esigente.

Mio figlio non era ancora nato e già gli esaminavano minuziosamente il guardaroba. Avrebbe dovuto essere elegante e stiloso non appena fosse venuto alla luce. Non potevano concedergli un paio di mesi per ambientarsi? O qualche settimana di margine, tenuto conto delle tute in poliestere della sua mamma?

«Mmm...» Raffaella ci avrebbe riflettuto su, ci avrebbe ragionato, avrebbe abbinato alcuni di quei capi con cose che aveva comprato lei. Ma a quanto pareva il mio lavoro era finito. Alleluia.

«Sai, di solito noi negli Stati Uniti compriamo vestitini che possono andare in lavatrice» azzardai, ritrovando una nuova sicurezza, al nono mese.

«Dici sul serio? Ma così si rovinano! E il ricamo a punto raso?»

Non dissi che di solito preferiamo non spendere duecento euro per un guardaroba che durerà meno di un mese, e che è destinato a essere ricoperto di latte e rigurgiti. Sarebbe stato inutile. Non volevo che mio figlio venisse etichettato come un "figlio di nessuno" appena nato, perciò lasciai gestire il guardaroba del mio futuro neonato a nonna Raffaella. Dopotutto, chi se ne importava di come lo vestivano? Avevo già abbastanza cose per la mente.

Ironicamente, quello che ricordo meglio della nascita di mio figlio è un minuscolo cardigan di lana. Quando l'infermiera portò Anthony in camera, un'ora dopo il cesareo (non ci credo che la percentuale spropositata di parti cesarei in Italia non abbia ragioni estetiche. La mamma è più bella, il bebè è più bello. La mamma può farsi fare messa in piega e manicure la mattina del parto; la testa del bambino è perfettamente rotonda. Altro che parto naturale! Ma per favore!), indossava un golfino di lana a righine crema e azzurre, che doveva essere stato scelto da nonna Raffaella e approvato da un consiglio di infermiere. Gli avevano pettinato i capelli di lato e gli avevano messo due gocce di colonia dietro le orecchie.

Il mio pensiero fu: e se non gli piaccio? E se ho l'alito cattivo? Come stanno i miei capelli? Qualcuno qui dentro può portarmi uno specchio, *per favore?*

Ero preparata alla fatica, alla depressione, alla gioia. Non ero preparata a prendermi una cotta da tredicenne. Nessuno mi aveva avvisata delle farfalle nello stomaco, della bocca secca, delle mani sudate. Oh Signore, aiutami tu. Per la seconda volta, mi stavo innamorando di un maschio italiano.

«Mamma!» Raffaella entrò nella stanza usando un termine che quasi mi paralizzò con il suo carico di responsabilità. Tutte quelle *m* parlavano di lasagne fatte in casa, di camicie stirate e di un amore totale. Lei vide la mia faccia, vide Anthony che cercava il seno, e capì che era il momento di sdrammatizzare. «Hai visto che golfino? È così elegante!» Sì, era elegante e il golfino era un amore. Concentriamoci sulla lana.

Ma dov'era Salvatore?

«Si sta dando una sciacquata alla faccia. [Leggere: sta piangendo di gioia nel bagno degli uomini.] Penso che domani Anthony starà una meraviglia con la tutina di seta bianca. Cosa ne dici?»

«Sono assolutamente d'accordo.»

Extracomunitari

Le donne della famiglia di Salvatore davano per scontato che avrei affidato il mio bambino – il mio *piezzo 'e core* – a una filippina, ucraina, srilankese o brasiliana. Davano per scontato che non sarebbe stata troppo attraente, troppo cara e che avrebbe vissuto in un angolo del nostro appartamento, con le domeniche e i giovedì pomeriggio liberi.

Non venivano nemmeno presi in considerazione i giochi sulla moquette, le cene da asporto e le tute sporche di rigurgito: insomma, il concetto che fare la madre fosse il *mio* lavoro a tempo pieno.

"Gli immigrati dello Sri Lanka sono sporchi" e "Il bello dei filippini è che sanno stare al loro posto" o "Le brasiliane sono troppo belle per vivere in casa" sono tutti commenti che ho sentito pronunciare da madri italiane. Madri che in altre circostanze apparivano gentili e sensibili, ma liquidavano interi continenti perché *fanno schifo*. Anche io ero un'extracomunitaria, ricordavo loro. No, Ketrin, l'America non conta! Gli extracomunitari sono quelli che vengono dal Nordafrica, dall'Asia, dalle zone più povere dell'Ucraina... gente diversa da noi, che lavora per noi.

Oh, e a proposito, Ketrin, perché tu non ne hai una?

Quando era nato Emilio, Benedetta aveva assunto una donna dello Sri Lanka di nome Marieli. Raffaella e Nino avevano assunto suo cugino, un giovane con in testa un berretto da baseball con il logo degli Yankees che si chiamava Mitzi. (Nunzia, la loro domestica napoletana, era andata in pensione e Mitzi li aiutava a cucinare e a fare "le pulizie grosse". Era giovane, forte e sapeva aggiustare gli elettrodomestici.) Ma sia Benedetta sia Raffaella si lamentavano che "loro" – cioè Marieli e Mitzi – non avevano la minima idea di cosa fosse l'igiene (non si fanno nemmeno il bidet!); che "loro" non avevano la minima idea di come si mettono via gli avanzi. «Guarda,» mi disse Benedetta un giorno, tenendo in mano un piatto di salsicce e ragù. Era coperto di pellicola, ma non sigillato. «È stata Marieli. A quanto pare, in Sri Lanka non sanno avvolgere le cose nella pellicola. Limitati, sono limitati.» (Appunto mentale: quando vai a casa di Benedetta o di Raffaella, liberati degli avanzi e fingi di averli mangiati. Non cercare di avvolgerli nella pellicola.) Io, ai suoi occhi, ero ovviamente una signora, italiana per matrimonio, e non avevo niente in comune con le donne extracomunitarie che si occupavano dei lavori domestici.

Ma aveva torto. Io ho gli stessi problemi con i permessi di soggiorno che hanno queste donne. Sono lontana da casa come loro. Non so avvolgere la pellicola italiana attorno a un piatto, proprio come loro. E non mi faccio il bidet. Certo, ci sono enormi differenze fra noi. Io ho molte più disponibilità economiche e molto meno coraggio di loro. Ma a livello umano, quando sento le signore napoletane che si lamentano delle domestiche dicendo che *non ci arrivano*, mi sembra che parlino di me.

"Come si può pensare così di queste donne, eppure affidargli i propri figli?" mi domandavo.

Perciò resistetti. Diventai una tipica mamma a tempo pieno americana. Dormivo poco ed ero sovrappeso (non a causa del BED ma perché, semplicemente, mangiavo quello che volevo quando volevo). Non curavo né il trucco né la pettinatura. Per me, quelle erano le conseguenze dell'essere mamma e dedicare tutto il mio tempo a un neonato. In un certo senso, ero orgogliosa di avere un aspetto così orribile: gli elastici per i capelli e le scarpe da ginnastica erano le medaglie che dimostravano i sacrifici che richiedeva il mio "lavoro" di genitore. Non perdo tempo a farmi bella, dicevano i miei pantaloni da ginnastica incrostati: prendo sul serio i miei doveri di mamma. Sono disposta a soffrire.

Per le donne italiane che facevano parte della mia vita, il mio aspetto era l'inizio di una china pericolosa che sarebbe finita con gambe non depilate e cene al microonde. «*Sta diventando 'na scema appriess' ai bambini*» sentii dire a una mia amica, descrivendo un'altra mamma che, da quando era rimasta senza tata, era costretta ad andare al parco in felpa, come facevo io.

Non si preoccupavano solo del mio aspetto, ma anche della mia salute mentale.

Quando Anthony aveva circa un anno e mezzo, ricevetti una telefonata da zia Pia. «Ketrin, non hai pensato di prenderti una babysitter? Ti serve. Stai troppo con quel bambino. È troppo legato a te.» Troppo legato? Ma non aveva ancora due anni! I figli di Pia avevano vissuto a casa sua fino ai trenta! La cosa mi irritò. I suoi commenti sembravano un attacco, un giudizio sul mio modo di fare la madre. Quello che non avevo capito era che lei non mi stava dicendo che ero una cattiva madre, o che Anthony avrebbe sofferto. Voleva dire che avevo bisogno di prendermi cura di me stessa. Stava pensando a me.

Il fatto che, nel Sud Italia, le tate siano relativamente a buon mercato ha i suoi pro e i suoi contro. Si può assumere una tata fissa per un mese allo stesso prezzo che costerebbe una babysitter di New York per una giornata a Central Park. Era *molto* difficile per me dire no grazie, mi piacciono i rigurgiti sulla tuta. Mi piace mangiare roba in scatola e chiedere a Salvatore di passare a prendere la pizza cinque volte alla settimana. Fa bene al bambino. Dopotutto, può stare con me sulla moquette!

Così accettai di avere un aiuto durante il giorno. Niente pasti serviti a tavola o massaggi al collo, solo un po' di aiuto ai fornelli, con le faccende di casa e con Anthony, mentre io andavo a prendermi un cappuccino. Ovviamente, lui non avrebbe *mai* voluto stare con lei. Avrebbe sopportato la cosa contando i minuti che mancavano al mio ritorno. E io lo avrei aiutato a capire che la mamma aveva bisogno di un po' di tempo per sé.

Una delle prime frasi in inglese di Anthony è stata: «*When Jackie come?*». Trotterellava fino alla porta e si sedeva lì, in attesa. Oppure: «*Mamma go now, okay?*». Jackie lo portava a correre nel parco, gli raccontava che da bambina aveva scalato il vulcano vicino al lago Taal nelle Filippine, fingeva di essere il portiere di una squadra di serie A.

Io, nel frattempo, imparavo a usare l'aspirapolvere. Trovai un fantastico spray anticalcare al limone per pulire i bagni. Insomma, me la spassavo. Non avevo bisogno di andare a bere un cappuccino o a farmi bella dall'estetista. Avevo semplicemente bisogno di fare *qualcosa* che non fosse interagire con un cervello di due anni. Avevo giudicato male la mia amica, quando aveva detto che si può impazzire se si sta troppo con un bambino così piccolo, ma cominciavo a rendermi conto che poteva avere ragione. In effetti, la gioia che mi dava eliminare lo sporco dalle piastrelle del bagno era un po' inquietante.

E per la prima volta da quando avevo insegnato inglese a Napoli, decisi che era ora di tornare in aula.

Recitiamo il cibo

Sono fermamente convinta che recitare sia il modo migliore per imparare un'altra lingua, e imparare a parlarla davvero. Tutti dobbiamo crearci una nuova personalità quando studiamo una lingua diversa dalla nostra. Così, a tutti i miei amici italiani che volevano imparare l'inglese, consigliavo di provare a studiare dei dialoghi, invece della grammatica, e di fare degli esercizi di improvvisazione. Inventatevi un personaggio. La lingua entrerà dentro di voi, emotivamente e visceralmente. Vi libererete di quel piccolo giudice nella testa che dice cose tipo: "Accidenti, sembri proprio uno stupido! Sei *sicuro* che sia quella la terza persona singolare di quel verbo?".

Una scuola di recitazione situata in un minuscolo teatro vicino al Colosseo mi assunse per insegnare in un corso chiamato *Acting in English*. Alla prima lezione si presentarono una decina di attori fra i venti e i trent'anni. Non si sentivano a loro agio a parlare in inglese: lo avevano studiato a scuola ma facevano fatica a sbloccarsi. Diventa un animale in inglese!, dicevo loro. Arrabbiati con quest'altro attore che ti ha appena rubato la ragazza!

Inventa una barzelletta e facci ridere! Fai tutto quello che ti serve per liberarti.

Alla fine del corso, avevo detto ai miei allievi, lavoreremo su alcuni dialoghi tratti da *Pulp Fiction* e da *Morte di un commesso viaggiatore.*

Per aiutare i miei attori italiani a immedesimarsi nei personaggi (e a concentrarsi su qualcosa che non fossero i loro limiti linguistici), introdussi alcune improvvisazioni per attingere alla loro memoria emotiva. Per cercare di far ricordare la sensazione del primo bacio, la rabbia durante il litigio con un familiare, un momento di gioia con un amico. Con mia grande sorpresa, non ottenni quasi niente. Anzi, quel poco che ottenni fu un'esibizione falsa, didascalica. Cercai di farli parlare (in inglese, lo so che non è facile) del loro rapporto con la mamma. Ma invece di lacrime e sentimenti profondi ottenni reazioni tipo: «Mia madre è un po' rigida» o «Abbiamo caratteri diversi, io e lei». Voci piatte, facce inespressive. Ma davvero erano *italiani*, questi? Che parlavano della loro *mamma*? Persone che, quando descrivevano il traffico che avevano trovato venendo a lezione, diventavano più espressivi di Jim Carrey in *Batman Forever?*

La difficoltà era in parte culturale. Mentre un attore americano non si fa problemi a sezionare e analizzare i suoi genitori, un italiano li protegge. Esiste ancora un certo rispetto per la famiglia. I giovani americani spesso fanno amicizia fra loro criticando i genitori: i ragazzi italiani no. Non c'è nessuna gara tra chi ha la famiglia più disfunzionale.

Il problema però era più complicato. Non volevo che gli attori si limitassero a lavare i loro panni sporchi in classe, volevo che tirassero fuori dei sentimenti e li esprimessero con intensità emotiva in inglese. Ci rimuginai su mentre tornavo a casa. E a quel punto mi si accese una lampadina in testa. Che stupida! Da quanto tempo vivevo in Italia? Come facevo a dimenticarmi che la risposta sta sempre nel cibo?

Accantonai il metodo Stanislavskij e Uta Hagen, e la lezione seguente dissi agli allievi che avremmo saltato gli esercizi sulla memoria sensoriale, perché dovevo chiedere loro un consiglio. Volevo provare delle nuove ricette per mio marito: era stato un periodo un po' difficile, con il bambino che non dormiva, e avevamo litigato parecchio. Volevo cucinare qualcosa di speciale per lui. Potete descrivermi i vostri piatti preferiti? Se ve la ricordate, parlatemi della persona che ve li preparava e come faceva. Ho bisogno di imparare.

Il primo attore veniva da Salerno, e ci descrisse i ravioli di sua nonna. Ci mostrò come le sue dita formavano piccole palline di ricotta e spinaci e piegavano la pasta. «*In this way*» specificò, pronunciando una *th* perfetta, con la lingua fra i denti e tutto! Aveva gli occhi pieni di lacrime; non ebbe bisogno di dirci che sua nonna non c'era più.

Barbara, di Torino, ci mostrò come sua madre tagliava le verdure per la *bagna cauda*, e di nuovo tutti capimmo, senza bisogno di parole, che Barbara la amava e la odiava con la stessa intensità. Ci disse che sua madre tagliava tutto a striscioline, *sssstrips* (ottimo, non *ztrips!*, avevo lavorato un sacco con loro su come si pronuncia la *s* prima di una consonante! *Ssssnow*, non *zznow. Seven snakes slept in the snow!*). Vivevano le loro emozioni attraverso il cibo; ricordavano grazie alle ricette. Parlavano in inglese quasi senza accento.

Verso la fine del corso, quando cominciammo a lavorare su dialoghi tratti da film e opere teatrali, quegli attori avevano tantissimo su cui riflettere. La verità di un personaggio, la *loro* verità, quelle grosse *a* americane che sembravano così strane in bocca a loro! Ma il mio lavoro come insegnante/regista era facile. Quando si perdevano, quando smettevano di essere sinceri e cominciavano a essere finti, sapevo come guidarli. Con Michele, i ravioli. Con Chiara, la pasta alla genovese. Con Barbara, la bagna cauda. Attingete a quello e ci offrirete una performance meravigliosamente ispirata.

Cotoletta alla milanese

Quando Anthony aveva due anni e mezzo, Salvatore e io decidemmo che fosse una buona idea iscrivere nostro figlio all'asilo. In realtà era Salvatore a pensare che fosse una buona idea, mentre io avevo l'impressione di mandarlo ai lavori forzati. Anthony era diventato un *mammone* e la colpa era al cento per cento mia.

Prima di mettere al mondo un bambino italiano, avevo trinciato velocemente e allegramente giudizi su tutti i mammoni di questo paese. Anzi, sulle loro mamme. Dopotutto, il problema degli uomini italiani sono le mamme italiane, giusto? Nessuno darà mai la colpa a un trentenne italiano se vive ancora a casa dei suoi e ha una tariffa You & Me sul cellulare per poter chiamare la mamma a costo zero e dirle di buttare la pasta mentre sta tornando dal lavoro. La colpa è tutta della mamma, ovvio! Perché glielo lascia fare? Perché mette l'acqua sul fuoco?

Prima di avere un figlio italiano, pensavo che dipendesse dal fatto che queste donne italiane non sapessero fare diversamente. Cucinavano e coccolavano i loro ragazzi perché evidentemente non avevano letto libri come

Aiuta tuo figlio a crescere, *Manuale per l'infanzia*, *I no che aiutano a crescere* e *Limitare con amore*. Andiamo, era così difficile ordinare alcuni di quei libri e rendere la vita migliore a quei giovanotti e alle loro future mogli?

Ero sicura che mio figlio non sarebbe mai diventato un mammone. Quei libri li avevo letti, io. Inoltre ero americana: il cibo non avrebbe rappresentato una manifestazione d'amore. Io avrei dimostrato il mio amore insegnando, guidando, arricchendo. Leggendo! Scrivendo! Madre e figlio, un'unione di menti. Il nostro corpo e il nostro stomaco sarebbero rimasti separati da un po' di sano distacco anglosassone.

O almeno così pensavo prima di avere Anthony. Prima di sentirlo dire per la prima volta *Mammmmmá*, il vezzeggiativo napoletano di "mamma"; prima di vederlo ruotare il dito nella guancia (il gesto con cui gli italiani dicono *delizioso*) dopo averlo allattato al seno. Ehm, posso restituire *Indipendenza e limiti per il vostro bambino* e farmi rimborsare il prezzo di copertina?

Perciò confesso, sono colpevole. Colpevole di aver aggravato i problemi dell'Italia: se seguirà il percorso tipico dei mammoni, mio figlio non farà parte di una forza lavoro flessibile e disposta a viaggiare, ma ciondolerà nella sua camera piena di trofei di calcio e adesivi di Garfield fino a trent'anni. Non ci sarà mai un nido vuoto. (Ah, che risate si fanno i nostri amici napoletani quando traduco questa espressione! "Cosa fanno i papà e le mamme quando i figli partono per l'università, così giovani?" mi chiedono. "Si guardano in faccia?")

Ho imparato a crescere un figlio mammone non solo da mia suocera ma anche dalle suore dell'asilo Santa Chiara. Quando andavo a prenderlo, l'anziana suora sulla porta, suor Alfonsina, ci raccontava com'era andata la giornata, prima di accompagnarci in giardino. La conversazione suonava più o meno così:

«Buongiorno, sono la mamma di Anthony. Com'è andata oggi?» (Leggere: ha picchiato/dato un calcio/sputato/fatto male/offeso qualcuno, mettendo in cattiva luce me come genitore e l'ambiente in cui vive a casa?)

«Anthony, Anthony... ah sì! Ha finito quasi tutta la pasta ma non ha mangiato la cotoletta. Non gli piacciono le cotolette di vitello?» Era preoccupata. Qual era la situazione, a casa?

«No... voglio dire, sì! Ci stiamo lavorando. A casa. E... ha giocato con gli altri bambini?»

«Giocato?» Suor Alfonsina doveva portare molta pazienza con questa mamma americana e piena di buone intenzioni che faceva però domande totalmente irrilevanti. «Be', sono sicura di sì. E domani forse cominciamo con la carne.» Si voltava verso un'altra mamma. «Mamma di Emanuele? È stato bravissimo! Ha mangiato tutta la pasta con le lenticchie!»

La mamma era orgogliosa e faceva un sorriso raggiante.

Il menu della settimana, all'asilo Santa Chiara, era esposto vicino al crocifisso. Il fatto che a fine giornata le conversazioni ruotassero tutte intorno a «Leonardo ha mangiato i tortellini ma ha lasciato un po' di carne» e «Enrico fa fatica a mangiare la frutta?» mi portò a domandarmi come facevano le suore a ricordarsi tanti dettagli. E perché era così importante?

Anthony aveva sofferto molto di ansia da separazione, quando avevo iniziato a portarlo all'asilo. (Okay, d'accordo, avevo sofferto molto anch'io. Per diventare mammoni bisogna essere in due.) Stava così male, la mattina, che vomitava quasi tutti i giorni, prima di uscire di casa. Avevo cercato di parlarne con le altre mamme. Avevo imparato i termini italiani, avevo ricevuto un sacco di consigli. Si interessavano e cercavano di aiutarmi. Una diceva di non dargli più il latte a colazione. Un'altra che era un problema di acidità: gli davo il succo d'arancia? Discutevano fra loro se la causa fosse la mia abitudine a dargli troppi cereali la mattina. Alla fine, una nonna si fece avanti a dire la sua.

«Cara, mi è capitata la stessa cosa con mio figlio. So quello che stai passando.» Cominciai a sentirmi sollevata davanti a quel viso rugoso. Stavo parlando con qualcuno che capiva il mio problema, e i suoi consigli su come si cresce un figlio dandogli amore e limiti sarebbero stati saggi e utili. «Ti svelo un segreto» bisbigliò. «*Niente* colazione! Così non avrà niente da vomitare!»

Accettai questo consiglio con genuina gratitudine, anche se, da donna cresciuta nella cultura della psicoanalisi, non forniva una soluzione al mio problema. Sapevo che per quella nonna non si trattava di una banalità. Una nonna, dopotutto, che ti dice di *non* dare da mangiare a tuo figlio è un evento raro. Anche lei aveva sofferto, e aveva trovato una soluzione.

Cominciato l'asilo, io e Salvatore fissammo un incontro con suor Alfonsina per parlare di Anthony e del suo comportamento. A casa si comportava molto male: ci sfidava, rifiutando di andare in castigo, saltava sui mobili e via dicendo. Volevo che suor Alfonsina ci aiutasse a capire cosa stava succedendo a scuola e, magari, ci desse qualche dritta. Io stavo lavorando sul problema delle cotolette; lei poteva darmi una mano con la disciplina.

Rimanemmo sbalorditi sentendo che all'asilo Anthony era un angelo. La suora usò parole come *obbediente, socievole, sensibile* e, sentite un po'!, *premuroso*. Anthony Avallone? Stavamo parlando dello stesso bambino? Capelli castani? Indossa la maglietta del Napoli ventotto giorni al mese? Dopo aver verificato che parlavamo proprio di Anthony, espressi la mia gioia che almeno fuori di casa sapesse come comportarsi. Meglio così, dissi a Salvatore, una volta fuori.

«Sei matta?» replicò lui. «Sarebbe molto meglio se si comportasse bene a casa e male a scuola! Così sarebbe *qualcun altro* a vedersela con i suoi capricci, non noi!»

Da americana, pensavo che il comportamento fuori casa di nostro figlio fosse un indicatore di come si sarebbe comportato in futuro nella società, sul lavoro... ma poi mi sono resa conto che, per un napoletano, a far capire com'è davvero il carattere di una persona è come si comporta *dentro* casa. Non al lavoro, non a scuola. Certo, va bene fare i bravi e fare bella figura quando si esce di casa. Ma dal punto di vista dell'identità personale, la cosa più importante è chi sei con i tuoi genitori, i tuoi figli, i tuoi cugini. La cosa importante è come ti comporti con le persone che contano *davvero*.

Pinocchio e Pulcinella

Non appena Anthony imparò a camminare, si unì alla gara per aprire la valigia della nonna e tuffarsi nelle pizzette e nelle mozzarelline che Raffaella portava ogni volta che veniva a Roma. Lei e Anthony si adoravano. Raffaella lo imboccava, lo coccolava, giocava con lui.

E gli diceva bugie, regolarmente. Io ero pronta ad abbracciare quasi tutto nel modo di essere genitori dei napoletani, ma quando si trattava della verità, il condizionamento della mia cultura di origine era fortissimo.

Uno dei giochi preferiti di Anthony, da piccolo, era Memory. Dato che sono sempre stata brava a complicarmi la vita, gli avevo comprato un Memory sui cavalli, fatto da trenta coppie di animali praticamente identici tra loro.

Raffaella e Nino erano venuti a trovarci e per Anthony era ora di andare a dormire. Lui invece voleva giocare a Memory con la nonna. Io obiettai che ci sarebbe voluto troppo tempo e Raffaella mi rispose di distrarre Anthony in cucina, mentre lei cercava di imparare a memoria la posizione delle carte, in modo da vincere in fretta.

«Non ti preoccupare, non se ne accorgerà. Faremo in un attimo.»

«Cosa fa la nonna?» mi chiese Anthony. Raffaella, seduta sul pavimento del salotto nel suo abito di Fendi, stava mandando a memoria le immagini degli stalloni più in fretta che poteva.

«Sta preparando il Memory, amore» gli dissi. Ero diventata complice del raggiro. Mio figlio avrebbe cominciato a drogarsi e a mentire per nasconderlo non appena fosse entrato nella pubertà.

«Siamo pronti!» Raffaella era tutta eccitata. Ovviamente trovò le coppie in fretta, sbirciando le immagini non appena mio figlio distoglieva lo sguardo. Era una sfida e lei si stava divertendo un sacco. Ma Anthony, che si era fatto sospettoso, ogni tanto le diceva: «Nonna, hai guardato!».

«Quando mai!» rideva lei.

Più tardi, espressi le mie riserve a Raffaella, dicendo che forse non era una buona idea insegnare ad Anthony a barare. Che è meglio non raccontare bugie.

«Ma non volevi che il gioco finisse in fretta?» mi rispose, confusa. «Chi sapeva dov'erano quegli accidenti di cavalli? Adesso Anthony dorme, no?»

«Certo,» cercai di essere diplomatica «ma alla lunga... barare a Memory potrebbe voler dire barare a scuola...»

«Cosa c'entra la scuola?»

E a quel punto mi tornò in mente la reazione di Salvatore quando gli avevo raccontato di un esame difficile al college. Mi aveva risposto: «Ma vicino a te non c'era seduto nessuno che aveva studiato?». I suoi esami erano tutti orali, ma a Napoli era normale passarsi qualche foglietto e avvicinare i banchi, durante quelli scritti.

«Non si può. Non si fa.»

«Vi risparmiereste un sacco di problemi. Perché dovete sempre complicarvi la vita, voi americani?»

A Napoli la gente non racconta bugie. Plasma artisticamente e scherzosamente la verità. È normale dire "mezze verità", cioè ricostruzioni creative della realtà. Mezze verità che vengono raccontate con grande calma ed eleganza. Non vengono dette solo per ingannare o raggirare, ma anche per proteggere, perché si vuole bene alla persona che si sta imbrogliando.

In una cultura dove la verità è un gioco, i rapporti personali spesso si concentrano sul tentativo di svelare la verità dietro la versione che ne ha dato un amico. Lo si fa senza tanti drammi, quasi senza giudicare né condannare. Cosa succede se una persona si è inventata qualcosa e ha descritto un'esperienza immaginaria? Potrebbe essere un *cazzaro*, una persona che spara cazzate.

«Che cosa affascinante che Alessio sia andato in India per un mese!» dico a Salvatore.

«Ah, Alessio è un cazzaro» risponderà lui, al quale non importa niente se l'amico ha detto una bugia o no.

Ma l'amicizia fila liscia, nonostante l'abitudine di Alessio di spararle grosse. Nessuno si scandalizza o cose del genere. Io, invece, da americana la butto subito sul drastico. Se uno mi racconta bugie sulle sue vacanze, me ne racconterà anche su cose più importanti. Dove va a finire la fiducia in quell'amicizia? Come Clinton: se ha tradito sua moglie, tradirà anche il suo paese, giusto? Se ha mentito sotto giuramento per quella storia di sesso, è capace di ogni sorta di sotterfugi.

Ma a Napoli non la pensano così. Cosa c'entra il sesso con la politica? È completamente irrilevante. Cosa c'entra una bugia sulle vacanze con che tipo di amico è Alessio?

Turbata, continuai a cercare di ragionare con Raffaella. E Pinocchio?, chiesi a mia suocera. La morale di una delle fiabe italiane più famose non è forse che non si dovrebbero mai raccontare bugie?

«Ah, quella» commentò lei, e io capii subito che Pinocchio non era napoletano, ma del Nord, e quindi straniero. «Immagino che sia utile insegnare ai bambini a non raccontare bugie ai loro genitori. Ma Pulcinella...»

Andò avanti raccontando animatamente che Pulcinella, la maschera napoletana della commedia dell'arte, mente con regolarità e viene scoperto solo quando non è abbastanza furbo. Questa sì che è una lezione importante per un bambino.

Una sera, in occasione di un torneo di burraco organizzato dagli Avallone, sentii una conversazione molto interessante fra mia suocera e mio figlio. Di lì a poche ore dovevano arrivare circa una quarantina di persone. Mitzi, il nuovo domestico dello Sri Lanka, stava friggendo le zucchine per cucinarle *alla scapece*, con una marinata di aglio e menta. Aveva già sistemato i tavolini da gioco in soggiorno e aveva aiutato Raffaella a cucinare altri nove piatti da servire agli ospiti durante la pausa del torneo, alle dieci.

Raffaella voleva che Anthony andasse a dormire prima dell'arrivo degli ospiti. L'unico modo per riuscirci era fargli credere che quella sera non ci fosse niente in programma.

«Nonna, fai una festa stasera? Viene della gente?»

«Ma no, che dici?»

«Ho visto i tavoli in soggiorno...»

«Oh, quelli! Li ho preparati per la settimana prossima, quando tuo nonno ha una riunione con degli amici.»

«Una riunione? Nonna! Non è vero!» Sorrideva, adorabile. Era entusiasta di aver vinto al piccolo gioco della verità. Lei cominciò a ridere e lo strinse in un abbraccio.

«Amore mio! *Quanto sei scetàto!*» Quanto sei sveglio!

Fra baci e solletico, Raffaella era molto orgogliosa che Anthony l'avesse smascherata. Suo nipote non "dormiva con la zizza in bocca". Stava crescendo bene.

Anthony accettava il Gioco della Verità per quello che era, un gioco. Sapeva che poteva giocarci con la nonna, la zia e i cugini napoletani. Ma se ero nei paraggi, i suoi occhi cercavano i miei come a dire: "Mamma, dopo ti chiedo qual è la risposta vera". Crescendo, Anthony ha cominciato a divertirsi sempre meno con quel gioco e a cercare sempre di più la verità. Sapeva dove trovarla.

Dopotutto, a quel gioco la sua mamma americana non ci sapeva giocare.

Parmigiana di melanzane

Il matrimonio di Benedetta e Mauro era in crisi. Benedetta andava a fare la spesa al discount: ecco come lo aveva capito Salvatore.

All'inizio, l'amore fra loro si esprimeva attraverso la cucina, sia quella di Benedetta sia quella di Raffaella. Era una squadra madre-figlia. Raffaella l'aveva preparata a dovere: Benedetta sapeva che i piselli andavano cucinati a maggio, che le melanzane non si mettono sottovuoto quando si ha il ciclo. (Un giorno ho provato ad aiutare Raffaella a mettere le melanzane bollite nel barattolo e lei mi ha chiesto: «Hai il ciclo?». Non lo avevo, ma ho voluto sapere perché fosse importante. «Dicono che le melanzane diventino acide,» mi ha spiegato Raffaella «perché gli ormoni passano attraverso le mani. Meglio non rischiare.»)

C'era un menu settimanale, basato sui prodotti di stagione e su quali verdure erano particolarmente buone quell'anno nelle campagne attorno a Napoli. (Le donne napoletane trovano davvero divertente che io cucini le salsicce in estate o gli asparagi in autunno. Deve venire da un posto dove gli asparagi crescono a settembre!

Praticamente, è come mettersi gli scarponi da sci a luglio.)

Man mano che i rapporti con Mauro si deterioravano, lo stesso faceva la cucina di Benedetta. Non chiedeva più a Raffaella di cucinare le sue paste al forno speciali. L'unica cosa che chiedeva a sua madre era di cucinare per i due figli: non preoccuparti per Mauro! Mangerà quello che capita, non importa. I piatti di Benedetta erano *arrangiati*, messi insieme senza cura. Cucinava senza amore.

Era la stessa donna che una volta cucinava la crostata di tagliolini assicurandosi di usare i formaggi preferiti di Mauro? Che attraversava la città per trovare la ricotta più fresca? La donna che basava la propria cucina (e quella di sua madre) sui gusti del marito?

Quando Salvatore vide le borse di plastica del Tuodì, affrontò sua sorella e le chiese cosa stava succedendo.

Benedetta non era più innamorata di Mauro. «Non fa mai niente. Non ha mai nemmeno cambiato un pannolino! È un peso.» La parola *peso* l'avevo sentita usare da altre donne napoletane, riferendosi al marito. «È tutto molto più facile senza di lui» era un'altra frase che avevo già sentito.

Dissi a Benedetta che ero stupita. I primi anni del loro matrimonio, l'avevo sentita spesso dire che Mauro era un compagno premuroso e disponibile. La sua risposta fu un *eeeeh* afflitto. Quello era prima che arrivassero i bambini. «Lo sai che non gli ha mai nemmeno fatto il bagnetto, ai bambini? Non sa cambiare una lampadina, o piegare una camicia. E *andiamo*, su.»

E così mia cognata fece una cosa che sarebbe stata impossibile nella Napoli del passato: lasciò suo marito. (Be', *lasciare* non è proprio il termine più esatto, visto che fu lei a tenersi l'appartamento, i figli e le lasagne nell'ascensore.) Salvatore cercò di mediare. Capiva sua sorella e i problemi che aveva con Mauro, ma allo stesso tempo gli dispiaceva per suo cognato, che a quarantacinque anni doveva tornare a casa dalla mamma. (Vivere da solo? Un'alternativa che non è mai stata presa in considerazione. Mauro non sapeva nemmeno cuocere un uovo! Come sarebbe sopravvissuto?)

«C'è la possibilità che ottenga lui la custodia dei bambini?» chiesi a Salvatore. In Italia, no. La madre deve essere o una drogata o una prostituta, e anche in quel caso, di solito la custodia la ottiene lei. «La mamma è sempre la mamma.» Come se il papà fosse un grazioso accessorio, ma mai un sostituto.

A me sembrava che Salvatore fosse un mediatore obiettivo. Aveva la distanza emotiva necessaria. Non era accecato dalla rabbia e si dimostrava rispettoso nei confronti di tutti. O almeno così fu fino al Giorno della Parmigiana di Melanzane.

Tutta la famiglia si era riunita per il pranzo della domenica. I due figli di Benedetta giocavano con il loro cuginetto. Raffaella cucinava e serviva a tavola. Io, Salvatore, Nino e Benedetta eravamo seduti a tavola a mangiare. Nessuno nominava Mauro. Benedetta sembrava felice: aveva anche cominciato a frequentare un suo collega. Si era separata da Mauro da qualche mese, ma ci sarebbero voluti anni prima che il divorzio fosse effettivo. (All'epoca, nel migliore dei casi, cioè quando marito e moglie erano d'accordo, potevano chiedere il divorzio dopo tre anni di separazione, altrimenti ci potevano volere anche dieci anni. Questo era il caso di Benedetta e Mauro.)

Tutto a posto. In un altro posto, certo, ma a posto. C'era pace, i bambini ridevano e il cibo era squisito.

La nuova fiamma di Benedetta viveva a poca distanza

da lì, da solo. Se fossi cresciuta a Napoli, probabilmente avrei pensato: "È domenica e il nuovo compagno di Benedetta è solo! Cosa mangerà quel poveretto per pranzo?"; invece non mi venne in mente. Dopo aver mangiato la pasta e fagioli, i friarielli saltati, delle enormi mozzarelle succulente e la più divina parmigiana di melanzane che Raffaella avesse mai cucinato, Benedetta si alzò e chiese a sua madre un piatto di plastica.

«A cosa ti serve?» chiese Salvatore, mentre lei tagliava una porzione di parmigiana violacea e la metteva nel piatto.

«Puoi darmi della pellicola, mamma?» chiese lei.

Salvatore si alzò minaccioso. «Cosa stai facendo?»

Benedetta avvolgeva la pellicola attorno al piatto. Un giro, due giri...

«*Per chi è?*»

Salvatore sapeva che sua sorella aveva intenzione di portare la parmigiana fuori casa. Sapeva che l'avrebbe messa sul sedile della sua piccola Fiat e l'avrebbe portata nell'appartamento del suo nuovo compagno. Si era innamorata e quello era il suo modo di dimostrarlo.

Ma per Salvatore era un tradimento. Sua madre aveva fatto asciugare le melanzane al sole per un giorno intero. Le aveva fritte con cura. Aveva perfino usato i pomodori che aveva messo personalmente sottovuoto. E tutto questo per soddisfare l'appetito dell'amante di sua sorella? All'improvviso la parmigiana, con il suo viola scuro, assunse una connotazione sessuale. Salvatore non parlava mai di onore, di famiglia, né usava nessuna delle parole che un fratello napoletano avrebbe usato appena una generazione fa. Ma per la parmigiana di melanzane andò su tutte le furie.

Le sue ginocchia rimbalzarono, le sue mani scattarono.

Benedetta scoppiò a piangere e cominciò a urlare in dialetto napoletano, usando espressioni che non capivo. Io portai di corsa Emilio, Claudio e Anthony in camera, dove insegnai loro a giocare a sasso, carta e forbici in inglese. Quando alla fine tornò la calma, mi affacciai in cucina e trovai il piatto di plastica rotto in due e il pavimento imbrattato di pomodoro rosso sangue. Tutti se n'erano andati e Raffaella era rimasta sola a sistemare quel disastro. Come potevo aiutare?

Raffaella si infilò i suoi magici guanti gialli. («Quando mi metto questi lavoro meglio» mi aveva detto una volta. «Senza guanti non so nemmeno da che parte cominciare!») Raccolse i pezzi di parmigiana e asciugò l'olio con dei giornali. Poi iniziò a lavare. Aveva l'efficienza di una macchina.

Provavo compassione per questa mamma, che per quarant'anni aveva impastato, fritto e cucinato con amore per sua figlia e che, nell'ultimo decennio, aveva imparato a fare lo stesso per suo genero. Di colpo, doveva imparare a non volergli più bene. Non doveva importarle più di quello che mangiava, e cominciare a imparare come preferiva la pasta e fagioli il nuovo compagno di Benedetta, se la pastiera gli piaceva di più con o senza canditi.

Dopo aver strizzato gli strofinacci, mia suocera mi guardò negli occhi e io vidi la sua preoccupazione. Nessuna tradizione napoletana diceva dove dovesse finire la parmigiana in una famiglia allargata e divisa. La chiesa cattolica non le dava istruzioni su come sradicare qualcuno dal suo cuore, qualcuno che aveva imparato ad amare con grandi sforzi.

Ma avevo interpretato male la preoccupazione di Raffaella. «Tesoro,» disse, prendendomi una mano «ne volevi un altro po', prima che finisse sul pavimento?»

Gelosia

«Cosa c'entri tu?» mi chiese Raffaella, genuinamente perplessa.

Il problema era la gelosia di Anthony. Mio figlio si era trasformato in un innamorato tradito del Settecento, con tanto di spada in pugno. Una delle cose che apprezzavo di mio marito era che non era possessivo come molti altri uomini napoletani. Niente "Non penserai davvero di uscire così?" davanti a una minigonna o a una scollatura. Niente "Se tu esci, vengo anch'io". E ce ne sono di uomini del genere. Anche se Salvatore è passionale e cavalleresco, non è mai stato un *macho* possessivo. E io ho sempre pensato che il merito fosse di sua madre, che lo aveva cresciuto insegnandogli a rispettare l'indipendenza delle donne.

Ma a quanto pare le madri non c'entrano niente. La gelosia – proprio come la permalosità, la timidezza, l'aggressività e via dicendo – è un tratto del carattere che si eredita dai genitori come gli occhi azzurri o i capelli ricci.

«Zio Renato era geloso» m'informò Raffaella. A quanto pareva, Anthony aveva preso quel tratto da uno zio materno famoso per la sua gelosia possessiva.

Ero incinta di una bambina, e Anthony era folle di rabbia. Trascorreva tutto il suo tempo lanciandomi occhiatacce, come se mi avesse colta in flagrante con il suo peggior nemico. Non importava che giocassi con lui, o stravedessi per lui o lo imboccassi con i suoi piatti preferiti: era pronto a sguainare la spada e a farla finita cantando un'aria di Puccini.

Io e Anthony avevamo trascorso parecchio tempo insieme nel parco della Domus Aurea, il palazzo dorato di Nerone sul Colle Oppio, che si affaccia sul Colosseo. Mentre le mamme italiane chiacchieravano su cosa preparare a pranzo, io mi caricavo sulla schiena il mio paffutello innamorato e fingevo di essere un cavallo da corsa al derby del Kentucky. Più veloce, più veloce, ecco la linea di partenza, mamma! Non là! *Qua!* Io nitrivo, ad alta voce. Tutti pensavano che fossi matta, ma io mi stavo divertendo come non mi ero mai divertita in tutta la mia vita.

Quando ero rimasta incinta, però, il medico mi aveva spiegato che forse era meglio smettere di darmi all'ippica nel parco.

«Possiamo giocare con i Lego!» dissi ad Anthony. «E a Shangai!» Lui non era interessato. «Giocare ai cavalli non era divertente, mamma» mi rispose. «Neanche un po'.»

Io nitrii. Ma come? Avevo creduto che ci fosse qualcosa di speciale tra di noi.

Anthony non voleva più venire al parco con me. Non voleva più nemmeno *vedermi.* Anche se aveva smesso il pannolino da un po', faceva la cacca in giro per casa e poi veniva a dirmi: «Mamma, in salotto. Pulisci».

Così avevo chiesto consiglio a Raffaella. Dove avevo sbagliato? Dovevo aver gestito male le cose. Non avrei dovuto dirgli... avrei dovuto aspettare... non avrei dovuto...

E a quel punto lei mi chiese: «Ma tu cosa c'entri?».

Da tipica mamma americana, ero convinta che ogni tratto negativo dei miei figli potesse dipendere da me. In particolare, da quello che avevo o non avevo fatto. Questa è una cosa completamente inaudita a Napoli. Che strano cocktail di onnipotenza e narcisismo anglosassone! Certo, la mamma è sempre la mamma e via dicendo, ma cosa puoi farci se tuo figlio eredita la maleducazione di zia Mary?

Ero fuori dai guai. Quando andavamo a Napoli per il weekend e Anthony faceva i capricci, mi venivano risparmiati tutti quei commenti tipo: "Katherine dovrebbe davvero gestire meglio la situazione". Al massimo, zia Pia e Raffaella mormoravano "Per fortuna il gene della gelosia non è toccato a Salvatore!" o "Eggià, quella è proprio la gelosia di zio Renato. Ti ricordi quando si è accampato davanti alla porta della sua ragazza?"

La gestazione e la nascita di mia figlia sono state caratterizzate da capricci, rabbia e stanchezza. Litri di caffeina e urla. Anthony era furioso; io e Salvatore litigavamo. Niente sottofondo di Mozart per il feto. Stando ai manuali, quelle non erano le premesse giuste per mettere al mondo una bambina sana e felice.

Per fortuna, la mia piccolina non ha ereditato solo il nome della nonna, ma anche il suo carattere.

Una delle cose più miracolose di un neonato sono le mani. Di certo le manine della piccola Lella somigliavano a minuscole gemme rosa. In qualche momento probabilmente devono aver anche riposato immobili, sul lenzuolino ricamato della culla. Ma io non me lo ricordo. Perché non ricordo di averle mai viste ferme.

Le mani di mia figlia sembrano nate per mostrarmi

come si fanno le cose, e questo fin dal primo giorno. Mi sfumavano il fard sulle guance (*non va bene così*), la difendevano dal fratello (*con i pugni stretti così!*), intrecciavano i capelli della sua amica del cuore. Questo è il modo migliore di tagliare le patate, mamma! (E tu dove l'hai imparato?), mentre le piccole dita volavano, mostrandomi lo spessore delle fette.

Quando le dicevo: «So che è difficile per te, quando Anthony...» lei aspettava pazientemente che finissi, accarezzandomi il braccio come per rassicurarmi che quello che avevo da dire era importante. E poi: «Okay, parlo *io* adesso. Ricordati, mamma, è sempre meglio...» e le sue mani mi mostravano come allacciare le scarpe o piegare la carta da regalo.

A scuola, organizzava i pomeriggi di gioco per gli altri bambini. «Simona voleva andare a casa di Francesco. Li ho fatti mettere d'accordo e ho anche detto a Francesco qual è la sua merenda preferita.» *Li ho sistemati.* Con un gran sorriso, metteva le persone dove dovevano stare, a fare quello che dovevano fare. Si assicurava che la sua mamma fosse sempre in ordine, teneva in riga suo fratello e aveva imparato da sua nonna a fare il sugo di pomodoro. A sei anni.

Che problema c'è?

Aria condizionata

Nei primi anni di vita di Anthony e Raffaella, le mie priorità di madre erano crescere bambini:

– premurosi
– perbene
– intelligenti
– socievoli
– disciplinati
– bilingue.

Le priorità di Salvatore erano crescere bambini:

– ben nutriti
– caldi
– asciutti
– tifosi del Napoli e non della Roma.

Se Salvatore era già fissato su queste priorità con Anthony, la nascita di una femminuccia indifesa portò la sua fissazione alle stelle.

Durante la prima estate della piccola Raffaella, il ruolo

di padre di Salvatore fu condizionato da due importantissimi telecomandi che teneva nelle tasche della vestaglia, uno da una parte, uno dall'altra. Il telecomando della televisione serviva per controllare ogni cinque minuti le notizie del calciomercato. L'altro regolava gli split dell'aria condizionata.

In tutta la casa ci sono split appesi alle pareti che di solito (perfino nelle estati più torride) rimangono spenti. Non tanto perché l'aria condizionata rappresenti di per sé una minaccia per la salute (anche se è così! Non lo sapevate?!), ma perché gli split creano correnti che causano, fra le altre cose, raffreddori, torcicollo e bronchiti. Nel peggiore dei casi (soprattutto fra i più piccoli e i più anziani) possono provocare polmoniti e paralisi.

Ecco perché era importante che mio marito vigilasse sugli split. Chi si occupa di regolare l'aria condizionata a casa dei miei, a Washington?, volevano sapere i miei suoceri. Chi è il custode del telecomando sacro? Mia madre, che è freddolosa, o mio padre, che è caloroso (e andrebbe a sciare in costume da bagno)? Nessuno?! Con l'aria condizionata centralizzata, stabiliamo la temperatura e ce ne dimentichiamo. Li sbalordisce che non venga mai regolata, giorno e notte, mattina e pomeriggio.

Quando Raffaella junior era piccola, la legavo nel suo seggiolone tenendola a distanza di sicurezza dal tempestoso fratello. In qualsiasi stanza fossimo, Salvatore, che non abbassava mai la guardia, la trovava. Trovava sua figlia legata, immobile e indifesa, regolava le bocchette con il telecomando e se ne andava. Avveniva tutto in un nanosecondo. Non si sentiva rumore di passi né si coglieva un'apparizione fugace della sua vestaglia. La sua presenza era annunciata dal *bip-bip-bip* del telecomando. *Bip-bip-bip*, un altro bambino salvato dalla corrente, e via.

Recenti avvistamenti di Salvatore Sparalesto hanno rivelato che anche d'estate si veste a strati, o *a cipolla*. Il suo abbigliamento da casa parte da una maglietta bianca a maniche corte. Poi arriva il pigiama: grigio, a maniche lunghe, con una stampa di gattini e nuvolette. Le gambe del pigiama sono infilate in lunghissimi calzettoni blu, in modo che l'aria fredda non si intrufoli sotto l'orlo. La maglietta e la maglia del pigiama sono infilati nei pantaloni, in modo che, anche qui, l'aria non arrivi allo stomaco. Come regola generale, l'aria non deve toccare nessuna parte del corpo a meno di essere in spiaggia, in Sardegna, con 38 gradi all'ombra. In ultimo, la vestaglia di Salvatore, portata sul pigiama, è di vellutino leggero e legata stretta attorno alla vita.

In casa nostra le ciabatte sono spesso scompagnate. In Italia, e soprattutto a Napoli, i piedi nudi non devono mai toccare il pavimento, nemmeno d'estate. Quando mi sveglio a casa degli Avallone, ho le ciabatte ai piedi ancora prima di scendere dal letto. Qualche familiare premurosa non vuole che mi prenda il raffreddore, visto che tutti sanno che io, da brava americana, cammino a piedi nudi per casa, a volte addirittura con i capelli bagnati. Salvatore, attento a non toccare il pavimento, si infila le prime pantofole che trova non appena si sveglia. A volte una delle ciabatte è rosa, con le piume, ed è mia.

A Napoli, la maggior parte dei malanni hanno queste tre cause: le sopracitate correnti; un'occasione in cui la persona ha *preso freddo*; o, peggio ancora, ha *preso umido*. Per me, la difficoltà più grande di crescere dei figli in questo paese è che, da americana, non considero tutte queste cose come dei pericoli. Li porto fuori quando ci sono solo dieci gradi e non piove. So che devo coprirli con cappelli, sciarpe e guanti, senza lasciare un centimetro di pelle scoperta. Ma se è umido, e all'improvviso si alza il vento, non li porto di corsa al riparo.

Una volta, Anthony si è preso il raffreddore e alcuni parenti napoletani hanno fatto notare che mercoledì lo avevo portato fuori. Esatto, mercoledì! Quel giorno così umido! Facevano del loro meglio per capire. «Forse a Washington, dov'è cresciuta, il clima è così secco che non sanno cos'è l'umidità!»

Visto che d'inverno il rischio di prendere umido o freddo è alto, potete immaginare che stress sia uscire con i bambini quando piove. Se piove, i bambini dovrebbero stare a casa e gli adulti dovrebbero avventurarsi fuori solo in caso di assoluta necessità.

Se qualcuno ha dei preconcetti sugli italiani e sulle loro doti organizzative, dovrebbe guardare una famiglia con dei bambini piccoli che esce dalla macchina quando piove, una famiglia che ha deciso di avventurarsi nella *tempesta*. Nella nostra famiglia, quando stiamo per arrivare a destinazione, Salvatore istruisce la squadra su come gestire gli ombrelli. «Io arrivo fino alla porta d'ingresso. Tu tieni l'ombrello piccolo in tasca. Prendi Lella in braccio, io apro l'ombrello grande e vi accompagno dentro. Lasciala dentro e dammi l'ombrello piccolo. Io ti passo quello grande. Tu vai a prendere Anthony e dopo io vado a parcheggiare la macchina con l'ombrello piccolo.»

La staffetta si svolge senza il minimo intoppo. È tutto veloce, efficiente, ma anche molto stressante. La paura che i bambini possano bagnarsi è così reale, così forte, che mi dimentico che le gocce che stanno cadendo dal cielo, dopotutto, sono solo acqua.

Mi sono accorta che il numero di maglioni e giacconi da sci che mio marito ci infila addosso è direttamente proporzionale all'amore che prova per noi. Se in inverno riesco a uscire di casa senza che mi venga vicino, mi fermi e mi tiri su la cerniera del giaccone fino al mento, significa che è arrabbiato con me. Lascia pure che esca senza giacca a marzo. Al diavolo! Che si scavi la fossa da sola.

Per quanto riguarda i bambini, più sono piccoli e vulnerabili, più maglioni gli toccano. Da neonati, Anthony e Raffaella erano spesso accaldati, sudati e nervosi. Mi mandava fuori di testa vedere Salvatore che li copriva di strati, perciò, non appena si allontanava, io li spogliavo. La cosa però era complicata, perché erano piccoli e poco collaborativi e quel continuo metti e togli li confondeva. In un momento particolarmente teso, mia sorella (un'abile sarta e costumista) mi ha detto che avremmo potuto salvare il nostro matrimonio e l'armonia familiare semplicemente sostituendo tutte quelle cerniere e quei bottoni con del velcro.

Il motivo per cui mi arrabbio è che è già abbastanza faticoso avere dei bambini ammalati, senza venire accusate di esserne la causa. La parte razionale del mio cervello mi dice che il raffreddore è provocato dai virus, che si trasmettono da persona a persona. Ma a Napoli non lo dico a nessuno. Un modo per trovarsi soli e senza amici in Italia è iniziare una frase con: «Gli studi dimostrano» o «Gli scienziati hanno scoperto».

Perciò ho deciso di adeguarmi, evitare l'umidità e le correnti, e portare sempre con me la soluzione antibatterica in modo da essere pronta a ogni eventualità.

Fame totale

Nei tempi antichi, i ricchi Romani andavano a rinfrescarsi vicino Napoli. Aveva senso. E lo ha ancora. Poiché non sorge vicino al mare, in estate Roma diventa più calda di Napoli, e quando non puoi accendere l'aria condizionata, non puoi sudare e stai anche allattando... l'unica alternativa è prendere i bambini, come hanno fatto le donne italiane per migliaia di anni, e andare in spiaggia. O, se sei americana, in piscina.

Salvatore trova la mia preferenza per le piscine (niente sassi arroventati, né sabbia fra le dita, né alghe... le ragioni sono infinite) immorale. Preferire una piscina al mare è come preferire la pizza surgelata a quella appena tirata fuori dal forno a legna. Ma io avevo caldo, non dormivo e allattavo. Mio marito sapeva cosa gli conveniva fare.

Chiamò un suo amico dell'infanzia, Enrico, e gli disse che saremmo andati da lui con i bambini a pranzo e per un tuffo in piscina.

Enrico era cresciuto in un *basso* nell'affollato centro di Napoli. I *bassi* sono appartamenti al livello della strada che ospitano famiglie numerose nei Quartieri Spagnoli.

«Che adorabili ristorantini!» avevo commentato tutta entusiasta il giorno in cui Salvatore mi aveva tolto gioielli, portafoglio, orologio e cellulare e mi aveva portata a fare un giro dei Quartieri. Nei vicoli c'erano dei tavolini davanti alle cucine incorniciate da tende leggere. Il profumo dei peperoni che friggevano mi fece venire l'acquolina in bocca. «Che dici, sono aperti?»

«Quali ristoranti? Quelle sono case, e se te ne stai lì a sbavare ancora un po' ti inviteranno a pranzo.»

I motorini ci sfrecciavano vicino, schivandoci per un pelo. Salvatore, nonostante quello non fosse il suo quartiere, sapeva dirmi quali di quei ragazzini erano ladri e quali erano poliziotti in borghese. («Si capisce e basta» mi rispose, quando gli domandai come facesse a distinguerli.) E nessuna delle due categorie indossava il casco.

«Enrico abitava qui» mi disse, indicando una stradina piena di bucati stesi. Aveva un amico che viveva lì? Ero stupita. «*Prima* abitava qui» aveva specificato poi.

Enrico era cresciuto palleggiando contro i muri sporchi di graffiti del suo *basso*, ma ora viveva a Bacoli, in una zona piena di ville, dove risiedono anche alcuni giocatori del Napoli. A Bacoli c'è spazio, ci sono piscine. Anche i furti sono di alta classe: niente *scippi* come nei Quartieri Spagnoli, ma autentici furti con scasso, con trapani e altri attrezzi, a opera di ladri "esperti". (Un'amica psicologa di Napoli mi ha detto che una sua paziente le ha raccontato, tutta orgogliosa, che suo marito era un *mariuolo di case*, non un semplice borseggiatore. Una bella differenza in termini di profilo professionale.)

Enrico e la sua famiglia si erano arricchiti con i negozi di arredamento. Erano commercianti, un termine che, sulle labbra di un borghese napoletano, non è esente da pregiudizi. I proprietari di negozi che hanno avuto successo vengono considerati nuovi ricchi, ma non c'è bisogno di usare la traduzione napoletana *cafoni arricchiti*, basta dire *commercianti*. I Cardone hanno lavorato sodo e si sono fatti strada nella vita. Hanno fatto molti sacrifici, hanno rinunciato ai pisolini pomeridiani, si sono portati il pranzo in negozio (che non chiudevano nemmeno. Tra i primi negozi di Napoli che non chiudevano per pranzo).

Arrivammo alla villa dei Cardone a Bacoli poco prima di mezzogiorno, in una torrida giornata di luglio. I sensori del sofisticato impianto di sorveglianza («I migliori diecimila euro che abbia mai speso» ci disse Enrico, e Salvatore mi spiegò che parlare di soldi è la caratteristica tipica dei commercianti, che non hanno paura di dirti quanto costa qualcosa) lampeggiarono azzurri mentre il cancello elettrico si apriva come un lento sipario davanti alla madre di Enrico, in piedi al centro della scena con addosso un minuscolo bikini coperto di paillettes e una nipotina a cavalcioni sul fianco.

«*Salvató! Viene ccà!*» La sua voce non apparteneva alla categoria delle matrone roche, ma assomigliava allo squillo di una tromba acuta e isterica. La sua voce mi fece capire che non fumava; il suo corpo mi disse che però aveva altri vizi. Si protese verso Salvatore e lui scomparve per un attimo in quell'abbraccio da centoventi chili. Indossava degli occhiali alla Ray Charles e sfoggiava un caschetto biondo platino. Le paillettes del costume erano messe duramente alla prova.

«Lei è Ketrin» le disse Salvatore. Quando non mosse la testa ma allungò una mano per pizzicarmi il mento, cercandomi con le dita grassocce, capii che se non era completamente cieca, poco ci mancava. «Che nome è?

Chetri? Salvatore, dove sei andata a trovarla questa *guaglioncella*?» Scoppiarono tutti e due a ridere e io con loro.

Ci condusse in piscina, dove la nuora, Giada, era seduta su una sdraio a litigare con la figlia di tre anni. Giada ed Enrico avevano quattro bambine sotto i dieci anni, tutte vestite Ralph Lauren, Tommy Hilfiger e Lacoste, tutte bionde e con la faccia imbronciata. («Hai visto quel cavallo, quella bandiera americana e quel coccodrillo? Cinquecento euro al mese» ci disse Enrico a un certo punto. «È quello che do a Giada per vestire le bambine.»)

Giada aveva detto alle figlie che oggi non potevano fare il bagno in piscina. C'era vento; Francesca aveva avuto la tosse martedì. Non funzionerà mai, pensai. Chiedere a delle bambine di passare il pomeriggio tra il fianco della nonna, le sedie a sdraio e la tavola del pranzo? Ascoltare gli adulti che parlano limitandosi a guardare quell'acqua cristallina? Con quel caldo?

Raffaella stava già agitando i piedini nell'acqua e Anthony faceva i tuffi a bomba. Non gli avrei impedito di farlo. C'erano trentacinque gradi.

La figlia maggiore di Enrico cominciò a piangere e Giada urlò: «Quando dico no è NO!».

Prima che mi rendessi conto di quello che stava succedendo, Giada diede a sua figlia una sberla, veloce e precisa. Io e i miei figli eravamo responsabili di un abuso infantile? Giada intuì la mia preoccupazione. «Ma perché, tu non le suoni mai ai tuoi figli?» Le parole esatte in dialetto napoletano furono: «*Nu' ll'abbuffe maie 'e mazzate?*».

Sapevo che c'erano scuole in certe zone di Napoli dove gli insegnanti ancora colpivano gli alunni con il righello o li sculacciavano. Quando insegnavo inglese in una scuola dell'infanzia, il primo giorno il preside mi ha detto che se mi fossi accorta che stavo perdendo il controllo della situazione, non dovevo farmi problemi a usare le mani. Non forte, si capisce. Solo il necessario per farsi ascoltare.

Ma non avevo mai visto nessuno abile come questa donna: bam bam! Palmo! Dorso! In una frazione di secondo la bambina si immobilizzò vicino a sua madre, che parlava con la suocera dei peperoni ripieni.

Giada non chiama sua suocera signora Cardone o Angelica. Usa il termine che usano le nuore dei Quartieri: *mammá*. Con l'accento sull'ultima *a*, è la forma dialettale di *mamma*, e ha quindi un significato più intimo.

Visto che Enrico e Giada vivono con la famiglia allargata dei Cardone, le due donne trascorrono molto tempo insieme. Mentre i mariti mandano avanti i negozi, Giada e *mammá* programmano il menu quotidiano, fanno la spesa e cucinano tutti i giorni tre pasti che sono dei veri e propri banchetti. (Delle pulizie si occupa un'esile cameriera brasiliana in uniforme. Vedendo le padrone di casa così sovrappeso e la loro aiutante magrolina sembra di fare un salto indietro nel tempo, fino al secolo scorso.) La colazione è composta di torte e crostate fatte in casa, il pranzo e la cena comprendono un primo di pasta, un secondo di carne o pesce e almeno due elaborati contorni di verdura. Poiché i due uomini non tornano a casa per il pranzo, le mogli glielo impacchettano in modo che possano portarlo in negozio.

A Napoli, impacchettare il cibo è una forma d'arte. Si usano giornali, elastici, polistirolo, borse termiche, strofinacci, lacci e spago. Si valutano la temperatura e la distanza, e ostacoli tipo i regolamenti doganali di un paese straniero o la durata di un volo transoceanico sono considerati sfide stimolanti. Un'amica che fa la hostess mi ha detto che i napoletani si riconoscono sempre dalle confezioni di cibo che si tengono stretti quando salgono a bordo. Spesso si rifiutano di metterli nella cappelliera: dopotutto, chi sa qual è la temperatura esatta, là sopra?

L'ultima volta che sono tornata a Washington per Natale, zia Pia mi ha telefonato un paio di giorni prima del volo. «Abbiamo trovato il modo!» mi ha detto. Il modo per fare cosa? «Per portare il polpo a tuo padre!» Zia Pia sapeva che mio padre adora l'insalata di polpo ed era decisa a fargliela avere a tutti i costi. Dentro la valigia, che avevo già finito di riempire. Il suo piano prevedeva di infilare la viscida creatura nel mio trolley, dentro lo scomparto per la biancheria intima, avvolta negli strofinacci e nel pluriball. E se sgocciola? le ho chiesto.

«*Eeeeeeh... che vuoi fa'?*» mi ha risposto. Sono rischi che bisogna correre.

Poiché le melanzane fritte, il vitello arrosto e la pasta al forno per gli uomini di casa Cardone dovevano solo arrivare in città, Giada e la sua *mammá* hanno vita più facile. Tutto quello che serve è qualche vecchia copia del «Mattino», qualche Tupperware e degli elastici robusti.

Il signor Cardone uscì di casa in costume. Era alto e magro, con un sacco di capelli bianchi e la pelle color argilla scura. Si presentò, si sedette e accese una sigaretta.

«Giada, *vedi 'nu poco i peperoni, a mammá.*» Anche Angelica si era calata su una delle sdraio e voleva che la nuora controllasse i peperoni ripieni che erano in forno e che sapevano di Quartieri Spagnoli, dove la famiglia aveva le sue origini. Le sue frasi, che mirassero a ordinare, vezzeggiare o imprecare, terminavano sempre sottolineando la relazione che la legava al suo interlocutore. Le sue parole riconducevano tutti i membri della famiglia al suo petto ampio e abbronzato. A sua nuora: «Puoi controllare i peperoni, a mammá?». Alla nipote: «Ah, quanto sei bella, a zia!». Alla nipotina: «Piccola, soffiati il naso, a nonna».

«*Chetriii, viene ccà.*» Mi fece cenno di avvicinarmi. Non facevo parte della famiglia, perciò la frase non finiva con *mammá*, *nonna* o *zia*. Americana con quello strano nome, vieni qui.

Angelica si era concentrata sul fatto che venissi dagli Stati Uniti. Anche se di medicina non ne so proprio niente, spesso vengo considerata un'esperta solo perché sono americana. La gente mi chiede notizie dei nuovi interventi eseguiti negli Stati Uniti e quale medico è un luminare per quale malattia. Sono tanti gli italiani a credere che nella terra dei miracoli si possano curare tutte le malattie, purché si abbiano i soldi per pagare. Pensavo che Angelica mi avrebbe interrogata su qualche nuova tecnica di intervento laser per il suo problema agli occhi, invece no.

«In America ce l'avranno sicuramente una pillola per perdere peso. Ti puoi informare per me, bella? Quello che ci sta da pagare, lo pago.»

La fame di Angelica viene descritta da quello stecchino di suo marito come *totale*. Un appetito divorante, un buco nero di fame. Il sorriso e le paillettes della moglie brillano mentre Carmine descrive un incidente accaduto nei primi anni del loro corteggiamento, quando Angelica aveva scavalcato la cancellata appuntita di un vicino, alle tre di notte, per prendersi un cornetto Algida («Lo sapevo in che guaio mi stavo mettendo»). Anni dopo, poiché non poteva guidare lei stessa a causa della vista,

Angelica aveva costretto suo figlio, quindicenne e senza patente, a guidare per trecentoventi chilometri, per accompagnarla in una paninoteca fra le montagne del centro Italia («*Tenevo na famma 'e pazze* e avevo saputo che era il migliore»). Quando aveva dovuto farsi operare alle mani, aveva imparato a mangiare la pasta con i gomiti (ed era pure ingrassata!, ci disse orgogliosa).

Ascoltavo e ridevo, con le cosce sudate che si appiccicavano alla sdraio di plastica. Anch'io avevo fame. E caldo. Ma come spesso mi succedeva a Napoli, mi sentii assolta, e la mia fame, la mia prontezza nel buttarmi sui peperoni ripieni bollenti che Giada aveva tirato fuori dalla cucina (abbaiando alle piccole biondine che la intralciavano: «*Ué, te vuó spustà?*») non mi sembrarono patologiche. Solo umane.

Mentre ero seduta vicino a quella donna sorridente dalla fame impetuosa, ho pensato ai giorni in cui mi abbuffavo con tre pacchetti di Oreo alla volta. Ho immaginato Salvatore che se ne vantava a tavola con gli amici.

«Allora,» mi ha chiesto Angelica «voi americani la tenete una pillola per mangiare quello che voglio e non ingrassare?»

A Napoli, una fame come quella non è considerata una malattia o un disordine alimentare ma viene definita *totale*, come l'amore che Angelica nutre per i suoi figli e per i suoi nipoti. Così non le ho parlato del Prozac o dei farmaci antifame. Semplicemente, l'ho informata che, anche nella terra dei miracoli medici, quella è una cosa per cui non abbiamo ancora trovato la cura.

Burro di arachidi

Nella cultura tradizionale napoletana, fra i cibi che potrebbero danneggiare la salute di un bambino ci sono cracker, ketchup, hot dog, latte freddo, qualsiasi cosa in lattina, qualsiasi cosa sia stata surgelata e qualsiasi cosa si possa infilare in un forno a microonde. Ah, e tutto quello che vendono i supermercati. Bisogna consumare regolarmente pesce, ma non pesce d'allevamento: solo pesce di mare. E anche il mare ha la sua importanza: c'è differenza, per esempio, fra la sogliola dell'Adriatico e quella del Tirreno. Il pesce del Tirreno è quasi sempre migliore.

Nino, che interferiva di rado nelle nostre decisioni di genitori, chiamava una volta alla settimana per sapere se la piccola Raffaella aveva mangiato pesce, e quale. Così io avevo buttato Pinocchio alle ortiche e avevo cominciato a raccontare bugie a denti stretti.

Santo cielo, vivevamo a Roma. Salvatore lavorava tutto il giorno. Nessuno lo avrebbe scoperto, se davo ai miei figli Cheerios e cracker! Mi rifiutavo di trascorrere il tempo a lessare verdure per ore, quando ero sicura che quelle erano le verdure sbagliate e che i miei figli me le avrebbero tirate addosso. Non era molto meglio cantare

Un elefante si dondolava sopra un filo di ragnatela ballando il tip tap?

Il problema si poneva quando andavamo a Napoli e Anthony cominciava ormai a esprimersi bene in italiano. Con mio grande disappunto, raccontava spesso la verità. Colpa mia. Cosa mi era venuto in mente di leggergli tutta quella robaccia su Pinocchio? Avrei dovuto parlargli di Pulcinella, che racconta bugie e la fa sempre franca!

«La mamma apre le lattine di... mamma, come si dice *baked beans* in italiano? Fagioli? A me piacciono ma a Lella no, così lei mangia solo i cracker. Posso prendere un po' di ragù, nonna?»

«Tesoro, non è necessario raccontare sempre tutto alla nonna, sai?» gli dissi più tardi.

«I fagioli sono un segreto?»

«No, tesoro. I fagioli non sono un segreto. Ma la *lattina* sì! Le *lattine* sono sempre un segreto! E le bottiglie! O i barattoli! Il ketchup, la maionese...»

«E il burro di arachidi?»

«Di cosa stai parlando?»

«Di quello che mangi sul divano quando papà non ti vede.»

«Ssssshhhhh!»

Come faceva a sapere del burro di arachidi?

La mia migliore amica è Katrina, una donna del Connecticut che si è trasferita in Italia più o meno quando mi sono trasferita io. Fresca di diploma alla Smith, è arrivata qui nel 1998 con i suoi fermacoda e le sue rispettabili camicette di Banana Republic e nel giro di poco ha cominciato a uscire con ragazzi italiani traboccanti di testosterone, che avevano troppe mani e le mettevano in troppi posti. Ora, diciassette anni dopo, ci chiamiamo ogni volta che dobbiamo risolvere problemi amletici tipo: se mancano le gocce di cioccolato e il lievito in polvere a doppia azione, si possono preparare lo stesso i biscotti con le gocce di cioccolato, o verranno duri come sassi?

Anche Katrina è una donna adulta, con una famiglia, una carriera e un titolo di studio, costretta come me a nascondersi quando mangia il burro di arachidi. Ci chiamiamo sempre quando arriva il meraviglioso momento di sedersi sul divano con i cracker, una Diet Coke e un vasetto di burro di arachidi. Dobbiamo farlo quando i nostri mariti sono fuori per lavoro: il nostro è uno spuntino clandestino. Abbiamo analizzato l'avversione italiana per il burro di arachidi e abbiamo deciso che non è solo un problema di consistenza (O mio Dio! S'incolla al palato!) o di provenienza (Chissà cosa ci mettono nel cibo *lì*); è un problema di snobismo.

Per gli italiani a essere dozzinale non è chi mangia le noccioline, ma le noccioline stesse. Il marito di Katrina, Gianluca, che non solo è italiano ma lavora anche nel settore food, mi ha spiegato che certa frutta secca è *nobile* e altra no. A quanto pare, la frutta secca più nobile e aristocratica sono i pistacchi. Le noci sono abbastanza altezzose, e poi vengono le nocciole e gli anacardi. Le più *cafone* sono – bravi, avete indovinato! – le arachidi. Avere una moglie che non solo mangia frutta secca plebea, ma addirittura la mangia in quell'orribile versione americana confezionata, *sul divano*, è una specie di disonore.

Anthony mi aveva scoperta. "Non vi preoccupate," ero pronta a dire a mio suocero se la cosa fosse venuta fuori "è vero, sono messa male, ma i vostri nipotini sono al sicuro: non corrono il rischio di venire contaminati dalla frutta secca plebea e confezionata."

Non posso dire lo stesso dei sandwich.

'A marenna

«Pescare non significa solo prendere pesci. Significa silenzio, diventare tutt'uno con la natura. Respirare l'aria di mare. Ascoltare lo sciabordio delle onde. È il processo che conta, non il risultato. E se peschiamo un pesce, poi lo ributtiamo in acqua.» Nessuno mi interrompeva. Mi trovavo nel bel mezzo di una gita che aveva uno scopo ambientalista e umanitario. Dopotutto, si trattava di un'occasione unica per insegnare qualcosa a mio figlio! Ero una mamma americana che non avrebbe visto i suoi figli depredare il mondo! Che non avrebbe visto suo figlio vantarsi con i compagni di asilo di quanti pesci aveva pescato e quanto erano grossi! Non avrei cresciuto un piccolo Mussolini trionfante in Etiopia!

Nonna Raffaella aspettava paziente che stessi zitta.

Anthony mi ignorava completamente, impegnato com'era ad aiutare suo padre a infilare l'esca, una scivolosa testa di gambero, sull'amo.

Era il 2009, la primavera era appena iniziata e noi eravamo a Napoli per il weekend. Avevamo sceso i ripidi gradini fino a Marechiaro, un angolo mozzafiato di costa rocciosa. In un ristorante sulla scogliera ci avevano consigliato un punto dove i pesci abboccavano. Lontano dai rifiuti, l'acqua era cristallina e tutti noi avevamo trovato uno scoglio piatto dove sederci. Il sole brillava, i bambini erano eccitati e io ribollivo di insegnamenti da impartire.

Ero così di buonumore perché quel giorno, per la prima volta, i miei figli avrebbero potuto mangiare dei panini alla luce del sole. Davanti alla loro nonna. Avevo insistito molto, nonostante lo sconcerto di Raffaella. Volevo che tutti capissero che il mondo non si sarebbe fermato se non ci fossimo trascinati a casa a preparare la pasta con le verdure o un arrosto di maiale. Era una giornata bellissima: potevamo comprare dei panini e rimanere fuori per pranzo.

Esperienze formative e panini! Ero decisamente euforica.

Ci eravamo fermati in una piccola salumeria, prima di affrontare gli scalini fino al mare. Il vecchio dietro il bancone, con le unghie sporche (di olio? di basilico?) aveva aspettato pazientemente: «Anthony, tu vuoi il tonno? Con che tipo di pane?» e «Lella lo mangia il prosciutto crudo?» e «Katherine, vuoi fare metà peperoni e metà fiordilatte?». Il salumiere ci aveva consigliato quale formaggio si abbinava meglio alle melanzane fritte e mi disse di no quando gli chiesi un panino con ricotta e zucchine. («Non si sposano bene,» mi disse «anzi, fanno proprio a pugni.») Eravamo rimasti nel negozio per quasi un'ora.

Una piccola spiegazione sui panini napoletani. In dialetto, un panino come si deve si chiama *marenna*, che è una derivazione di *merenda*. Il che spiega, credo, come viene considerato il panino: non è un vero pasto. Le *marenne* si mangiano nei cantieri e allo stadio. Sostituire con una *marenna* un pasto composto da primo, secondo, verdura e frutta è il sacrificio che compiono gli operai napoletani per lavorare e i tifosi del Napoli per seguire la loro squadra.

Quando Salvatore frequentava le medie e le superiori, il Napoli era all'apice dei suoi risultati sportivi. Grazie al *pibe de oro* Diego Maradona, il Napoli sbaragliava tutte le altre squadre della serie A, inclusi gli storici, imbattibili club del Nord: Juventus, Inter e Milan. Dopo sessant'anni di egemonia nordica, Maradona aveva regalato al Napoli ben due scudetti. (Maradona è ufficiosamente il santo patrono della città. I tifosi devoti portano ancora fiori e accendono candele davanti al suo altare, in centro. Lui ora, per fortuna, ha smesso di sniffare cocaina ed è diventato allenatore.)

La domenica, durante il periodo d'oro del Napoli, i ragazzi che non avevano i biglietti per vedere la partita, si alzavano all'alba e rischiavano la vita scavalcando i cancelli, per sgattaiolare nello stadio San Paolo.

Salvatore e i suoi amici, che avevano i biglietti, andavano allo stadio con i panini. Cioè, tutti tranne Gino. Gino aspettava di sentire i risultati da casa, perché non riusciva proprio a mangiarli, i panini.

Di recente, io e la mia famiglia siamo andati a Monaco, per vedere la partita Napoli-Bayern. C'erano migliaia di tifosi napoletani, alcuni dei quali avevano viaggiato sul nostro stesso volo Alitalia. Dopo il decollo, abbiamo cominciato a sentire odore di peperoni fritti. Le *marenne*, abilmente impacchettate, erano uscite allo scoperto... ed erano solo le otto di mattina! Incuriosita, ho chiesto chiarimenti a uno dei ragazzi. «*Signó*» ha esordito. (Santo cielo, come sono invecchiata! Questi non ci pensano due volte a darmi della signora.) «Siamo in trasferta. *Chesta è 'a marenna.*»

Erano ragazzi educati. Sono tornata al mio posto con metà di uno dei panini più succulenti che io abbia mai assaggiato. Ho cercato di protestare: «No, grazie». «Davvero, ho appena bevuto il cappuccino.» «Poi non ce l'hai più per la partita.» Non c'è stato niente da fare. Chiaramente non avevo altra scelta che accettare la *marenna*.

«Papà, quando arrivano i pesci?» Anthony era fermo da venti minuti con la canna in mano. Voleva prendere un pesce, *subito*. Ecco, Salvatore, avanti! È il momento buono per parlargli del valore della pazienza... E invece: «Adesso, amore. Me lo sento!».

Nonna Lella inviava messaggi con il cellulare. E allo stesso tempo giocava a nascondino con la piccola Lella e rivolgeva parole di incoraggiamento ad Anthony e Salvatore. «Ma certo, ne prenderete tanti! E stasera ve li cucinerò fritti!» esclamò tutta allegra. Io avevo smesso di dispensare consigli filosofici e mi stavo rendendo conto che sarebbe stato molto frustrante anche per me, se non avessimo pescato niente.

«Vado in bagno! Torno subito.» Nonna Lella si avviò verso il ristorante lungo la scogliera. Quando tornò, Anthony e Salvatore non avevano ancora pescato niente ed eravamo tutti accaldati, affamati e frustrati. Raffaella disse ad Anthony che aveva visto un granchio proprio dietro quello scoglio laggiù: «Vedi se riesci a prenderlo, amore!». A quel punto, tirò fuori dalla sua Vuitton un sacchetto di plastica con dei pesci morti e un piccolo scolapasta.

«Il granchio stava proprio là! Non può essere andato troppo lontano...» Lo distrasse con le parole mentre le mani volavano. Fece sparire il sacchetto di plastica, lasciò cadere tre pesci nel colapasta e lo immerse nell'acqua. Era pronta. «Anthony! Vieni!»

C'era stupore dipinto sul viso di mio figlio, quando tirò su lo scolapasta. Nonna Lella lo afferrò immediatamente, perché non si accorgesse che i pesci erano morti. «Tre! Ne hai presi tre! E sono lunghi almeno dieci centimetri! Amore, sei bravissimo!» Bada a te, Etiopia!

Tutti guardammo e scoprimmo che non erano solo morti, ma anche decapitati.

La nonna era andata nella cucina del ristorante e aveva chiesto allo chef qualche pesce per la *creatura*. «Sta pescando, e ci rimarrà male se non prende niente... Che ne dice di questi?»

«Signora, ho appena tolto le teste. Stavo per friggerli...»

«Vanno benissimo! E già che c'è, ha anche un retino o qualcosa di simile per far credere al bambino che li ha presi lui?»

Che problema c'è?

«Si tratta di pesci molto rari. Si chiamano scorfani scapezzati, proprio perché non hanno la testa» spiegò la nonna ad Anthony, quando lui le chiese perché i pesci che aveva pescato non ce l'avevano. «Sono difficilissimi da prendere. E sono buonissimi. Stasera, frittura di pesce! E adesso tiriamo fuori le nostre *marenne*.»

Ributtarli in acqua? Quello che conta è il processo e non il risultato? Nella vita bisogna avere pazienza? Aveva perfino inventato un nome per i pesci! Alla faccia dell'insegnamento. Se non altro potevamo consolarci con i nostri panini.

Aprii la borsa e subito pensai: "Accidenti, avremmo dovuto mettere delle etichette, così sapremmo quale panino è per chi, senza aprirli tutti. Vediamo". Tirai fuori il primo e vidi qualcosa scarabocchiato sulla carta marrone. *Entoni*? Cosa voleva dire? Ne tirai fuori un altro: *Nonna.*

Poi: *Papà Salva. Piccola Lella.* Quando tirai fuori l'ultimo mostro oleoso e succulento dal fondo del sacchetto, lessi *Mami Ketrin*.

Mentre chiacchieravamo nel negozio, il salumiere si era concentrato sui nostri nomi e, ovviamente, sui legami che ci univano. Non aveva scritto solo Salvatore o Ketrin, ma anche *papà* e *mami.* Queste *marenne*, i primi panini in assoluto per i miei figli, erano stati preparati specialmente, personalmente e amorevolmente per ognuno di noi. Il sole brillava ancora e avevamo pescato dei rari, deliziosi scorfani scapezzati con uno scolapasta. Insegnamenti o no, le cose avrebbero potuto andarci molto peggio.

Raffaella Junior

Nonna Raffaella aveva tre nipoti maschi, che aveva cercato di vestire di pizzo fino alle elementari. Quando è nata una nipotina, la sua passione per i vestiti è schizzata alle stelle. Fin tanto che ha potuto, nonna Raffaella ha vestito la piccola Raffaella con cose meravigliose, che pizzicavano, costavano un sacco di soldi e non si potevano lavare in lavatrice.

Ma a un certo punto la mia piccola napoletana-americana si è *scetàta.*

Da bambina, una sola cosa per me era una verità profonda e immutabile: che mia madre era bella e che sapeva come vestirsi. Sapevo anche che solo le persone ricche, pigre e stupide facevano shopping da Neiman Marcus o Lord & Taylor (noi di sicuro non potevamo permetterci di farlo, ci aveva convinte lei, e non lo avremmo fatto nemmeno potendo!).

Le donne intelligenti facevano acquisti in un solo e unico negozio: Loehmann's.

Imparammo la matematica durante i saldi, calcolando per la mamma il prezzo dei capi con il bollino rosso. Ci chiedeva: «Qual è il prezzo finale?». (Cioè: quanto ha risparmiato la vostra mamma?) Da Loehmann's Anna e io avevamo imparato a fare le addizioni, le sottrazioni e a calcolare le percentuali. Avevamo imparato che, se eri in gamba, potevi comprare un abito da sera di Ralph Lauren per il National Symphony Ball a soli 13,99 dollari, e avere un aspetto fantastico.

Purtroppo scoprimmo anche la mortalità dell'essere umano, da Loehmann's, quando vedemmo una signora anziana crollare sotto la montagna di vestiti che stava cercando di portare in un camerino del negozio di Rockville, nel 1984. «Ragazze,» ci disse mia madre «vedete, probabilmente anch'io me ne andrò così.»

Sfortunatamente (in realtà, una vera e propria tragedia per mia madre), da Loehmann's non vendevano abiti per bambini. Perciò, quando arrivò il momento di portare dei vestitini dall'America a sua nipote, Bonnie comprò capi comodi ed economici in altri outlet. Aspettava con ansia il giorno del grande rito di passaggio, quello in cui avrebbe portato la piccola Raffaella nel camerino di Loehmann's per trovare l'affare di tutti gli affari. Nel frattempo, niente colletti di pizzo e scialbi colori pastello. Solo leggings leopardati di T.J.Maxx a 2,99 dollari e felpe fluorescenti di Marshall's a 6,99 dollari (invece che 19,99 dollari!).

La piccola Raffaella se ne innamorò subito. Quelli *sì* che erano vestiti!

Mia suocera era disperata. Quando andavamo a Napoli, stendeva sul letto della piccola Raffaella scaldacuore di cachemire rosa e vestitini pieni di volant. "Sorpresine" che la piccola Raffaella piegava e rimetteva sul letto della nonna in silenzio, quando nessuno guardava.

«Raffa, amore, hai visto il regalo di nonna?» le chiedeva Raffaella a pranzo, con un sorriso che nascondeva l'importanza dell'abito.

Mia figlia ignorava la domanda e chiedeva ancora un po' di pasta al forno. «È buonissima, nonna! La più buona pasta al forno che tu abbia mai fatto!»

I volant non facevano per lei.

Io non mi intromettevo. Ero orgogliosa. Mia figlia sapeva destreggiarsi con naturalezza fra i suoi due mondi, le sue due identità. Poteva apprezzare i piatti divini che preparava sua nonna, ma dire "no, grazie" a pizzi e ricami.

Quando finalmente nonna Raffaella si è arresa, la piccola Raffaella aveva quasi sette anni. Mia suocera è venuta a Roma con una scatola da scarpe, nell'ultimo disperato tentativo di salvare la nipotina. «Le scarpe, Ketrin. Solo le scarpe» mi ha detto in un orecchio, sull'orlo delle lacrime. Almeno questo.

Erano delle scarpe di vernice col cinturino. Non c'erano speranze. Anche stavolta mi sono tenuta in disparte, lasciando le due Raffaelle nella stanza di mia figlia a vedersela fra loro. Ma attraverso la porta ho origliato qualche parola. «Amore, hai visto come stai meglio? Come sei elegante? È tutta un'altra cosa!»

E poi mia figlia, che cercava di spiegare pazientemente a sua nonna una verità lampante: «Ma nonna, non capisci? Posso correre molto più veloce con queste scarpe da ginnastica! E se si sporcano non è un problema. Bonnie le ha trovate con il settanta per cento di sconto da Target.»

Lasagne

Se mettessero in scena il Nuovo Testamento a Napoli, sono due i ruoli nei quali vedrei bene nonna Raffaella. Uno è quello della prima attrice, la Vergine Maria, e l'altro è un personaggio senza nome, chiamato semplicemente "un amico".

Prima, Maria. La sua battuta più importante è una delle mie parole italiane preferite. *Eccomi.* Una parola in cui le vocali fluiscono nelle consonanti, una parola che riassume l'approccio alla vita della Vergine. Quando l'Arcangelo Gabriele è venuto a darle l'annuncio, la sua risposta è stata «Eccomi», non «Cosa cavolo dici?!» o «Non sono nemmeno sposata» o «Quando? Perché prima pensavo di finire l'università.» Solo un semplicissimo *Eccomi.*

Ed è la stessa espressione che usa nonna Raffaella quando qualcuno le chiede aiuto, un po' del suo tempo, un piatto di lasagne. «Raffaella? Salvatore è davvero un po' giù e stressato per il lavoro. Puoi preparargli il tuo sartù di riso?» *Eccomi!* «Raffaella? I bambini mi sfiniscono. Puoi tenerli tu per un paio di giorni, così posso riposare?» *Eccomi!* Niente domande o ricatti emotivi. Sono qui.

L'altro ruolo, per Raffaella, sarebbe quello dell'uomo che trova un modo per portare l'amico paralitico nella casa dove Gesù sta operando i suoi miracoli. La casa è affollata e ci sono un sacco di persone anche fuori, che cercano di entrare. Una moltitudine di storpi, malati, disperati. L'amico apre un buco nel tetto e con l'aiuto di altri presenti cala il paralitico nel punto in cui Gesù sta predicando.

"Che problema c'è?" direbbe Raffaella al suo amico paralitico. "Ti faccio entrare io. Che ce ne facciamo di una porta?"

La immagino studiare allegramente la struttura della casa e trovare gli attrezzi giusti. La immagino chiamare tre amiche (tutte e tre napoletane, tutte e tre con dei caftani di Pucci) che la aiutino a praticare un buco nel tetto. Le immagino calare il loro amico davanti a Gesù, senza nemmeno riuscire a intravederLo. Calare giù l'amico e tornare a casa in tempo per preparare il pranzo alla famiglia.

La scorsa estate, Raffaella ha invitato a Positano alcune delle sue amiche bionde e botulinizzate per una settimana di mare fra ragazze. Niente uomini. «E Nino?» le ho chiesto. Suo marito ormai ha superato gli ottant'anni e dipende in tutto e per tutto da lei. «L'ho sistemato» ha risposto. «Mitzi si occuperà del mangiare e gli ho organizzato un torneo di burraco tutti i pomeriggi. E lo sai, Ketrin? Ci vuole. Devo prendermi cura anche un po' di me stessa.»

Cinque signore hanno infilato i loro luccicanti bikini fucsia nelle valigie di Vuitton e si sono avviate verso Positano, per trascorrere una settimana di mare con Lella. Durante il giorno prendevano il sole e leggevano. La sera giocavano a carte fino alle tre. E il cibo? «A volte, Ketrin, una non ha proprio voglia di cucinare.»

Raffaella faceva preparare a Mitzi risotto, caprese e *babà*, a Napoli. Gli aveva insegnato bene e i piatti erano quasi buoni come i suoi. Sembrava che cominciasse a fidarsi di lui. Ma come faceva Mitzi a portare tutta quella roba a Positano? Mitzi non guida e Raffaella non poteva certo portarsela dietro diversi giorni prima!

Un buco nel soffitto per far passare un paralitico? Farsi consegnare un autentico banchetto in spiaggia, a Positano? Perché no?

Mitzi lo srilankese arrivava da Napoli in aliscafo, con il suo berretto da baseball in testa. Raffaella gli andava incontro con il suo fluttuante copricostume insieme a tre delle sue amiche ed esaminava il cibo, per essere sicura che fosse di loro gradimento. «Controlla che Nino sia vestito come si deve per il torneo di burraco di oggi pomeriggio alle quattro» gli ricordava, dopo averlo ringraziato per la consegna. Poi gli comprava un croissant e un bicchiere di latte freddo, prima di rimandarlo a Napoli con l'aliscafo successivo.

Quando la settimana di mare è finita e Nino è andato a prendere sua moglie al porto, l'ha trovata radiosa e ringiovanita. Lei e la sua comitiva sono scese dall'aliscafo parlando tutte insieme, poi Raffaella è corsa da Nino, lo ha baciato e gli ha accarezzato una guancia. La sua era un'esuberanza da ragazzina, non quella di una signora di sessantacinque anni. Era pronta a tornare a casa e a godersi la vita domestica, come si era goduta quella settimana di vacanza con le amiche. Quando Nino ha messo un po' il broncio, lamentandosi che se ne era andata per una settimana a divertirsi senza di lui, gli ha chiesto cosa poteva preparargli per cena.

«Lasagne» ha risposto Nino. Elaborato, di lunga preparazione, il suo piatto preferito. Mitzi, dopotutto, non le prepara come le prepara lei. E Raffaella ha risposto a quello che è suo marito da quarant'anni con una parola sola: *Eccomi*.

Insalata

Io so condire l'insalata molto bene. Ce l'ho nel sangue. Mio nonno, il predicatore di origini italiane, era famoso per le sue insalate. Quando nella sua chiesa a Hinton, nel West Virginia, organizzava delle cene in cui tutta la congregazione portava qualcosa, nessuno si aspettava che mia nonna cucinasse. Lei non scioglieva i marshmallow sulle patate dolci e non stava lì a pillottare l'arrosto. Comprava la lattuga, coglieva i pomodori, tirava fuori la grossa insalatiera di legno e poi cedeva il posto al reverendo Salango.

Non saprei dire quanto olio, aceto, sale e pepe o aglio usasse lui e quanti ne usiamo io e mia madre. Impossibile quantificare le dosi di feta o cipolla; impossibile descrivere a parole come facciamo. Il che è segno, come ho imparato a Napoli, che lo sappiamo fare molto, molto bene. Le insalate fanno parte del nostro dna.

Ho preparato la mia prima insalata per Raffella a Roma, nella nostra cucina americana. Aveva aperto la sua valigia magica, piena di mozzarella, parmigiana di melanzane, lasagne e pizzette. Salvatore e i bambini si erano tuffati dentro e io le avevo chiesto cosa voleva per pranzo.

Si era alzata alle sei per cucinare e comprare la mozzarella fresca, ed era appena arrivata con l'Eurostar. «Solo un'insalata, grazie, Ketrin.»

Mi sono messa al lavoro. Senza pensare, pesare o valutare, ho preparato l'insalata così come so fare io. Ho detto a Raffaella di sedersi e mangiare. I bambini potevano aspettare. La servivo io.

«Ketrin, è fantastica! È l'insalata migliore che io abbia mai mangiato» ha detto. «Il prossimo venerdì organizzo un pranzo con le mie amiche: potresti insegnarmi a prepararla? Ce n'è ancora? Puoi prepararne dell'altra?»

Ho tirato fuori un barattolo in cui versare il condimento. Mentre schiacciavo l'aglio e dosavo l'aceto, ho sentito i bambini e Salvatore che ridevano e si contendevano il contenuto della valigia. Papà, io voglio la mozzarella! Quella è mia! Lella, lascia qualche pizzetta anche per gli altri!

Ce n'è a sufficienza, gridai. Vedrete che tutti si leveranno la fame.

Ho avvitato il tappo del barattolo e l'ho avvolto nella pellicola. Poi l'ho impacchettato con un foglio di giornale e l'ho legato con alcuni elastici per tenerlo fermo. Fatto: Raffaella poteva portarlo con sé in treno quando tornava a Napoli.

Vi prego di dare il giusto valore alle dosi contenute nelle seguenti ricette. Non è stato facile recuperarle. Mentre Raffaella versava, rimescolava e parlava, io chiamavo di nascosto Mitzi, che stava pulendo il tappeto in soggiorno, per chiedergli quanto olio c'era nella pentola, o quanto pesava quel pezzo di mozzarella. Ho dovuto usare il timer del mio iPhone per sapere da quanto tempo la carne soffriggeva. Meglio farlo all'insaputa di Raffaella: se le avessi chiesto le dosi esatte, mi avrebbe rivolto solo uno sguardo confuso e afflitto. Misurare le dosi le avrebbe levato tutto lo sfizio del cucinare.

Ragù

(6-8 porzioni)

1 cipolla dorata media, tagliata a dadini
120 ml di olio extravergine di oliva
350 gr di gallinella di maiale[1] tagliata in tre pezzi
350 gr di stinco di vitello tagliato in tre pezzi
2 costine di maiale (per un totale di circa 350 grammi)
1 bicchiere di vino rosso
50 g di concentrato di pomodoro
6 lattine da 400 gr dei pelati più puri che riuscite a trovare (controllate gli ingredienti! leggete qui sotto!)
Sale a piacere
Qualche foglia di basilico
700 gr di rigatoni
Una manciata di sale grosso per salare la pasta
100 gr di parmigiano grattugiato
Pane fresco

Mia suocera sa che siete impegnati («*Chiste tengono che ffà, non tengono tiempo*» dice), perciò ecco la ricetta del ragù da preparare in tre ore invece che dodici. Sa

[1] La *gallinella di maiale* è un termine napoletano che si riferisce alla parte inferiore, carnosa e muscolosa, della coscia del maiale. Anche se sono una Wilson (*Del maiale sfruttiamo tutto, tranne i grugniti!*), non ho idea di quale sia il suo nome nelle altre regioni d'Italia; forse *sovracoscia*? Chiedete al vostro macellaio. L'importante è che sia polposa e tagliata in tre pezzi di circa 5 cm di lato.

anche che preferireste usare l'olio, invece del lardo, e che forse non tutti hanno una pentola di terracotta. Ed ecco che viene incontro alle vostre esigenze, con la sua ricetta del "ragù di corsa".

Prima di tutto, infilatevi un grembiule e non sognatevi di toglierlo finché non avrete spento i fornelli. Quando il ragù comincia a bollire, non c'è scampo per nessuno. Prendete una pentola capiente e con i bordi alti. (L'altezza è importante quando il sugo schizza: Raffaella si preoccupa per la vostra cucina, oltre che per i vostri vestiti.) Tagliate a dadini la cipolla e mettetela nella pentola con l'olio.

Non vi ho ancora detto di accendere il fuoco, perciò portate pazienza. Sistemate tutti i pezzi di carne sulle cipolle e sull'olio, e premeteli bene con le dita: stinchi e costole, maiali e mucche... tutti insieme vicini vicini, in fondo alla pentola fredda.

Ora è il momento di accendere il fuoco, a fiamma medio-bassa. La cipolla si deve imbiondire e la carne deve rosolare. Nel frattempo potete svuotare la lavastoviglie o lavare una padella. Anche voi potreste essere tentati, come me, di continuare a guardare nella pentola per controllare che vada tutto bene. Lasciate perdere. È come allevare dei bambini. Sono sempre lì, nei vostri pensieri, ma non bisogna stargli sempre addosso. Non trasformatevi in genitori iperprotettivi per il vostro ragù.

Ogni tanto muovete i pezzi di carne con un cucchiaio di legno, in modo che non si attacchino al fondo della pentola. Dopo 8-9 minuti, girateli. La carne sta espellendo acqua e continuerà a farlo per circa 20 minuti. Fintanto che c'è acqua nella pentola, è presto per aggiungere il vino. Si capisce che c'è ancora acqua per via di tutte le bolle marroni. (Pensavo che fosse l'olio che bolliva, invece no, è l'acqua. L'olio non bolle. *Quando friggi, friggi bendata, Ketrin?*)

Quando la carne si è rosolata, le cipolle sembrano un po' bruciacchiate e le bolle sono diminuite, alzate la fiamma. Bagnate ogni pezzo di carne con del vino rosso, come se steste battezzando qualcuno. (Nel nome del Padre, del Figlio e dello Spirito Santo.) Godetevi il rumore che fa. Dopo un minuto o due ripetete, fino a quando non avrete finito tutto il bicchiere di vino.

Continuate a raschiare con il cucchiaio il sugo di cottura dalle pareti e dal fondo della pentola. I pezzi di carne dovrebbero muoversi più facilmente, ora, e guardando le pareti dovete pensare che non riuscirete più a pulirle, nemmeno fra un milione di anni.

A piccole dosi, grandi quanto un mezzo cucchiaino da tè, versate il concentrato di pomodoro nel liquido bruno, fra i pezzi di carne. Poi stemperatelo con il dorso del cucchiaio di legno. Il concentrato deve fondersi con il liquido nella padella. (Ormai sono trascorsi circa 45 minuti, ma non disperate! L'*avviamento* del ragù è quasi finito. Fra poco arriverà il momento di mandarlo al college.)

Una parola sui pomodori che state per versare nella pentola. Idealmente, i pelati che vi aspettano pronti sul bancone avreste dovuto metterli sottovuoto voi, d'estate, insieme alle donne della vostra famiglia. Visto che con molta probabilità non è così, dovete fidarvi della marca di quelli che avete comprato in scatola. Negli ingredienti deve esserci scritto POMODORI e basta. Okay, un pizzico di sale ci può stare. Ma se c'è scritto dell'altro... Raffaella vi insegnerà come prepararli in casa. Origano? Aglio? Conservanti? *Scordateveli.*

Con un frullatore a immersione, frullate tre lattine di

pelati e versateli nella pentola. Continuate a raschiare il fondo e le pareti. Dopo qualche minuto, frullate le altre tre lattine e aggiungetele al ragù ormai rosso.

Abbassate al minimo la fiamma – piano piano, piano piano! – e coprite la pentola. Adesso potete tornare alle vostre occupazioni abituali. (Ma non toglietevi il grembiule, perché fra un'ora il ragù comincerà a sollevare una tempesta di schizzi.) Il suono che finora è stato uno sfrigolante *zzzzzzzsssssshhhh* adesso è diventato un più rilassato *blop... blop... blop* che Raffaella chiama *purpulliare*. (Pensavo che il verbo fosse *pippiare*, ma ho sentito anche dire *pappulià, pippulà...* a quanto pare in napoletano ci sono tanti modi per dire che il ragù sobbolle quanti ce ne sono in esquimese per dire "neve".)

Controllate il ragù ogni mezz'ora circa. Sollevate il coperchio dalla pentola e asciugate l'acqua accumulata dal vapore. Salate e aggiungete qualche foglia di basilico. Mescolate il ragù e assicuratevi che non si attacchi alla pentola. Ammirate come si addensa, come il colore si fa più scuro e più *arraggiato*, termine napoletano che significa "arrabbiato", ma anche "denso, concentrato". Una bomba.

Coprite ancora la pentola. Dopo due ore potete tirare fuori tutti i pezzi di carne tranne le costine, che lascerete dentro fino alla fine. Quando il ragù ha cotto per tre ore, spegnete la fiamma. Lessate i rigatoni in acqua bollente (usate il sale grosso per l'acqua della pasta, mai quello da tavola!) e dopo averli scolati, rovesciateli nel ragù rosso scuro. Cospargete di parmigiano e serviteli con del pane fresco per fare la scarpetta. Potete servire i pezzi di carne una volta finita la pasta, mai insieme.

Ecco fatto. Adesso potete togliervi il grembiule.

Insalata di polpo

(6-8 porzioni)

1 polpo di 1 kg circa
5 gr di prezzemolo tritato, più una manciata per guarnire
120 ml di olio extra vergine di oliva
1 spicchio d'aglio, tagliato in quattro
Sale
60 ml di succo di limone, più fette di limone extra per guarnire

Raffaella inizia a cucinare il polpo con questa raccomandazione: assicurati che il polpo sia *verace*: un polpo napoletano, non uno di quegli impostori che vengono dall'Oceano Indiano. Potete anche fidarvi del vostro pescivendolo; per quanto ne sa Raffaella potrebbe essere stato il vostro testimone di nozze, ma assicuratevi comunque che vi abbia venduto un polpo *verace*: un polpo genuino, fresco come se ieri fosse stato ancora aggrappato agli scogli di Marechiaro.

Per capirlo, bisogna cercare una doppia "corona" di ventose su ciascun tentacolo. O ci sono due file parallele di ventose, o vi hanno fregato. Se è verace, allora tirate fuori il batticarne e il tagliere e dateci dentro. Battete il polpo con tutta la forza che avete. Spappolate tutte le sue viscide cellule grigie. Poi, con più calma, sciacquatelo sotto l'acqua corrente e accarezzatelo per tirare via delicatamente tutti i filamenti scuri.

Rovesciate la sacca della testa con le dita (*cucù!* esclama sempre Raffaella con un sorriso furbo) e tirate fuori tutta la vescica dell'inchiostro. Ficcate le dita bene in fondo sotto la testa per rimuovere il becco del polpo.

In una pentola capiente, fate bollire l'acqua con un turacciolo di sughero. Tenete il polpo per la testa e immergete tre volte i tentacoli nell'acqua bollente. Ammirate la nuova "permanente" del polpo. Immergete tutto l'animale nell'acqua, abbassate la fiamma e coprite. Dovete mantenere un *bollo* dolce, vale a dire che l'acqua deve sobbollire senza traboccare. Per riuscirci, Raffaella appoggia il mestolo di legno fra il coperchio e il bordo della pentola.

Cuocete il polpo per 20 minuti. L'acqua diventerà rosa scuro, come un vino rosé. (Nella vecchia Napoli, un tempo, l'acqua in cui era stato cotto il polpo si beveva condita di sale e pepe il 5 gennaio, la notte prima dell'Epifania. Veniva servita con la punta di un tentacolo, detta anche *'a ranfetella*, che galleggiava nella tazza, e a quanto pare era un ottimo corroborante. Se qualcuno vi serve un caffè troppo leggero e voi volete farglielo presente, potete dire: «Ehi, in questo brodo di polpo ci manca *'a ranfetella*!»)

Spegnete la fiamma e lasciate riposare il polpo nella sua acqua finché non si raffredda. Ci può volere un bel po' di tempo, perciò se volete velocizzare la cosa e fa abbastanza freddo, mettete la pentola fuori, sul balcone. Quando si è raffreddato, prendete il polpo e tagliatelo a pezzi di un centimetro e mezzo circa. Tritate il prezzemolo (il modo più veloce è tagliarlo con le forbici) e mescolatelo al polpo condito con olio d'oliva, aglio e sale. Lasciate insaporire l'insalata almeno un'ora a temperatura ambiente. Prima di servire aggiungete il succo di limone e decorate con fettine di limone e foglie di prezzemolo.

P.S.: Raffaella si preoccupa per la puzza di pesce in cucina, sulle pentole e sulle dita. Spera, per il vostro bene e per quello di tutta la vostra famiglia, che abbiate acceso la cappa di ventilazione. Per quanto riguarda le stoviglie e le mani, sfregate dei fondi di caffè umidi sulle pentole e sulle dita, prima di lavare tutto con il sapone per i piatti.

Parmigiana di melanzane

(6-8 porzioni)

1 kg di melanzane (verificare sotto le caratteristiche)
1 lattina di pomodori pelati interi da 400 gr
15 foglie di basilico
1 spicchio d'aglio
Sale a piacere
500 ml di olio di arachidi
100 gr di parmigiano grattugiato
150 grammi di fiordilatte del giorno prima, tenuto in frigo (altrimenti è troppo acquoso), tagliato a dadini

Le melanzane devono essere lunghe, affusolate, sode e così scure da sembrare nere. Insomma, come una donna italiana alta e snella dopo un'estate sulla spiaggia di Positano. Raffaella dice che le melanzane con meno polpa e semi (che maturano in estate e all'inizio dell'autunno) sono le migliori per preparare una parmigiana. Quelle che si trovano in inverno tendono a essere più carnose e acquose all'interno, e vanno lasciate asciugare per almeno una giornata. Altrimenti, tutta la polpa assorbe l'olio e la parmigiana risulta unta. E uno degli insulti peggiori per un napoletano è dirgli che la sua parmigiana è unta.

Tagliate via i piccioli e usate un pelapatate per togliere due lunghe strisce di buccia su entrambi i lati delle melanzane. Poi tagliatele (di nuovo per il lungo) a fette di circa mezzo centimetro di spessore. Ogni fetta deve essere contornata da un filo di buccia, ma nessuna fetta deve avere il lato completamente viola. Sistemate le melanzane su una placca da forno e lasciatele fuori ad asciugare. (Metterle al sole sul balcone sarebbe l'ideale, ma se non è possibile, tenetele in casa. E dite agli altri di fare attenzione a non rovesciarle, raccomanda Raffaella.)

Per eliminare tutta l'acqua dalle melanzane, lasciatele respirare il più a lungo possibile. Quando le prenderete per friggerle, noterete delle impronte umide sulla placca. Va benissimo: significa che le fette friggeranno velocemente e senza assorbire olio.

Prima di friggere le melanzane, preparate la salsa di pomodoro. Con un frullatore a immersione, frullate i pelati (ricordatevi che sulla lattina deve esserci scritto POMODORI e basta) e metteteli in una pentola con alcune foglie di basilico e uno spicchio d'aglio sbucciato. (Gli dai un pugno in testa e si toglie la camicia, dice Raffaella.) Coprite la pentola e cuocete a fuoco basso per circa 20 minuti. (Dopo dieci minuti togliete il coperchio o infilate il cucchiaio di legno fra il coperchio e il bordo della pentola. Non vogliamo mica un sugo acquoso.) Salate a piacere.

Mentre il sugo si restringe, tornate dalle vostre bellezze al sole. Preparate un vassoio rivestito di carta da cucina, dove posare le fette di melanzana fritte. Scaldate l'olio di arachidi ma senza fargli raggiungere il punto di fumo. (Verificate la temperatura immergendo l'orlo di una fetta di melanzana nell'olio. Se fa le bollicine, è pronto.) Ora adagiate le fette nel loro bagno bollente. Mettetene quanto basta per coprire tutta la superficie dell'olio, ma senza farle sovrapporre. (Pensate ai vacanzieri sulla spiaggia della costiera amalfitana a metà agosto. Le persone si sfiorano, ma sarebbe poco elegante se si accalcassero le une sulle altre.) Giratele dopo un minuto circa e, quando vedete che stanno diventando dorate, tiratele fuori. (Un'operazione veloce, se prima le avete fatte asciugare come si deve.) Usate una schiumarola per tirare fuori le fette e lasciate sgocciolare bene l'olio prima di posarle sulla carta da cucina. Coprite le fette con altra carta, in modo che assorba l'olio (Ripetete con me: *la mia parmigiana non sarà unta!*). Accertatevi che l'olio sia ancora abbastanza caldo per friggere la prossima tornata di melanzane; altrimenti alzate la fiamma. Dopo aver fritto la nuova serie di fette, sistematele sulle precedenti, separate dalla carta da cucina. Continuate fino a quando non avrete fritto tutte le melanzane. Riscaldate il forno a 180/200°.

Ora disponete gli strati di parmigiana in una teglia rettangolare con 25 × 15 cm di lato. Iniziate con qualche cucchiaiata di salsa di pomodoro sul fondo, da stendere come un tappeto rosso con il dorso del cucchiaio di legno. Poi adagiate nella teglia alcune fette di melanzana (che adesso sono leggermente raggrinzite e abbrustolite, come se avessero trascorso troppo tempo in un solarium) una accanto all'altra, fino a coprire il fondo. Stendete un altro strato di pomodoro sulle melanzane e cospargetele uniformemente con qualche cucchiaiata di parmigiano. Strappate alcune foglie di basilico a pezzettini (mai toccarlo con il coltello, perché si altera il gusto! Mi raccomando!) e lasciatene cadere un po' in ogni angolo, nord, sud, est, ovest. Poi distribuite un terzo dei dadini di fiordilatte.

Lo strato successivo di melanzane fritte va collocato di traverso a quello precedente, così la parmigiana si taglierà meglio. Continuate così: melanzane (alternando uno strato verticale e uno orizzontale), pomodoro, parmigiano, basilico e fiordilatte.

Terminate con il parmigiano. L'ultimo strato della parmigiana dovrebbe essere pomodoro cosparso di parmigiano che lascia solo vagamente intuire il tesoro nascosto sotto. Cuocete a 190° per circa 25 minuti, o fino a quando non si formerà una crosticina sopra. Servite a temperatura ambiente.

Se la vostra parmigiana è unta o nuota nell'olio, per favore, non dite a nessuno dove avete preso la ricetta.

Sartù di riso

(6-8 porzioni)

RAGÙ
1 cipolla gialla media, a dadini
120 ml di olio extravergine di oliva
1 kg di carne (sovracoscia di maiale, stinco di vitello, costine di maiale. Vedere la ricetta del ragù a pag. 281) tagliati a cubetti di 5 cm di lato
1 bicchiere di vino rosso
50 g di concentrato di pomodoro
6 lattine da 400 gr di pelati
Sale a piacere
Qualche foglia di basilico

POLPETTE
150 gr di pane raffermo (meglio se è la mollica)
350 gr di carne di manzo tritata
1 uovo
Sale

50 gr di parmigiano grattugiato
500 ml di olio di arachidi

RIPIENO
5 uova
3 cucchiai [15 ml] di olio extravergine di oliva
3 salsiccette di maiale fresche da 60 gr l'una
½ cipolla bianca
Una lattina da 400 gr di piselli o 250 gr di piselli surgelati
500 gr di riso Arborio
Sale
Burro per la teglia
150 gr di parmigiano grattugiato
250 gr di fiordilatte del giorno prima, tagliato a dadini
10 foglie di basilico

Il sartù di riso non è difficile, assicura Raffaella; ci vuole solo un po' di organizzazione e di tempo per combinare fra loro gli ingredienti. (E un tavolo spazioso, aggiungerei io. Una lavastoviglie vuota ed efficiente. Ed essere esperte nel multitasking. Più alcune altre cosette...) I vari elementi possono essere cucinati in anticipo, congelati e scongelati al bisogno. È molto utile, per esempio, avere già il ragù e le polpettine pronte.

(Occhio! Preparate prima il ragù e le polpettine! "Che problema c'è?" dice Raffaella, se non le avete preparate prima. Io invece penso che un problema ci sia.)

Se ancora non lo avete fatto, preparate il ragù (vedere pag. 281)

Per le polpette: sfilatevi gli anelli. In una ciotola, immergete la mollica di pane raffermo in 1 litro di acqua.

Impastate insieme la carne tritata, le uova, il sale e il parmigiano grattugiato. Strizzate bene il pane in modo da eliminare tutta l'acqua e aggiungetelo al composto di carne, impastando con le vostre manine unte e appiccicose. Poi formate delle palline grandi come biglie. Versate abbondante olio di arachidi in una pentola con i bordi alti o nella friggitrice e scaldatelo a fiamma alta. Mentre l'olio si scalda, foderate un vassoio con della carta da cucina. Friggete le polpettine per alcuni minuti, finché non diventeranno dorate (devono galleggiare nell'olio, sfrigolando. Non fate economie con l'olio e non friggete troppe polpettine tutte in una volta). Quando saranno cotte, tirate fuori le polpettine con una schiumarola e posatele sulla carta assorbente. Come succede con tutte le cose piccole e fritte, rischiate che qualche membro della famiglia vi rubi le polpettine da sotto il naso. Tenete a portata di mano il vostro cucchiaio di legno: le polpettine servono per il sartù.

Per la preparazione del sartù: fate rassodare tre uova in una pentola d'acqua bollente per 10 minuti, e contemporaneamente scaldate un cucchiaio di olio di oliva in un padellino, insieme a una tazza di acqua. Tagliate le estremità delle salsicce e punzecchiate la pelle con una forchetta. Mettetele nell'acqua e olio, coprite la padella e lasciate cuocere a fiamma media per 10-15 minuti, fino a quando l'acqua non si sarà asciugata e le salsicce si saranno rosolate.

Quando le uova sono pronte, immergetele in una ciotola di acqua ghiacciata per qualche minuto, in modo da poterle sgusciare meglio dopo. Togliete le salsicce dal fuoco, tagliatele a rondelle di circa un centimetro e mettetele da parte in una scodella. Tritate la cipolla e in un'altra padella scaldate 2 cucchiai di olio extravergine di oliva. Soffriggete la cipolla a fiamma medio-bassa fino a quando comincia a rosolare. Se usate dei piselli in scatola, prima scolateli e poi rovesciateli nella padella; se usate quelli surgelati non c'è bisogno di scongelarli. Coprite la padella e lasciate cuocere i piselli per 5 minuti (10-15 se sono surgelati). Mettete i piselli in una ciotola, allineandoli con gli altri ingredienti come in una catena di montaggio. Sgusciate le uova, tagliatele a spicchi e mettetele vicino ai piselli e alle salsicce.

In una pentola dai bordi alti, fate bollire un litro di acqua in cui avrete aggiunto due mestolate di ragù e un po' di sale. Rovesciate il riso nell'acqua bollente rossa e mescolate. Prelevate qualche mestolata di liquido e versatela in un'altra pentola che avrete già messo sul fuoco. (Il riso dovrebbe assorbire tutta l'acqua, come un risotto, ma se si asciuga troppo questa specie di brodo caldo vi tornerà utile. Certo, sarebbe utile avere a portata di mano anche altri dieci o dodici fuochi e un sous-chef.) Coprite il riso. Lasciatelo sobbollire e mescolate regolarmente. Spegnete il fuoco 2 minuti prima rispetto ai tempi di cottura indicati sulla confezione, in modo che sia ancora al dente. Se il riso è troppo cotto, il sartù verrà una *papocchia*, un pastone per maiali. (*Per carità!*) A questo punto lasciatelo raffreddare.

Preriscaldate il forno a 200°. In una ciotola sbattete due uova con una forchetta e aggiungete un pizzico di sale prima di metterle da parte. Con un pezzo di carta da cucina, ungete di burro le pareti e il fondo di una teglia (quella di Raffaella è una teglia 20 × 30 alta 7 cm). Coprite il fondo con una cucchiaiata di ragù, stendendolo con il dorso del cucchiaio di legno. Verificate che il riso sia freddo e unite le uova sbattute. (Se il riso non è freddo, le uova si cuoceranno. Evitate. Le uova crude servono per tenere insieme il sartù, sono uova importanti.) Ora unite al riso anche una mestolata di ragù, due cucchiaiate di parmigiano, un terzo di rondelle di salsiccia, un terzo di polpettine, un terzo di piselli e un terzo di fiordilatte.

Formate uno strato uniforme di riso alto circa due centimetri e mezzo nella teglia e livellatelo con il dorso del cucchiaio. Stendete un altro strato di ragù: il riso deve essere ben *salsato*, dice Raffaella, altrimenti vi si fermerà in gola. E non sarebbe bello. Distribuite qualche altra cucchiaiata di parmigiano, un terzo dei piselli, di salsiccia, di polpettine, di fiordilatte e qualche foglia di basilico. Ricominciate con un altro strato di riso.

Ora è il momento di fingere di essere il Coniglietto di Pasqua e di nascondere gli spicchi di uova sode in mezzo alla teglia, dove nessuno può trovarli. Non dite dove li avete messi. Scavate dei piccoli buchi, se serve. (Raffaella inforca gli occhiali per giocare a questo piccolo nascondino.) Continuate così: riso, pomodoro, parmigiano e poi l'ultima dose di salsicce, piselli, polpette, qualche foglia di basilico e nascondete le uova. Terminate con pomodoro e parmigiano. Cuocete in forno a 200° per circa 20 minuti o fino a quando il sartù non avrà fatto una crosticina sopra. Prima di servire, condite ogni porzione con una cucchiaiata di ragù bollente.

Ringraziamenti

Non è facile per una mamma tagliare il cordone ombelicale con il proprio figlio. Ci vuole qualcuno che ti tenga la mano, che sopporti le tue follie e che guardando il tuo amato *piezzo 'e core* dica: «Ehi, si è sporcato sul mento» perché tu non lo avevi notato. Oppure: «Non è ora che cominci a farle mettere il reggiseno?». Ci vogliono persone amorevoli e intelligenti che ti aiutino a crescerlo. Ci vuole una tribù, davvero.

La tribù che ha cresciuto questo libro vive su entrambe le sponde dell'Oceano Atlantico. Senza la mia agente, Anna Stein, il mio bambino sarebbe solo un mucchio di fogli spiegazzati sputati fuori dalla mia stampante inaffidabile. Ci ha creduto sin dal primo istante e ha sempre saputo di cosa aveva bisogno. David Vine è l'amico con la A maiuscola che me l'ha presentata. E ai miei angeli custodi intercontinentali della Aitken Alexander, tra i quali Sally Riley, Nishta Hurry, Lesley Thorne, Alex Hoyt e Clare Alexander: grazie per avermi guidata lungo tutto il percorso.

Grazie ad Andrea Walker, della Random House, che non si è rivelata solo una bravissima editor ma anche una psicologa e un'amica. Mi è stata vicina e mi ha aiutata a crescere la mia creatura con calma, buonumore e tranquillità. La tua piccola Tillie è una bambina fortunata. Grazie anche ad Andy Ward per il suo aiuto nella cucina letteraria. E invece di ringraziare a parole Susan Kamil, per il suo entusiasmo e la sua fiducia, troverò il modo di far arrivare nel suo ufficio di New York la parmigiana di melanzane di mia suocera (appena sfornata e alla giusta temperatura!) in modo che possa assaporare la nostra gratitudine.

Grazie ad Ann Patty, che mi ha indicato la rotta, e a John Thavis, che mi ha aiutata a non perderla.

Grazie agli amici che hanno letto questo libro quando ancora non era finito: Jordan Roth, Josh Conviser, Josephine Scorer, Dave Digilio, Massimiliano e Mireille Paolucci-Smit, Marco Maltauro, Alejandra Pero, Leo Kittay e Kim Dooley Kittay, Lynn Swanson, Heather Perrault, Silvia dell'Olio, Mercedes Roza, William Pratesi-Urquhart, Mike Rudolph, Laurie Kaye, Azar Burnham-Grubbs, Fee Huebner e Doris Rametsteiner: grazie, *danke*, *bedankt*. Grazie alla Ambrit International School di Roma e a Paolo Isotta, Kris Dahl, Jennifer Gilmore, Renato de Falco, oltre a Ken, Vickie e Alix Wilson, per l'aiuto e il sostegno.

Le regole del dialetto napoletano che Giovanni Vitale ha raccolto nel suo *Dialetto napoletano: manuale di scrittura e di dizione* hanno rappresentato una risorsa importantissima. *Grazie assai*.

L'amicizia di Kiersten Miller è una gemma al centro della mia caotica vita romana. Nel suo Milk Bar ho imparato che quando il gioco si fa tosto, alle toste fa bene ritrovarsi con qualche newyorkese o napoletana gagliarda.

Theo e Jim Yardley: grazie al cielo siete venuti a Roma. Siete degli autentici maestri e dei veri amici.

Grazie a Monica Barden per i suoi costanti incoraggiamenti e la sua generosità. Pia e Giuseppe Signori, Giorgio e Claudia: voi mi avete insegnato il significato più profondo della famiglia. Giorgio, il tempo e l'intelligenza che hai condiviso con tanta generosità sul cammino verso la traduzione italiana di questo libro sono stati decisivi ed enormemente apprezzati Antonio Mormone, spero che il tuo spirito non s'indebolisca mai. Il mondo ne ha bisogno.

Katrina Smith e Gianluca Franzoni sono accorsi spesso in

mio aiuto, e la nostra amicizia è per me un prezioso punto di riferimento. Vedervi ridere con il manoscritto in mano sulla vostra veranda di Bologna è stata la cosa giusta al momento giusto. Katrina, spero che un giorno ci ritroveremo a contrabbandare insieme tortine al burro di arachidi in una casa di riposo italiana.

Gracias infinitas a Irene Hernandez, la mia mentore di Madrid, che quando ho proposto, in lacrime, di accendere un falò e di buttarci dentro il mio manoscritto una pagina alla volta, invece di dirmi «Ti sono vicina», mi ha detto: «Per favore, piantala con questa sceneggiata!».

Antonella Dugo è la nonna di questo libro e Andreas Giannakoulas il nonno. Mi avete aiutata a trovare la mia voce e a usarla, che fosse tremante e stonata o stentorea e perfetta. Grazie a Jackie, mia sorella in spirito, per avermi fatto ridere nei momenti buoni e in quelli brutti. E per avermi urlato contro: «*Allora, scrivi quel libro!*».

Alla famiglia Crossley, e soprattutto alla mia amica Tara: ogni giorno sono grata che persone di fede come voi abbiano attraversato il mio cammino. Grazie, Tara, per avermi ispirata con la tua capacità di individuare un obiettivo e di perseguirlo con determinazione. E per non avermi mai fatto dimenticare qual è la ricompensa finale.

Andreina Lombardi Bom è entrata nella vita di questo libro in un secondo momento, ma definirla revisora o anche "tata di libri" non terrebbe conto di tutta la magia e l'entusiasmo che mette in quello che fa. Mi sono accorta che le fate madrine napoletane esistono, e lei è la loro regina.

A tutti gli Avallone: mio suocero mi dice che non devo ringraziarli mai, perché non c'è bisogno di ringraziare la propria famiglia. Perciò non vi dirò grazie. Vi dico solo: leggete questo libro. E aggiungo che nella storia che ho raccontato ci sono due persone il cui posto fra queste pagine è infinitamente più piccolo di quello che occupano nel mio cuore: mio nipote, Claudio d'Albore, e Nino stesso. Grazie per avermi amata come una figlia.

E a Salvatore, Anthony e Raffaella: siete la mia vita.